U0640203

儿童文学欣赏

杨 蕾 著

光明日报出版社

图书在版编目（ＣＩＰ）数据

儿童文学欣赏 / 杨蕾著 . -- 北京：光明日报出版社, 2024.5
ISBN 978-7-5194-7976-3

Ⅰ.①儿… Ⅱ.①杨… Ⅲ.①儿童文学—文学欣赏—世界 Ⅳ.① I106.8

中国国家版本馆 CIP 数据核字 (2024) 第 105395 号

儿童文学欣赏

ERTONG WENXUE XINSHANG

著　　者：杨　蕾	
责任编辑：鲍鹏飞	封面设计：青　青
责任校对：李月娥	责任印制：曹　净

出版发行：光明日报出版社

地　　址：北京市西城区永安路 106 号，100050

电　　话：010-63169890(咨询), 010-63131930(邮购)

传　　真：010-63131930

网　　址：http://book.gmw.cn

E - mail : gmrbcbs@gmw.cn

法律顾问：北京市兰台律师事务所龚柳方律师

印　　刷：天津和萱印刷有限公司

装　　订：天津和萱印刷有限公司

本书如有破损、缺页、装订错误，请与本社联系调换，电话：010-63131930

开　　本：170mm×240mm		印　　张：14.75	
字　　数：280 千字			
版　　次：2024 年 5 月第 1 版			
印　　次：2024 年 5 月第 1 次印刷			
书　　号：ISBN 978-7-5194-7976-3			
定　　价：79.00 元			

版权所有　翻印必究

前言

QIANYAN

儿童文学，作为文学的一个重要分支，在孩子们的成长过程中扮演着不可或缺的角色，它以独特的魅力和深远的影响力滋养着孩子们的心灵，引领他们认识世界、理解生活，培养丰富的想象力和创造力。儿童文学欣赏，不仅仅是一种阅读和理解故事的过程，更是一种对心灵的触摸，对美好世界的向往。它教会孩子们理解爱与善良、勇气与坚持、友谊与责任，用最直接、最纯粹的方式传递着人生的智慧，帮助孩子们建立对自我和世界的认知。因此，对儿童文学的研究和欣赏，不仅是对文学的一种探索，更是对教育、对成长的一种深入思考。

本书旨在全面、深入地探讨儿童文学的精髓，不仅关注其艺术价值，更重视其在教育领域的影响。通过对儿童文学的本质、功能和发展史的细致剖析，我们期望为读者提供一个清晰、全面的儿童文学概貌。在内容上，本书囊括了各类儿童文学体裁，如儿歌、儿童诗、童话、寓言、儿童故事、儿童小说、儿童散文和儿童戏剧等。每一章节都进行了深入浅出的解析，帮助读者理解各类儿童文学的特点和魅力。此外，本书还特别注重理论与实践的结合，通过具体的作品赏析，引导读者将理论知识转化为实际操作，提升其文学欣赏的能力。同时，本书也致力于探索儿童文学欣赏的心理特征与规律，以期为教育工作者和家长们提供有益的参考。

在写作过程中，我们始终秉持全面覆盖、深入解析、实用指导、互动性强的原则。本书不仅涵盖了儿童文学的主要类型，满足不同年龄段儿童的阅读需求，还针对每一种文学体裁进行了深入的剖析，帮助读者领略其内涵与魅力。此外，我们结合具体作品进行点评，提供实用的阅读与欣赏指导，使读者能够在轻松愉悦的氛围中品味儿童文学的精髓。

目录
MU LU

第一章　儿童文学欣赏与审美教育 ………………………………… 1

　　第一节　儿童文学的本质、功能与发展史 ………………… 1

　　第二节　儿童文学教学的设计与教育发展 ………………… 22

　　第三节　儿童文学欣赏的心理特征与规律 ………………… 53

　　第四节　儿童文学欣赏对审美教育的促进 ………………… 56

第二章　儿童文学欣赏——儿歌 ………………………………… 58

　　第一节　儿歌的类型、作用与优势 ………………………… 58

　　第二节　儿歌的表现手法 …………………………………… 60

　　第三节　儿歌赏析的基本方法 ……………………………… 62

　　第四节　儿歌作品点评 ……………………………………… 63

第三章　儿童文学欣赏——儿童诗 ……………………………… 65

　　第一节　儿童诗及其艺术特征 ……………………………… 65

　　第二节　儿童诗的主要类别划分 …………………………… 72

　　第三节　儿童诗欣赏的作用与方法 ………………………… 73

　　第四节　儿童诗作品点评 …………………………………… 76

第四章　儿童文学欣赏——童话 ………………………………… 78

　　第一节　童话的审美特点与意义 …………………………… 78

　　第二节　童话的艺术表现手法分析 ………………………… 83

　　第三节　传统童话欣赏与现代童话欣赏 …………………… 86

　　第四节　童话精神及其对儿童成长的促进 ………………… 92

　　第五节　童话作品点评 ……………………………………… 116

第五章　儿童文学欣赏——寓言 ………………………………… 117

　　第一节　寓言的源流 ……………………………………………… 117

　　第二节　寓言的艺术特征 ………………………………………… 121

　　第三节　寓言的阅读欣赏方法 …………………………………… 124

　　第四节　寓言作品点评 …………………………………………… 128

第六章　儿童文学欣赏——儿童故事 …………………………… 129

　　第一节　儿童故事及其艺术特征 ………………………………… 129

　　第二节　儿童生活故事的功能与特点 …………………………… 141

　　第三节　儿童故事的阅读欣赏 …………………………………… 146

　　第四节　儿童故事作品点评 ……………………………………… 150

第七章　儿童文学欣赏——儿童小说 …………………………… 151

　　第一节　儿童小说及其特征与分类 ……………………………… 151

　　第二节　儿童小说欣赏要点 ……………………………………… 160

　　第三节　儿童小说作品点评 ……………………………………… 161

第八章　儿童文学欣赏——儿童散文 …………………………… 164

　　第一节　儿童散文的概念、特征与分类 ………………………… 164

　　第二节　儿童散文的美学特点 …………………………………… 171

　　第三节　儿童散文的欣赏步骤 …………………………………… 172

　　第四节　儿童散文作品点评 ……………………………………… 174

第九章　儿童文学欣赏——儿童戏剧 …………………………… 177

　　第一节　儿童戏剧的类型划分与鉴赏 …………………………… 177

　　第二节　儿童戏剧的艺术规律与特征 …………………………… 182

　　第三节　儿童戏剧的创编与舞台表演 …………………………… 186

　　第四节　儿童戏剧教育课程体系构建 …………………………… 188

　　第五节　儿童戏剧作品点评 ……………………………………… 222

结束语 ………………………………………………………………… 225

参考文献 ……………………………………………………………… 226

第一章　儿童文学欣赏与审美教育

在当今社会，随着人们对儿童教育和成长的关注度不断提高，儿童文学欣赏与审美教育逐渐成为教育领域的重要课题。儿童文学欣赏与审美教育旨在培养儿童的审美情趣和审美能力，促进儿童的全面发展。本章重点探讨儿童文学的本质、功能与发展史；儿童文学教学的设计与教育发展；儿童文学欣赏的心理特征与规律；儿童文学欣赏对审美教育的促进。

第一节　儿童文学的本质、功能与发展史

一、儿童文学的本质

了解儿童文学的本质，首先应从追问"儿童是什么"开始。因为儿童研究是儿童文学研究的前提，对儿童的认知决定了对于儿童文学的认知。反之，对于儿童文学的研究也能启发我们加深对儿童的了解。

（一）儿童与儿童观

儿童是社会的未来和希望，他们承载着无数家长的期望和关爱。在家庭和社会中，儿童占据着特殊的地位，需要特别的关注和照顾。儿童阶段是人生中最重要的阶段之一，他们的成长和发展对未来的成功至关重要。首先，儿童需要得到充分的营养和健康照顾。家长应该提供均衡的饮食和适当的运动，以保证儿童的身体健康。此外，家长还应该定期带儿童进行体检和疫苗接种，以预防疾病和促进健康。其次，儿童需要接受良好的教育。教育是儿童成长的关键，它可以培养儿童的认知能力、情感能力和社交能力。家长应该为儿童选择合适的学校和教育机构，提供良好的学习环境和教育资源。同时，家长还应该关注儿童的学习进展和表现，鼓励他们努力学习，培

养他们的自信心和学习动力。最后，儿童还需要得到充分的关注和陪伴。家长应该与儿童建立亲密的关系，关注他们的情感需求，并给予足够的关爱和支持。家长还应该鼓励儿童参加有益的社交活动，培养他们的社交能力和团队合作精神。

儿童观则是一个复杂的概念，它涉及对儿童的认识、理解、评价和期望。儿童观的形成受到社会文化、教育背景、家庭环境等多种因素的影响。首先，我们需要认识到儿童是一个独立的个体，他们有自己的思想、感受和权利。我们不能简单地将儿童视为成人的缩影或下属，他们拥有自己独特的人格和价值。在教育上，我们应该尊重儿童的个性和兴趣，鼓励他们自由发挥，激发他们的创造力和想象力。其次，我们需要认识到儿童的发展是一个持续的过程，需要给予足够的关注和引导。儿童的身心发展在不同的年龄阶段有不同的特点，我们需要根据这些特点制定合适的教育策略。例如，在幼儿阶段，儿童的认知能力有限，我们需要通过直观、形象的方式引导他们认识世界；而在青少年阶段，儿童开始独立思考，我们需要培养他们的批判性思维和解决问题的能力。最后，我们还需要认识到儿童是社会的一员，他们需要与同龄人交往、合作和竞争。在家庭和社会中，我们应该鼓励儿童参与集体活动，培养他们的团队合作和社交能力。同时，我们也需要教育儿童尊重规则、关心他人、承担责任，培养他们的社会责任感和公民意识。

(二) 儿童文学及其特征

儿童文学是一种专门为儿童创作的文学作品，通常具有简单易懂的语言、生动的情节和鲜明的角色形象。这种文学形式的目标是让儿童在阅读中获得乐趣，同时培养他们的想象力、创造力和思维能力。

儿童文学在内容上通常以儿童能够理解和接受的主题为主，例如童话、寓言、神话、传说等。这些主题通常涉及冒险、友谊、勇气、诚实等价值观，有助于培养儿童的道德观念和良好品质。除了主题之外，儿童文学在形式上也具有其独特的特点。例如，儿童文学的语言通常比较简单明了，句子结构也比较短小，方便儿童理解。此外，儿童文学的情节通常比较紧凑，角色形象鲜明，容易引起儿童的共鸣和兴趣。

儿童文学对于儿童的成长和发展具有重要作用。它不仅能够为儿童提供娱乐和消遣，还能够通过故事情节和角色形象向儿童传递道德观念和价值观念。同时，儿童文学还能够激发儿童的想象力和创造力，培养他们的阅读习惯和语言表达能力。总而言之，儿童文学是一种具有独特魅力和价值的文学形式，它通过简单易懂的语言、生动的情节和鲜明的角色形象，为儿童提供了无限的乐趣和启发。我们应该重视儿童文学的创作和发展，为孩子们提供更多优秀的儿童文学作品。

1. 儿童文学与儿童教育

（1）儿童文学与幼儿园、家庭教育。儿童文学是孩子最早接触的文学形式，家庭、幼儿园是儿童，特别是幼儿的主要生活、活动场所。所以，为儿童选择优秀的文学读物，培养他们的阅读兴趣并通过阅读培养他们的品德、性格，是幼儿园教师及父母责无旁贷的事。在整个儿童时期，特别是学龄前时期，儿童文学在幼儿园、家庭教育中扮演着不可替代的角色。

家庭、幼儿园是幼儿生活的基础。儿童教育成功与否，取决于父母和幼儿园教师在家庭、幼儿园里是否与孩子建立了良好的关系。亲子之间的感情交流有对话、日常关心等多种方式，但亲子共读是其中最重要的方式之一。亲子共读，即父母、长辈或幼儿园教师陪着孩子一起读书，这种阅读方式在发展儿童语言、培养孩子阅读兴趣、舒缓儿童心理压力等方面起着重要作用。

儿童文学对儿童语言的发展影响深远。婴儿在一岁至一岁半左右，开始发出"爸""妈"等简单单字，逐步到会使用双字词语。幼儿大约在四岁至六岁，语言表达已不成问题。在小学阶段，儿童的语言能力持续发展，但差距拉大。研究表明，在幼儿园和小学一年级，口头表达能力较强的孩子，在小学高年级时读写能力也比较突出。儿童文学作家把童趣注入作品的语言中，借富于童趣的语言来表现童真美。儿童文学的童真美犹如糖之于水，自然地渗透于儿童文学的语言中，造就了儿童文学欢愉、活泼的语言品格，为儿童提供了丰富的语言环境、丰富的词汇和表达方式，所以能让儿童的语言发展得更快。

（2）儿童文学与语文教学。儿童文学与语文教学，分属文学与教育两大体系中的分支，看似独立，实则紧密相连。它们共享同一服务对象——学生，以及相近功能——语言培养与人文教育。因此，儿童文学自然被视为

3

语文教学的重要课程资源。儿童文学作品所蕴含的深厚人文情感，以及关于儿童观、儿童教育观、儿童心理等方面的知识，有助于教师深入了解学生，选择适宜的教学方法。

小学语文教学的目标是全面提高学生的语文素养，而这种素养实质上是做人的素养。为达成这一目标，教材中所选文章应充满真实性、善良性与美好性。除教材中的儿童文学作品外，还有诸多优秀的儿童文学未能被纳入教材，但仍值得学生阅读，如《我和小姐姐克拉拉》《亲爱的汉修先生》《夏洛的网》《小王子》等。

儿童文学的经典之作远不止《安徒生童话》和《格林童话》。教师可将部分经典的儿童文学作品引入教学，作为学习资源，拓宽学生的阅读视野，激发其持续的阅读兴趣。

（3）儿童文学与校园文化教育。校园文化是以学生为主体，以丰富多彩的课外活动为主要内容，并以校园为主要空间的综合体验。这一文化涵盖了教师、学生、学校领导以及校外实践等多个方面。在校园文化的特征中，突出表现为培育校园精神的群体文化，形成了学校内外联合的文化环境和精神氛围。特殊的教育力量在这一过程中发挥着关键作用，对学生素质和能力的提高产生着巨大的影响。

校园文化通过渗透式的方式对学生进行"润物细无声"的熏陶，成为不可替代的补充课堂教学的力量。其作用不限于传授知识，更在于对学生的世界观、人生观、价值观进行树立和塑造。在校园文化的影响下，学生的健康审美趣味得到提升，个人品性得以培养。

校园文化的影响范围广泛，不限于学术领域，更直接影响学生的整体素质。通过参与丰富多彩的校园文化活动，学生得以拓展知识、发展智力，进一步培养个性。这些活动旨在丰富学生的学校生活，同时陶冶情操，构建人格，为学生的全面发展提供积极的意义。

校园文化与儿童文学的关系较为密切。其审美、教育、认知、娱乐等功能儿童文学也全部都具备。因为儿童文学是专门为儿童量身打造的儿童本位的文学，它贴近儿童的生活和心理，反映儿童的现实世界和想象世界，表达儿童的情感和愿望，具有儿童乐于体验并能够接受的审美情趣，对儿童有着天然的吸引力和亲和力。儿童文学不仅可以使学生从阅读中获得极大的阅读乐趣，而且对儿童的情感、态度、价值观能够产生潜移默化的影响。所以说，儿童文学与校园文化之间存在着天然的联系。因此，儿童文学在学生的品德教育、情操陶冶、美感培养、语言能力、创新能力提升等方面有着特别的优势，是素质教育的绝好材料。

对学生进行德育教育、培养他们的人文素质是校园文化活动的重要目标。这些都可以借助儿童文学的各种体裁，如寓言、童话、儿童诗歌、儿童剧、儿童小说等来进行。儿童文学是真的文学，是善的文学，是美的文学，是爱的文学，具有鲜明的思想性。优秀的儿童文学作品让人铭记终生，会影响少年儿童的精神塑造和审美情趣的提升，甚至影响一个人的生活态度和发展方向。以儿童文学为资源的校园文化活动，能够使原本枯燥乏味的道德说教变成充满诗意的形象感染。在阅读、欣赏儿童文学作品的过程中，作品中鲜明的形象、丰富的情感、高雅的意境能够感染学生的情感、滋养净化学生心灵、陶冶学生的情操、引领学生树立远大的理想和信念。

2. 儿童文学的特征分析

一般而言，"儿童文学的特征包括儿童文学的年龄特征、民族特征和艺术特征"[①]。

（1）儿童文学的年龄特征。儿童文学的年龄特征定义涉及对儿童心理特征的反映和接受，以儿童读者的文学接受能力和阶段性为客观依据。

第一，不同年龄阶段儿童的心理特征。心理学将0～18岁划为儿童期，分为三个阶段：婴幼儿期（0～6岁），童年期（7～12岁），少年期（13～18岁）。

在婴幼儿期，儿童的思维带有明显的具体形象性，以直观的形式认识世界，注意力不易集中和持久；有意想象开始发展，但无意想象占主要地位；已开始形成最初的个性倾向以及与一些概括性的道德标准相联系的道德感；语言和理解力正处于发展阶段。游戏是此阶段儿童的主要社会实践活动。

随着进入童年期，儿童开始正规学习，感知和语言表达能力逐渐提高。抽象思维和心理过程的有意性、自觉性得到发展。个性倾向和自我评价独立性增长，逐步形成了道德评价和调节行为的能力。然而，逻辑思维仍然带有

---

① 王晓翌. 实用儿童文学教程 [M]. 西安：陕西师范大学出版总社有限公司，2013：10.

具体形象性。由于知识结构、生活阅历和理解能力的有限性，儿童的判断常常从表面现象出发。对是非、善恶、美丑的判断相对较为表面。尽管学习欲望增强，但可能对远离他们的事物产生浓厚兴趣。

少年期是儿童向成人过渡的时期，在这一时期，他们的抽象思维和语言能力迅速发展；有强烈的"成人感"和"独立感"；生活经验、文化知识日益增多；自我意识逐渐增强；渴望理解和友谊，希望受到重视和注意，希望得到信任和尊重，并力求从对大人的依赖中摆脱出来。

由此可见，不同年龄阶段儿童的心理发展是从不成熟到成熟的，既有阶段性，又有持续性。

第二，不同年龄阶段儿童对儿童文学的要求。儿童在不同年龄阶段所体现出来的心理特征决定了他们对儿童文学的接受是一个由简单到复杂，由低层向高层过渡的过程，由此形成了儿童文学接受伴随年龄发展的动态性特点。

总之，儿童读者的成长特点是一个渐进的过程，从幼年到少年阶段，他们逐渐摆脱儿童特有的特征，而成人特征逐渐显现。在这个演变过程中，儿童文学作品的特点也发生着相应的变化。尤其是在年龄较小的儿童读者中，更容易体现出儿童文学的独特特色。这一阶段的作品往往更注重贴近儿童的心理状态，以及对其生活和成长过程的理解，为读者提供了一个与他们成长阶段密切相关的文学体验。

（2）儿童文学的民族特征。儿童文学的民族特征是作品中体现某个民族独特性的重要方面。这种特征涵盖了儿童心理、语言、环境和生活状况等多个方面，使得作品在内容和形式上都能反映出特定民族的个性特征。通过儿童文学，人们能够更深入地了解某个民族的文化底蕴，以及对在儿童成长过程中所面临的独特挑战的理解。这种深度的文化表达不仅丰富了作品本身，也为儿童读者提供了更为丰富和有趣的阅读体验。具体而言，儿童文学的民族特征表现在以下几个方面。

第一，题材。在卓越的儿童文学作家眼中，题材选择并非简单的创作决策，而是从本国儿童的审美视角出发的深刻思考。他们精选具有鲜明民族特色的题材，关注本民族的生活形态、历史文化传统，同时肩负起传承责任与使命。这种关注不仅仅是对文学的热爱，更是对本国儿童审美需求的独到洞察。例如，同样写动物小说，描写狼，加拿大作家西顿的《狼王洛波》和我国动物小说大王沈石溪的《狼王梦》就有所不同。在西顿笔下，狼王洛波曾经不可一世，让猎人们恨之入骨。狼王洛波凭着自己的丰富经验与矫健身姿与那些捕捉它的猎人和猎狗展开了一次次搏斗，结果总是以洛波的胜利而告终。最后，费尽心机的猎人在经历了种种失败后想出了一个办法——他们捉住了洛波的爱妻布兰卡。失去了妻子的洛波，变得十分急躁，最终陷入了猎人精心设置的圈套，这只伟大的狼王，最终败在了人类手中。其实，它何尝不是心甘情愿地败给了自己的爱情呢？书中洛波矫健的身手与超群的智慧令人叹服，但猎人对洛波绝食而死后又将它与爱妻布兰卡安葬在一起的高尚做法同样令人赞叹。而作家沈石溪以自己在云南插队的经历为素材，通过对狼王黑桑一家经历的描写，将一个个关于亲情、爱情、勇敢、智慧的故事娓娓道来。小说并不像一般儿童读物那样轻松、欢快，而是带着一些生命的沉重感，无论是狼妈紫岚的坚韧，还是几个狼崽的不同遭遇，都让孩子们得以了解到人生的各种色彩，是适合我国儿童的审美习惯和审美要求的，这些都是作家从各自民族儿童的审美角度出发而选取、提炼的富有民族特色的题材。

第二，审美意象。儿童文学作家在创作中所展现的充满深厚民族精神内涵的美学意象。例如，同样是写虚构的魔幻世界，英国作家詹姆斯·巴里的童话《彼得·潘》中充满自由、虚幻、远离现实的永无岛就浸透着绅士帝国——英国及其整个民族对传统道德伦理解构欲望的心理积淀的童话意象。故事借助这个自由的永无岛，渗透出童年的纯真与成年人的责任之间的冲突。而《西游记》中，天宫的神仙世界、深山僻壤的妖魔鬼怪都烙有汉民族思想文化的印记，是浸透着汉民族独特精神积淀的文学意象。这些意象不同程度地反映出中华民族以儒家为核心、儒释道互渗互补融汇合流的思想文化特征。

（3）儿童文学的艺术特征。在儿童文学作品中，其艺术特征主要表现在题材、主题、形象、情节、结构、语言和手法等方面。

第一，题材显明，主题明朗。

一是儿童文学的题材是构建儿童文学作品的基石，它汲取自现实生活中丰富的素材，并通过提炼加工，变成了塑造儿童文学形象的生动元素。在

具体的作品中，题材体现为能够生动表现主题的具体人物和事件。为了确保儿童文学的质量，这些题材必须具备广泛新颖的特点，并且呈现明显的感情倾向性，以引起儿童读者的共鸣和兴趣。这一广泛的范围包括了远古历史、神话传说，以及现实、学校和家庭生活等多个方面，但在选择时需以儿童能够理解为前提，确保作品符合目标读者的认知水平。通常，这些题材可以被归纳为四大主题，即爱的主题、顽童的主题、自然的主题和成长的主题，它们共同构成了儿童文学的多样性和丰富性。

二是儿童文学的主题是通过作品描述的现实生活展现中心思想的核心所在，又被称为主题思想。例如，秦文君的系列小说贯穿了"爱孩子"的主题，通过情节、人物和事件展现出对这一主题的深刻思考。这些主题要求明朗富有意义，通过培育引导儿童健康成长，使其在阅读中能够获得正面的启示和教育。然而，明朗的主题并不等同于简单的说教，而是通过针对隐晦、模糊、费解的情境进行巧妙的呈现，以引发读者的思考和理解。这种"有意义"并不排斥趣味性强、健康积极的儿童文学作品，相反，它要求主题在娱乐的同时能够传递积极的价值观，为儿童的心灵成长提供有益的指引。这样的主题设计不仅满足了儿童的审美需求，也促进了其道德和认知的发展。

第二，形象鲜明。儿童文学的形象是指儿童文学作家所创造出来的具体、生动、可感、与儿童接受特点相吻合，又对儿童有着极大吸引力的社会生活画面，包括人物、景物、场面、环境及作品中一切有形的物体，还包括抒情性作品中的意境和神话、童话等作品中的幻想境界，而其中人物形象是最重要的，即儿童的形象。儿童形象的单纯美渗透在儿童文学的各类体裁中。活跃于儿童故事中的那一个个稚气可爱的人物，占据着童话世界里那一个个富有灵性的动植物。展现在儿童诗歌中那一幅幅色彩鲜亮、意味隽永的图景，出入于儿童小说乃至更多文学体裁中众多的文学形象，无不以它独一无二的纯净美带给读者以美的享受。

儿童文学对形象的要求是要体现个性化、形象化、拟人化和儿童化相融合的特点。而儿童形象作为整部儿童文学作品中矛盾冲突的主体，是设置环境、结构故事的主要依据。主人公性格的形成和发展，直接体现一部儿童文学作品的题旨和形象化的程度。作品中其他人物的出现及其活动，都要以主人公及其活动为中心，并对主人公的形象起一定的映衬作用。这样，作品中的人物形象才能鲜明突出。

第三，情节性强，结构清晰。

一是儿童文学的情节是指儿童文学作品中所描写的人物之间的相互关系以及由此而衍生的一系列生活事件，由开端、发展、高潮、结局四部分组成。情节性是儿童文学区别于一般文学的重要标志之一，即使是抒情类的儿童文学作品也普遍存在着情节性。

儿童文学对情节的要求是活泼、单纯、完整、统一，有浓郁的故事性。年龄和天性决定了儿童喜欢读单纯、完整、故事性强的作品，而且急于知道事件与人物的结局。因此，故事性强、情节曲折生动以及悬念设置巧妙的儿童文学作品格外引人入胜。例如，我国儿童十分喜爱从民间文学和古典文学中选择出来的具有浓郁故事性的作品：民间神话《精卫填海》《女娲补天》；民间传说《大禹治水》《十二生肖》；民间故事《牛郎织女》《田螺姑娘》《老虎外婆》；中国古典文学《水浒传》中的"武松打虎"故事、英国小说《格列佛游记》中的"大人国""小人国"故事等。今天，这些情节生动、故事性强的作品已经成为儿童文学的经典。

二是儿童文学的结构是一门复杂而富有创意的艺术，旨在满足儿童的阅读需求并引发他们的兴趣。首要考虑儿童的创作需求，作品应选择贴近现实生活的题材，以便引起儿童的共鸣和兴趣。在构建故事时，必须巧妙地组织人物与环境之间的关系，并合理安排情节的次序，以确保故事情节流畅自然。在儿童文学中，结构的新奇与巧妙体现了作家的艺术创造力。常见的结构方式有纵式结构，按照事件的自然进程安排情节；横式结构，通过平列生活场景的多个侧面展现主题；纵横交错复式结构，以及三迭式结构，如《西游记》中的"三打白骨精"，以及连环式结构、对立式结构等。这些结构方式赋予了作品生动性和多样性，丰富了儿童文学的表现形式。

结构的灵活性是儿童文学的一大特点，不受固定模式的拘束，必须适应作品的特性。同时，作品的结构需要遵循主题、人物性格、文学形式规律、体裁特殊需求以及艺术欣赏习惯。结构的要求包括服从主题需要、服从人物性格塑造需求，符合艺术形式的基本规律，并适应不同文学体裁的特殊需求，考虑民族艺术欣赏习惯。

儿童读者的特殊性需要在结构设计中得到充分考虑。结构必须符合儿

童的理解能力和接受水平，保持严谨、脉络清晰、层次分明，避免过于复杂的结构方式。只有这样，儿童文学作品才能在结构上既有趣味性又具有教育意义，真正满足年幼读者的心理需求和认知需求。

第四，语言简明生动，富于形象性。杰出的儿童文学作品皆以优雅且精湛的语言呈现，涵盖诗歌、故事、小说、童话等多种形式。此类作品的语言既精确、简练、鲜明，又富有生动性和形象性，充满趣味与想象力。在提升儿童认知、思维、分析和概括能力方面，这些作品有助于儿童学会精确的发音，掌握丰富的新词汇以及富有表现力的句式，从而提高他们的口头表达和书面表达能力。因此，这些作品堪称儿童学习语言的典范。儿童文学创作要使用"儿童语言"，但"儿童语言"并非"娃娃腔"。"娃娃腔"就是强化孩子性的叠音。在儿童文学创作中也时有所见。如"饭饭""觉觉"等，这种现象在低幼儿童文学作品里出现较多。"娃娃腔"的使用在无意中肯定了儿童语言发展过程中产生的短时的非规范成分的合理性，不能为儿童提供正确用词的典范。而儿童语言源于儿童口语，应略高于儿童，以帮助儿童丰富和学习语言，所以应尽量避免直接使用这类"娃娃腔"。儿童语言要根据儿童的年龄特征，根据儿童的阅读能力和理解能力，选用规范的词语。

儿童文学对语言的要求应以简明为前提，以生动为根本。简明，就是要尽量选用意义简单明了的常用词语，既不深奥晦涩，也不生编硬造。可适当使用重叠形容词、重叠语气助词、重叠拟态词（象声词、象形词）等，以此增强语言的形象性。生动是指儿童文学作家要在有限的语言范围内写出活泼而富有韵味的作品来，因此儿童文学是一种高难度的语言艺术。儿童文学语言以其特殊性来体现文学语言准确、鲜明、生动这一共同要求。同时，儿童文学作品中作家的叙述语言应该与作品中人物的语言风格保持一致。

第五，充满幻想，富于儿童情趣。

一是幻想。幻想，定义为一种以社会或个人理想与愿望为基础，对尚未发现或实现之事物的虚构想象过程，其本质为客观事物在人们意识中的反映。幻想被视为儿童的天赋与本能，因此，以儿童为审美主体的儿童文学对幻想有着极高的需求。丰富奇妙的幻想成为儿童文学的重要艺术特征。鉴于儿童处于自我中心思维阶段，他们常将主观意愿投射于客观对象，从而在想象世界中创造出流水嬉戏、花儿盛开、动物交友、鸟儿歌唱的奇幻景象。在儿童文学创作中，幻想扮演着主导角色，作品之成形离不开幻想的运用。由此可见，幻想性既是儿童文学创作思维的核心，也是评判作品是否属于儿童文学的重要依据。

儿童文学对幻想的要求有两个方面：一为尊重儿童心理需求，创作时应提供充满幻想的文学内容，同时激发儿童新幻想；二为幻想须植根于现实生活，即使是最富幻想的童话也不例外。总而言之，幻想成为人们创作的基础与人类创造的起点。对儿童而言，幻想贯穿于游戏、阅读及日常生活。因此，反映儿童生活的儿童文学创作，务必具备儿童式的幻想，并通过艺术形象的创造，唤起儿童的幻想，促进其想象力的发展。

二是儿童情趣是指在儿童文学作品中反映儿童心理状态及相应行为语言的趣味性，是通过艺术形象和境界表现的独特特征。这一特质在各种儿童文学文体中都是普遍要求，被视为作家传达给儿童的审美情趣的重要手段。为了富有儿童情趣，作家们需要巧妙地融入儿童喜欢的元素，以创造引人入胜的文学作品。

生成儿童情趣是美感效应的过程，其魅力在作品的情节、结构、语言等方面得以具体体现。这种情趣不仅仅是对儿童的一种娱乐，更是作品具有艺术魅力的关键所在。在儿童文学中，情趣的营造需要作者充分考虑儿童的感知方式和审美需求，使得作品既引人入胜又能够启发儿童的思考和想象力。

儿童情趣的反映不仅限于故事的情节，更深刻地揭示了儿童心理的特征。作家为了更好地表达这一情趣，需要深入了解儿童的日常生活，倾听并理解他们的思想和情感。只有通过与儿童真实的交流，作家才能更准确地把握不同年龄段的兴趣和需求，从而在创作中准确地反映儿童心理的特质。

作家在创作儿童文学时，要以深入儿童的视角，根据不同年龄段的兴趣和需求进行有针对性的创作。这样的努力不仅是为了吸引儿童读者，更是为了让他们在阅读中获得真正的美感。

儿童文学对情趣的要求是生动、活泼、形象、幽默、有吸引力，寓教于乐，使儿童喜欢阅读，从而受到感染和教育。

（三）儿童文学的审美本质

儿童文学活动作为一种审美的精神活动，包括儿童文学创作和欣赏儿

童文学作品的过程。审美活动本质上是对美的事物和创造美的作品的欣赏，体现了一种独特的精神追求。文学本身是作家对社会生活审美反映的产物，作家通过塑造艺术形象传达审美意义。儿童文学按照美的规律创作，运用适应儿童的艺术手段，呈现给小读者乐于接受的、具有优美形式的作品样式。这一过程不仅反映了儿童生活中美丑属性的现实，更展示了儿童文学作家对这些美丑属性的审美意识，涵盖情感、趣味、观点和理想。儿童文学作品以优美形式的艺术形象体系呈现，旨在激发儿童读者的美感。同时，这些作品也满足了不同年龄阶段小读者多样的审美要求，通过引导小读者提高审美能力、趣味和情操，达到了丰富儿童内心世界的目的。整个过程旨在创造一个有益于儿童成长、提升审美品位的文学环境。

正是儿童文学的审美本质，引出儿童文学反映社会的形式是具体的、概括的、具有审美意义的艺术形象，并进一步引出其文学形象的质量——儿童文学的真实性、倾向性、形象性等问题。很多儿童读者读过一些优秀儿童文学作品后首先是记住了书中的人物形象。比如，瑞典作家林格伦的作品《长袜子皮皮》中的皮皮、《疯丫头马迪根》中的马迪根、《小飞人卡尔松》里的卡尔松，都成为经典的顽童形象留在小读者的心里，让他们感受到生活的真实与艺术的魅力。

儿童文学的审美本质决定了其创作过程须以儿童为主体，源于作家对生活感受与经验的理解。创作不应始于某种概念或思想，而应历经形象启发、酝酿及完善的阶段。整个创作过程为典型化与形象思维的体现。例如，曹文轩的《根鸟》，就叙说了一个关于"寻找"的故事，隐喻着凯鲁亚克式的"在路上"的哲学意蕴，是一部影射了"性"之成长的长篇少年小说。如同弗洛伊德所云，力比多冲动是人的创造性之原动力。情欲萌动的少年根鸟，身体里生长着的旺盛的性张力，迫使他义无反顾地踏上了漫漫寻找之旅，寻找一个时常出现在他春梦中的美丽女孩。少女思春、少男燃情，无疑是青春期的一种普遍征候。根鸟对梦中女孩的追寻，与经典意义的少女找寻春闺梦中的白马王子这一意象异曲同工。少年根鸟恍惚、迷离、清醒、执着、痛苦、欢乐的找寻历程，亦再现了其性成长的真实图景。当根鸟的梦中开始出现女孩的身影时，他在现实生活中便表现出了对自己身体的"耻感"：不愿意让别人看见自己身体的隐秘，包括与他相依为命的父亲。当那个依稀出现在梦中的女孩的形象不断出现，且越来越清晰，他不敢和她的眼睛对视，虽然渴望和她长久地近距离"接触"。而且，她总是在他害怕她突然消失的时候消失。作者刻意营造出少年根鸟情欲萌动的诗意、浪漫的意境，细致捕捉心灵的颤音，穷尽了少年潜隐情欲的圣洁、优雅、高贵。曹文轩对"成长之性"诗意化和纯美化的书写，是建立在对少年"成长之性"的正视的前提之下的，这就使得这样一个敏感而又合理存在的现实具有了合法性和有效性。《根鸟》的写作的确是一种突破和超越。

同时，儿童文学的审美本质，也决定了儿童文学欣赏的过程包括形象感受、审美判断和体验玩味等阶段，其特点是审美享受和艺术形象的再创造。并且，儿童文学的审美本质也决定了儿童文学批评必须从形象分析着手，是包含着社会批评的美学批评。例如，童话大王安徒生在他的代表作《海的女儿》中这样写道："在海的远处，水是那么蓝，像最美丽的矢车菊花瓣，同时又是那么清，像最明亮的玻璃。""当海是非常沉静的时候，你可瞥见太阳：它像一朵紫色的花，从它的花萼里射出各种色彩的光。""她看到一些美丽的青山，上面种满了一行一行的葡萄。宫殿和田庄在郁茂的树林中隐隐地露在外面；她听到各种鸟儿唱得多么美好，太阳照得多么暖和，她有时不得不沉入水里，好使得她灼热的面孔能够得到一点清凉。"作家笔下，小人鱼生活的环境是那样美好，但同时这也为她悲剧的命运做了具有巨大反差的铺垫。同时，在童话中，在爱与付出之间，小人鱼毫不犹豫地选择了为爱付出。这样的故事也许在现实中难以出现，但越是难得越成为人们的渴望与召唤。小人鱼的形象也因此穿越了古今中外而成为人们心中爱与美的永恒象征。

儿童文学的审美本质还体现在儿童文学的社会本质、社会作用及儿童文学的内容、形式、发展规律等理论中。如儿童文学特殊性问题、认识教育作用要依靠美感作用实现的问题、儿童文学的结构和语言问题、创作方法与世界观矛盾问题以及儿童文学发展的自身规律等，都和儿童文学的审美本质有直接关系。由此可见，审美是儿童文学的本质。

二、儿童文学的功能

儿童文学是孩子一生中最早接触的文学形式，对孩子的精神成长具有

深远的影响。一般而言，文学具有认知、教育、娱乐、审美的功能，儿童文学自然也不例外。但是，由于儿童文学读者对象的特殊性，其功能与成人文学又有不同之处。

（一）儿童文学的认知功能

儿童文学的认知功能指的是具有较高思想性和艺术性的儿童文学作品在助力儿童了解社会、认识历史、丰富生活经验、增进知识、启发心智方面所体现出的作用。这一功能有助于拓宽儿童的知识面，培养他们的求知兴趣。在成长过程中，儿童对自然和人类社会充满好奇心，常常询问"为何如此"。儿童文学作品以其丰富的知识内涵，满足了儿童的求知渴望，既符合儿童的主观需求，也体现了社会的客观需求。例如《十二月菜》：

> 一月菠菜刚发青。
>
> 二月出土羊角葱。
>
> 三月芹菜出了土。
>
> 四月韭菜嫩青青。
>
> ……

《十二月菜》是流传在内蒙古的一首时序歌，按十二个月的顺序介绍了十二种蔬菜，在介绍菜名的同时，也简要描写了它们的特征，让儿童在熟悉季节时序的同时，也了解了不同时节产何种代表性的蔬菜。

儿童的生活圈相对狭窄，从生活中获得的直接经验很有限，而儿童文学恰好对此予以补充，让儿童在作品中获得知识、经验，开阔眼界。儿童文学在增长儿童知识、扩大儿童眼界的同时，还能培养儿童的求知兴趣。我们要努力激发儿童的好奇心，不断拓宽他们的知识视野。需要强调的一点是，儿童文学的认知功能必须以作家反映生活的真实性为前提，以作品中艺术形象的生动性为条件。因为儿童文学的形象本身既保存了生活本身的生动性、丰富性，又在一定程度上反映了生活的某些本质，并顺应了儿童的心理需要。那些违背生活的真实性，一味去迎合儿童的娱乐心理或编造故事情节、知识上错漏百出的低劣作品是经不住时间考验的。例如，《卖火柴的小女孩》揭露的是19世纪中叶丹麦社会贫富悬殊的黑暗现实，但作品是以一个可怜的小女孩四次美丽的幻想和悲惨生活、悲剧命运的强烈对比来反映的，易于儿童读者接受。因此，对儿童而言，儿童文学的认识价值是独到的，不仅会使儿童拓展认识领域、提高认识能力，还能给他们留下生动而难忘的童年记忆。

儿童文学还可以丰富儿童的语言，提高其思维能力和想象能力。儿童的语言处于迅速发展的阶段，相较于其他艺术形式，儿童文学在丰富儿童语言方面具有显著优势。这是因为儿童文学中的很大一部分是专为未成年人创作的，其语言简洁明了，同时富有生动性和准确性。通过阅读儿童文学，孩子们可以学习到丰富的词汇、语言规则以及多样化的表达方式。这些所学将在他们的日常交流中得到应用。那么，儿童文学是如何丰富儿童语言，提高他们的思维能力和想象能力呢？这可在具体作品中分别获取。例如，儿童文学中的儿歌、儿童诗、童话、故事等文体都能从不同的侧面给儿童以帮助，让他们从中得到启发和思维，获取丰富的文学知识。

儿歌中的绕口令可以帮助儿童正确掌握字音。例如《十和四》，帮助儿童分清平舌和卷舌音。通过让儿童念诵儿童诗，可以培养其表达情感的能力。例如，滕毓旭的校园朗诵诗系列。讲故事也可以让儿童说话，发展他们的连贯性语言。例如《小蝌蚪找妈妈》，整个故事共有三个部分：第一部分交代了小蝌蚪的外形特点；第二部分介绍小蝌蚪找妈妈的经过；第三部分是故事的结果。这个童话故事脉络清晰，在第二部分小蝌蚪找妈妈的过程中，碰到鸭妈妈、鱼妈妈、乌龟、白鹅等动物时叙述方法基本相同，不仅有利于儿童把握故事情节，也有利于儿童识记。读过故事、讲过故事后，使儿童能够清楚地了解从小蝌蚪变成小青蛙的详细过程。

儿童在接受儿童文学时，语言得到充实，思维能力也不断提高。如童话、神话、民间故事、科幻小说等给儿童思维留有巨大的空间，也给儿童留下极大的想象空间，让儿童的想象力得到发展。

（二）儿童文学的教育功能

儿童文学的教育功能在于促进儿童健康成长，使他们在阅读和欣赏儿童文学作品中，悄然受到思想道德的启迪和熏陶，以及情感、情操和精神境界的影响。这一功能引导他们从自然人向社会人发展。人的自然属性向社会属性的转变，即为社会化过程。社会化是指个体学习特定群体和社会的生活

技能与行为规范，以实现对社会生活的适应并在其中发挥作用的过程。为确保儿童能够适应社会并为其做出贡献，儿童文学在此过程中具有举足轻重的作用。

凡优秀的儿童文学作品都具有强大的教育感染力。儿童文学的教育作用是以认识作用为基础的。当读者从儿童文学作品中获得某种认识之后，必然在一定程度上引起情感、情绪的变化，即由认识而动情，再由动情而移性，在不知不觉中，性格情操得到陶冶，思想感情得到净化，道德行为得到规范。例如，贝洛在《鹅妈妈的故事》的序文中讲道："一则童话就好比一颗种子，最初激起的只是孩子们喜悦或悲哀的感情。可是，渐渐地，幼芽便冲破了种子的表皮，萌发、成长，并开出美丽的花朵。"显然，作者在这里说的所谓"花朵"，是指儿童通过阅读童话而加强的对于"真理的理解能力"。事实上，这种理解能力就是把童话作为儿童文学所产生的教育作用的具体体现。儿童文学作品能激起儿童情感的波涛，而最终在他们的心灵世界中发生感应。因而作品对儿童的影响是最内在、最本质的影响，是一种思想的、品德的、精神世界的影响。

儿童文学的教育成效与其思想性与艺术性的统一程度密切相关，这一功效蕴含于美感之中，并通过美感发挥作用。唯有如此，儿童文学方能有效地推动儿童迅速且健康地成长。过于刻板说教的儿童文学作品不受儿童喜爱，也无法达到潜移默化的教育目的。具体而言，儿童文学的教育功能可以体现在以下方面。

第一，儿童文学要向儿童传达日常生活知识。日常生活知识，儿童除在父母处直观接受一些外，更多地还要在儿童文学中获取。例如，儿歌《洗手》：

> 伸出两只手，
> 挽起小袖口，
> 亲亲小水花，
> 关上水龙头。
>
> ……

这首诗把洗手的方法、步骤和益处通过儿歌传递给幼儿，还一并告诉孩子们要注意节约用水，培养孩子的环保意识。

第二，儿童文学要向儿童传递社会的道德规范。儿童在成长过程中，所接受的道德规范内容是广泛而细致的。很多儿童文学经典作品中都有关于"爱心""无私""宽容""诚实""虚心""勇敢""文明""礼貌"等道德主题。儿童文学通过作品故事，形象运用多种修辞手法，将道理贯穿其中，进而对儿童产生潜移默化的影响。例如，文学巨匠托尔斯泰的作品《李子核》，讲述了小男孩瓦尼亚偷尝李子不敢承认，后听到爸爸说吞吃了带核的李子会死人而被吓哭并道出将核吐到窗外的真相，生动再现了一个天真幼稚、顽皮又不失可爱的孩童形象。许多儿童在瓦尼亚的身上可以找到自己的影子，在故事中明白：犯了错误并不可怕，不敢承认错误才最可怕，而勇敢承认错误是多么可贵！

第三，儿童文学要注意不可对儿童进行直截了当的说教。儿童文学作为一种文学类别，应当避免将教育简单理解为道德说教，切勿在作品中直接传达某种道德观念。在进行儿童文学创作时，需遵循艺术规律。例如，金近的《最糊涂的同学》：

> 我有个同学叫曾清楚，
>
> 做起事来可糊里糊涂，
>
> 你要请他帮一点忙，
>
> 不是忘记，就是做错。
>
> ……

这首儿童诗读来让人忍俊不禁，诗中对"曾清楚"的马虎缺点没有刻薄地讽刺和挖苦，而是婉转而间接地提出批评，用幽默的语气描述"曾清楚"马马虎虎的缺点，让孩子们在笑声中懂得做事情不应该糊里糊涂，起到了寓教于乐的效果。

(三) 儿童文学的娱乐功能

儿童文学的娱乐功能是其客观属性之一。事实上，所有文学作品在发挥审美教育作用的同时，皆能给人带来精神层面的愉悦，此亦适用于儿童文学。儿童普遍具有寻求快乐的天性，儿童文学以其多样化的形式和丰富的内容满足了儿童的这一特质与需求，为他们营造了一片娱乐的乐土。通过具体的儿童文学作品，儿童得到愉悦和消遣，并且通过娱乐暗藏较深的思想认识

和道德教育的内容，寓教于乐。儿童文学的这一功能可以愉悦儿童身心，培养儿童活泼开朗的性格，对儿童的生长发育、心理健康、人格健全都有积极的教育意义。儿童文学必须承担这样的任务。

儿童文学的独特性质源自其特殊的读者对象，这一文学形式必须在阅读过程中兼具深刻的娱乐性。尤其在幼儿文学中，娱乐性被强调得尤为明显，表现为儿歌、小诗以及图画故事等形式，这些都是专为年龄较小的读者设计的文学体裁。这类作品以轻松愉悦的方式呈现，旨在激发幼儿的兴趣，帮助他们建立对阅读的积极态度。

儿童文学的娱乐功能、认知功能、教育功能以及审美功能相互有机结合，并在作品中达到统一。这四种功能对儿童的健康成长均具有不可或缺的作用。它们并非孤立地发挥作用，而是相互协同。在儿童成长过程中，这些功能融合为一种无形但实际存在的力量，塑造着他们的品格，滋润着他们的心灵，净化着他们的心灵，培养他们美好的感情，引导着他们的言行，并陶冶着他们的情操。例如，瑞典作家阿·林格伦的作品，如《长袜子皮皮》和《疯丫头马迪根》，为人们提供了一个深入探索儿童淘气行为和游戏活动的窗口。通过这些作品，阿·林格伦不仅呈现了对儿童世界的独到观察，还表达了对旧教育观念的不满。儿童文学的艺术创造力在于它并不仅仅是娱乐的手段，而是通过文学形式展示了丰富的儿童生活情趣和深层次的意蕴。这种娱乐不再只是为了逗乐凑趣，更是一种对人生的深刻思考。艺术创造使儿童文学超越了表面的娱乐功能，通过欢乐的过程，儿童能够在阅读中感悟到关于人生、情感和价值的重要启示，从而在愉快中培养对文学和生活的更深层次理解。

儿童在接受儿童文学时体验着作品中角色的自由、快乐，从而激发儿童快乐的情绪，有利于培养儿童活泼、开朗的性格。像儿歌中的游戏歌，是一种伴随游戏动作而诵唱的歌谣。里面常常没有具体的内容，只是朗朗上口，作为游戏的伴奏，但是能给儿童带来极大的快乐。例如《拉大锯》：

> 拉大锯，扯大锯，
> 姥姥门前唱大戏。
>
> ……

孩子在拉手的游戏过程中唱着这样欢快的儿歌，一定是快乐无穷的。

(四)儿童文学的审美功能

文学作品，作为作者对生活进行的审美价值评判，承载着作者的审美情感，彰显着作者的审美个性。在遵循美的规律的基础上，作者依据自己的审美理想进行艺术创造。文学创作所展现的审美特质，使得作品本身必然具备美感，成为人类审美最高形式之一。儿童文学同样隶属于文学范畴，要求作者遵循美的规律来塑造形象、表现生活。优秀的儿童文学作品，总能以丰富的美感使儿童产生情感波动，带来精神愉悦与满足。与此同时，这类作品还陶冶了儿童的思想情操，培养了他们鉴赏美、创造美的能力。儿童文学的这一功能有助于培养儿童的美感，提升他们的审美修养，使他们于美的熏陶中实现心灵升华。

美感是人对事物的审美体验，是根据一定的美的评价标准而产生的复杂感情。儿童文学的美感作用绝非抽象、空洞的东西，它与认知、教育功能同时产生，而又直接影响认知、教育功能的发挥。此外，优秀的儿童文学作品总是向孩子们浇灌着美的琼浆，以其特有的色彩美、音响美、形象美、情感美、精神美、形态美或运动美给孩子们以多方面的美的启迪。

审美能力则是一个人在接触到艺术和日常生活中真正的美时，能感到满意，觉得精神愉快，并由此具有了判断真、善、美、假、恶、丑的能力。审美应是人类高一级的精神活动，凡文学都应该是美的，没有美就没有文学。文学作为人类审美的最高形式之一，尤其应遵循美的规律。儿童文学也是这样。审美对儿童是需要的，是一个需要逐步培养的过程。因此，我们在借助儿童文学对儿童进行审美能力的培养时，可以由简单、直观、表象逐渐发展到复杂、含蓄、深层次，从外表的漂亮、好看，到内心的高尚、美好、纯真、文明，目的是使儿童受到美的熏陶，提升他们的审美趣味，让他们在儿童文学作品中学会辨别美、认识美、确立正确的美丑观，从而培养其感受美、理解美、评价美和创造美的能力。

儿童文学作家以深刻的世界观为基础，巧妙地将日常生活中那些粗糙、分散、自然的美妙元素转化为更加强烈、丰满、理想的艺术美，从而深刻地影响着儿童的思想和感情。这一创作目的并非仅在于提供娱乐，更主要是为了陶冶和培养儿童的生活情趣，培养他们的欣赏能力，使他们能够更深刻地

19

感受和领悟现实美的深度。在儿童文学中，美与丑的鲜明对比显得尤为引人注目。一方面，像豌豆上的公主这样的形象展现了娇嫩美丽，将生活中的美妙元素以理想的方式呈现，从而使儿童能够享受美的愉悦。另一方面，《快乐王子》中主人公的悲惨结局却引发了纯洁高尚的情感，使儿童在欣赏美的同时也能深切体会生命的真谛。更为重要的是，作家们善于将生活中的丑恶转化为具有审美价值的艺术形象。以安徒生的《皇帝的新装》为例，通过讥笑丑恶，作家既娱乐了儿童，又向往着生活中崇高的美的力量。

具体而言，儿童文学作品中人物的服饰、妆容、言辞、举止、故事脉络等诸多方面，皆会对热衷于模仿的未成年读者产生直接或间接的影响，部分因素甚至可能塑造一个人一生的审美观念。例如，黄蓓佳的长篇小说《我要做好孩子》中的金玲是学习好、思想好、品德好的"三好学生"。她听话、懂事，不用家长、老师操心，这自然成为向善的儿童模仿的对象。而林格伦的长篇儿童小说《淘气包艾米尔》中的主人公艾米尔顽皮、淘气、活泼、好动，他把妹妹当作旗帜升到高高的旗杆上；他用老鼠夹夹老鼠却把爸爸的腿夹住了；喝汤时太贪婪，不小心把脑袋伸进汤罐里拔不出来；等等。但他聪慧过人，富于奇思妙想，具有非凡的创造力，也是儿童喜欢模仿的对象。

又如，《青铜葵花》是曹文轩的杰作，故事情节紧紧围绕城市女孩葵花和乡村男孩青铜展开。葵花的命运在父亲意外死亡后发生了翻天覆地的变化。她随着父亲来到大麦地村庄，成了一名孤儿。青铜贫穷但善良的家人无私地收养了她，为她创造了新的家庭。青铜和葵花在艰苦的生活中成为如同兄妹般的朋友，共同承受着生活的重压。为了能够照顾葵花，青铜放弃了自己上学的梦想，成为她坚实的依靠。这是一段共同成长的岁月，两人用心呵护着对方，分享着欢笑和泪水。故事中描绘了青铜为了葵花所付出的艰辛。他不仅放弃了个人的梦想，还经历了卖鞋、捉萤火虫做灯、承担责任等种种艰辛。这些努力体现了他对葵花的深厚情感和无私奉献。青铜一家在充满苦难的岁月中同心协力，共同应对各种天灾人祸。这个家庭在困境中展现了顽强的生活态度，同时也发现了生活中的快乐。他们用彼此之间的关爱和支持，构筑起一个坚固的家庭，共同度过生命中的艰难岁月。然而，命运最终将葵花带回城市，离开了乡村的家。这一别成为青铜心灵的沉重负担，他因失去妹妹而深感痛苦。在痛苦中，他高喊"葵花"的名字，这一瞬间震动了所有人的心灵。《青铜葵花》以独特鲜活的人物、简洁流畅的叙事和纯净唯美的文字，展现了苦难、美好和真情的细腻描写。作品充盈着人道主义的光辉，呈现出人性的温暖和坚韧。整个故事将苦难描绘得深入刻骨，同时又将美好描绘到了极致。通过对爱的深情表达，作品引导读者对生命中真善美的追寻。它是一篇充满生机与情感的文学之作，留下深刻的印象，让人不禁为主人公的坚持和爱的力量而动容。

另外，儿童在接受儿童文学作品时，还可以从中获取各种情感体验。例如，读《大萝卜》让儿童体会成功与喜悦；读《鸟树》让他们体会忧伤与希望；读《卖火柴的小女孩》则让孩子体会到同情与怜悯；在《孔融让梨》中感受友好与谦让；在《司马光砸缸》中感受急中生智；等等。因此，儿童文学有义务通过文学作品向儿童揭示各种审美标准，能够让儿童感知到美，懂得真正的美。

三、儿童文学的发展史

儿童文学的历史发展，既展现了文学艺术的演变，也反映了社会对儿童认知的不断深化。儿童文学的起源可以追溯到古代的神话、传说和民间故事。这些故事以简单直白的语言，传达了人类的基本价值观和道德观念，成为儿童最早的启蒙读物。例如，《格林童话》和《安徒生童话》等经典作品，至今仍被广大儿童所喜爱。随着印刷技术的进步和普及，近代的儿童文学逐渐兴起。这个时期的作品更加注重教育意义，旨在培养儿童的道德品质和行为习惯。例如，著名的《伊索寓言》通过动物的故事，向儿童传递了深刻的道理。同时，随着儿童心理学的发展，人们开始更加关注儿童的阅读心理和兴趣爱好，出现了更多适应儿童阅读的文学作品。进入 20 世纪，儿童文学开始呈现出多元化的发展趋势。一方面，现实主义作品逐渐增多，开始关注儿童的成长环境和心理问题，如《小王子》等。另一方面，随着科技的发展，儿童文学也开始涉足科幻、奇幻等领域，涌现出许多优秀的作品，如《哈利·波特》系列。

同时，需要注意的是，在发展的过程中，儿童文学始终坚持着其核心价值——为儿童提供快乐、知识和启发。无论是早期的神话传说，还是近期的多元化作品，都在以各自的方式传递着这一理念。如今，儿童文学已经

发展成为一个庞大的领域，涵盖了从传统故事到现代科幻、从纸质书籍到数字媒体等各种形式。这一领域的发展历程不仅反映了文学艺术的演变，更体现了社会对儿童认知的不断深化。

第二节　儿童文学教学的设计与教育发展

一、不同儿童文学教学的设计

(一) 儿童诗的教学设计

1. 儿童诗教学设计体系

儿童诗，作为一种独特的文学形式，以其简洁、明快、富有想象力的特点，深受儿童喜爱。儿童诗的教学设计，旨在通过精心的教学安排，激发儿童对诗歌的兴趣，培养他们的审美意识，提高语言表达能力，促进全面发展。

(1) 教学目标。儿童诗的教学目标，不仅仅局限于教授诗歌的技巧和知识，更在于促进儿童的全面发展。具体而言，教学目标应包括以下方面。

第一，知识技能：让儿童了解诗歌的基本特征，如节奏、韵律、意象等，掌握阅读和欣赏诗歌的基本方法。

第二，过程方法：培养儿童的观察力、想象力和创造力，通过诗歌创作、朗诵等活动，提高语言表达能力和提升沟通技巧。

第三，情感态度价值观：培养儿童积极向上的情感态度，增强文化认同感和审美意识，引导他们关注自然、社会和人性。

(2) 教学内容。儿童诗的教学内容，应充分考虑儿童的年龄特点和认知发展水平，选择适合的诗歌素材。教学内容应包括以下方面。

第一，经典诗歌：选择一些适合儿童的经典诗歌，如《春晓》《静夜思》等，让儿童感受传统文化的魅力。

第二，现代诗歌：选择一些具有现代感的诗歌，如金波、冰心的作品等，让儿童了解现代诗歌的风格和特点。

第三，原创诗歌：教师可根据实际情况，创作一些适合儿童的诗歌，或引导儿童进行简单的诗歌创作。

（3）教学过程。儿童诗的教学过程，应注重儿童的参与和体验，让他们在轻松愉快的氛围中感受诗歌的美妙。具体而言，教学过程应包括以下方面。

第一，示范朗读：教师通过示范朗读，让儿童感受诗歌的韵律和节奏，激发他们对诗歌的兴趣。

第二，小组讨论：教师可组织小组讨论，让儿童分享自己对于诗歌的理解和感受，提高他们的语言表达能力和增强他们的合作意识。

第三，创编诗歌：教师可引导儿童进行简单的诗歌创作，如写一两句诗、仿写等，培养他们的创造力和想象力。

第四，表演展示：教师可组织一些诗歌朗诵、表演等活动，让儿童展示自己的学习成果，增强他们的自信心和表现力。

第五，评价反思：教师应对儿童的学习过程和成果进行评价，同时引导他们进行反思，总结经验教训，进一步提高学习效果。

（4）教学评价。儿童诗的教学评价，应采用多种方式进行，注重儿童的参与度和创造性。具体而言，评价应包括以下方面。

第一，口头表达：教师可通过与儿童的交流，了解他们对诗歌的理解和感受，评估他们的语言表达能力和思维水平。

第二，写作练习：教师可布置一些写作练习，如写一首小诗、写一段读后感等，让儿童通过写作来表达自己的思想和感情。

第三，观察记录：教师应对儿童的学习过程进行观察和记录，了解他们的学习状态和进步情况，为进一步的教学提供参考。

第四，作品展示：教师可将儿童的优秀作品进行展示，让其他同学欣赏和学习，激发他们的学习动力和创作欲望。

第五，考试检测：教师可通过考试的方式对儿童的诗歌知识进行检查和测评，了解他们的学习成果和薄弱环节。

（5）教学资源。儿童诗的教学资源丰富多样，教师可根据实际情况进行选择和利用。具体而言，教学资源包括以下方面。

第一，教材：选择适合儿童的诗歌教材，如《小学生必背古诗文》《现代诗歌精选》等。同时可结合教材内容进行教学设计。

第二，诗歌集：选择一些适合儿童的诗歌集，如《金波儿童诗选》《亲近自然丛书》等，为教学提供丰富的素材。

第三，网络资源：利用网络资源，如儿童诗歌网站、教育资源平台等，获取更多的诗歌作品和教学资料。

第四，多媒体手段：利用多媒体手段，如 PPT、视频、音频等，丰富教学手段，提高教学效果。

第五，社会资源：利用社会资源，如图书馆、文化活动中心等，组织儿童参加诗歌朗诵、创作等活动，拓宽他们的视野和知识面。

（6）教学方法。儿童诗的教学方法多种多样，教师可以根据实际情况进行选择和运用。具体而言，教学方法包括以下方面。

第一，朗读法：通过朗读，让儿童感受诗歌的韵律和节奏，培养他们的语感和口头表达能力。

第二，讲解法：通过讲解，让儿童了解诗歌的背景、意象和主题等，帮助他们深入理解诗歌。

第三，讨论法：通过小组讨论、全班交流等方式，让儿童发表自己的观点和感受，促进他们的思维发展和语言表达能力。

第四，创作法：通过仿写、创作等方式，让儿童尝试写诗，培养他们的创造力和想象力。

第五，游戏法：通过游戏的方式，让儿童在轻松愉快的氛围中学习诗歌，增强他们对诗歌的兴趣和喜爱。

（7）教学建议。为了更好地进行儿童诗教学，教师可参考以下建议。

第一，关注儿童发展：教师应关注儿童的身心发展特点，了解他们的兴趣和需求，根据实际情况进行教学设计。

第二，注重情感体验：教师应引导儿童深入感受诗歌的情感和意境，让他们在情感体验中理解诗歌的主题和意义。

第三，培养想象力：教师应通过诗歌教学培养儿童的想象力和创造力，鼓励他们大胆表达自己的思想和感受。

第四，结合生活实际：教师应将诗歌教学与儿童的生活实际相结合，引导他们发现生活中的美好和诗意。

第五，多元化评价：教师应采用多元化的评价方式对儿童的学习成果进行评价，注重过程和结果的双重评价。

第六，持续学习与反思：教师应不断学习和反思自己的教学方法和效果，不断改进和完善自己的教学设计体系。

2. 儿童诗教学设计策略

儿童诗教学设计策略在当前语文教育领域已逐渐成为共识，旨在提升学生的语言运用能力。语文教师共同关注的核心问题在于学生，尤其是儿童书面表达能力的培养与提高。本文将重点分析儿童诗教学对于儿童写作能力培养的积极作用，探讨其有效性。儿童诗教学之所以具有促进写作能力培养的效果，根本原因在于它能丰富学生的想象力，强化语感，培养和提高学生的表达能力。通过儿童诗教学提高学生的写作能力，可从下面几个措施着手。

（1）听——感受童趣，展开丰富的联想与想象。在儿童诗的学习中，首要的一步是通过听，让学生深刻感受童趣并展开联想与想象。儿童诗以其音韵美和朗朗上口的特点，具有独特的语言魅力。为此，在教学过程中，采用多种方式引导学生亲近儿童诗，包括听录音、教师范读以及同学朗读等方法。这样的互动有助于培养学生的倾听能力，通过多次聆听，学生能够欣赏名家朗诵，深刻感受诗歌的美感和韵律。最终，学生将不仅仅学会欣赏儿童诗的节奏韵律之美，还为日后喜欢和创作儿童诗奠定坚实的基础。

（2）诵——大声朗诵，产生强烈的语感。教师应将重点放在学生的读上，强调多读并非机械重复，而是要指导学生如何读诗，使其掌握正确的读诗方法。准确地读出字音有助于学生更好地理解诗歌，而大声朗读则是培养情感的有效途径。通过精确、凝练的诗歌语言，学生能在内心产生强烈的语感，这对锤炼文字表达能力具有积极作用。同时，采用多种形式的诵读，如反复诵读和深入理解诗歌意境，有助于提高学生的语言敏感度和表达能力，使他们在儿童诗的领域中更加游刃有余。

（3）写——动脑动手，校内体验活动。实践是检验真理的唯一标准，听与读的作用究竟何在，需通过实际操作来加以验证。在学校这片宝贵的第一课堂，教师应把握住培养学生的习作能力的黄金时期。教师需坚信学生在诗歌创作方面具有巨大的潜力，因此，鼓励他们尝试诗歌创作时，不必过分考虑现实功利。当课堂上教授了一首儿童诗歌，并通过听与读的方式激发学生

的内在诗意时，教师可以适时引导他们进行儿童诗的创作。初期要求不必过高，只要能仿照教材中的例子，形似而神韵不足亦可视为"诗"。随后在教学过程中，逐步教授创作方法，引导学生运用联想、想象等表达技巧，以及象征、比喻、拟人等修辞手法，从而提升诗歌创作水平。

（4）创——适度创作诗歌，记下创作体验。学生在学习诗歌后可能产生创作欲望，而教师则应该鼓励并创造一个良好的写诗环境。从学生最初的写诗表达情感，逐渐发展到写作感悟，教师应该顺应学生的兴趣，激发他们学诗写诗的热情，使其在创作中不断成长，培养出更为深厚的文学素养。

语文教材精心选编了一系列优秀的儿童诗，每册涵盖五篇到六篇，以其贴近学生生活、简单易读的特点备受学生喜爱。这一举措旨在通过儿童诗歌的引入，激发学生对语文的兴趣，促使其更主动地参与学习。儿童诗创作成为语文教学实践中的一部分，既在课内进行，也鼓励学生在课外展开创作。教师们注重策划儿童诗创编活动，致力于创造和谐的写作氛围，同时总结和归纳创作经验，以提升教学质量。

儿童诗的形式充满童趣和想象力，对学生的语言文字能力、结构体现、手法运用、意象材料组合等方面提出了高要求。这不仅是对学生写作技能的考验，更是对其观察、分析和整合能力的挑战。在创作中，学生需要概括凝练语言，巧妙控制情节，将深意融入其中，同时明确传达信息和表达情感。这种要求旨在培养学生在语文表达中的全面素养，使其逐渐形成独立思考和表达的能力。

为了引导学生更好地进行创作，教师们选择了一些学生喜欢的主题，如小动物等，以此激发学生的观察和表达兴趣。在创作过程中，教师进行点评和整理学生口头表达，促使学生更深入地理解创作技巧，并提高他们创编儿童诗的自信心。学生在完成创作后，被鼓励写下创作过程及感想，进行思想整合。这一过程不仅锻炼了学生在不同文体中表达感悟的能力，也在培养和提高他们的写作水平方面发挥了积极作用。通过这一全方位的教学设计，语文教学在培养学生的创作兴趣和写作能力方面取得了显著的成果。

(二) 童话的教学设计

1.童话教学设计体系

童话，作为儿童文学的重要形式，以其丰富的想象、生动的情节和可爱的人物形象深受孩子们的喜爱。在教育领域，童话也被广泛地应用于教学实践中，成为培养孩子们想象力、创造力和情感认知的重要手段。为了更好地发挥童话的教育价值，需要构建一个完整的教学设计体系。

（1）教学目标。童话教学的目标应根据学生的年龄、心理特点和童话的特点来确定，旨在培养学生的想象力、创造力、语言表达能力、情感认知能力等。具体而言，童话教学的目标可以分为以下方面。

第一，培养孩子的想象力。童话故事中的情节和人物形象往往超越现实，通过阅读童话，孩子们可以充分发挥自己的想象力，探索更广阔的世界。

第二，培养孩子的创造力。童话故事中的情节和人物形象往往具有很强的创意性，通过引导孩子们进行角色扮演、故事续写等活动，可以激发他们的创造力。

第三，培养孩子的语言表达能力。童话的语言优美、生动，通过阅读和讲述童话故事，孩子们可以学习到丰富的词汇和表达方式，提高自己的语言表达能力。

第四，培养孩子的情感认知能力。童话故事中的人物形象和情节往往涉及各种情感，通过阅读和理解童话故事，孩子们可以更好地认识和理解各种情感，提高自己的情感认知能力。

（2）教学内容。童话故事是童话教学的主要内容。在选择童话故事时，应根据学生的年龄、心理特点和教学目标来确定。具体而言，应该选择情节生动、人物形象可爱、语言优美的童话故事，同时还要考虑故事的趣味性和教育意义。例如，《安徒生童话》《格林童话》等经典童话故事，以及一些现代的儿童文学家创作的优秀童话作品。除了童话故事本身，还可以引入一些相关的内容，如童话的历史和文化背景、童话的表现手法和艺术特点等，以帮助孩子们更全面地了解和认识童话。

（3）教学方法。教学方法是实现教学目标的重要手段。在童话教学中，

可以采用多种教学方法，以激发学生的学习兴趣和参与度。以下是一些常用的教学方法。

第一，故事阅读法：通过阅读童话故事，让学生了解故事情节和人物形象，激发他们的想象力和创造力。在阅读过程中，可以引导学生进行预测、推断和质疑等活动，以培养他们的阅读理解能力。

第二，角色扮演法：通过让学生扮演童话中的角色，让他们亲身体验故事情节和人物形象，加深对故事的理解和认识。在角色扮演过程中，可以引导学生进行即兴表演、创意表演等活动，以培养他们的表现力和创造力。

第三，绘画法：通过绘画的方式，让学生表现自己对童话的理解和感受。在绘画过程中，可以引导学生发挥自己的想象力和创造力，创作出独特的画作。

第四，音乐法：通过与童话相关的音乐，让学生感受音乐的韵律和情感。在音乐欣赏过程中，可以引导学生进行音乐创作、舞蹈等活动，以培养他们的音乐素养和创造力。

第五，游戏法：通过与童话相关的游戏，让学生亲身体验故事情节和人物形象。在游戏过程中，可以引导学生进行团队合作、策略制定等活动，以培养他们的社交能力和协作精神。

28

（4）教学评价。教学评价是检验教学目标是否实现的重要手段。在童话教学中，应该建立科学、合理的教学评价体系，对学生的学习成果进行及时评价和反馈。以下探讨常用的教学评价方法。

第一，观察法：通过观察学生在课堂上的表现，如参与度、反应等，了解他们对童话的理解和感受程度。

第二，口头表达法：通过让学生复述故事情节、分析人物形象等方式，了解他们对童话的理解程度和语言表达能力。

第三，作品展示法：通过展示学生的绘画作品、表演作品等方式，了解他们的想象力和创造力。

第四，小组讨论法：通过小组讨论的方式，让学生交流自己的理解和感受，了解他们的思考能力和合作精神。

第五，测试法：通过测试学生对童话故事的记忆和理解程度，了解他们对故事本身的掌握程度。

第六，教师评价法：通过教师对学生的评价，了解他们的学习成果和进步情况，为学生提供针对性的反馈和建议。

第七，学生自评法：通过学生自我评价的方式，让他们对自己的学习成果进行反思和总结，促进自我认识和提高。

第八，家长评价法：通过家长对学生的评价，让家长了解孩子的学习情况和进步情况，促进家校合作和共同育儿。

第九，作品评定法：通过评定学生的作品，如写作、绘画、表演等，了解他们的创造性和艺术表现力。

第十，档案袋法：通过建立学生的学习档案袋，记录他们的学习过程和成果，让他们看到自己的成长和进步。

（5）教学资源。教学资源是实现童话教学的重要保障。在童话教学中，应充分利用各种教学资源丰富教学内容和形式。

第一，图书资源：图书馆、书店等地方可以提供丰富的童话图书资源，包括经典童话和新创作的童话作品。教师可以选择适合学生的图书，提供给他们阅读和学习。

第二，网络资源：互联网上有很多与童话相关的网站和社交媒体平台，提供了大量的童话故事、图片、音频和视频等资源。教师可以引导学生上网查找相关资料，进行自主学习和探究。

第三，多媒体资源：现在有很多与童话相关的多媒体资源，如动画、电影、音频等。教师可以利用这些资源，让学生更直观地了解童话故事情节和人物形象，提高他们的学习兴趣和理解能力。

第四，社区资源：社区中也有很多与童话相关的资源，如儿童文学社团、童话读书会等。教师可以引导学生参加这些社团和活动，与其他对童话感兴趣的人交流和分享，拓宽他们的视野和思路。

第五，家庭教育资源：家庭也是学生学习童话的重要场所。家长可以为学生提供一些与童话相关的书籍、音频、视频等资源，与孩子一起阅读、听故事、讨论，促进家庭教育和学校教育的有机结合。

（6）教师素质。教师是实现童话教学目标的关键因素。在童话教学中，教师需要具备一定的童话素养和教育专业知识，以便更好地引导学生进行学习和探索。

第一，具备丰富的童话知识和阅读经验：教师应广泛阅读各种童话作品，了解童话的起源、发展和特点，掌握经典童话的故事情节和人物形象。同时，教师还应该了解童话与其他文学形式的关系，以便更好地引导学生进行比较和探究。

第二，掌握多种教学方法和技巧：教师应根据学生的年龄、心理特点和教学目标，选择合适的教学方法，如故事阅读法、角色扮演法、绘画法等。同时，教师还应掌握一些教学技巧，如如何激发学生的兴趣、如何引导学生进行思考和表达等。

第三，具备教育心理学和儿童文学理论知识：教师应了解儿童心理发展的特点和规律，掌握儿童文学的理论知识，以便更好地理解学生的需求和心理状态，更好地选择和解读童话作品。

第四，具备创新意识和组织能力：教师应具备创新意识和组织能力，能够根据学生的实际情况和教学目标，设计出有趣、生动的教学活动和课程，同时还需要具备良好的课堂管理和组织能力。

第五，具备耐心、热情和亲和力：教师应该具备耐心、热情和亲和力，能够与学生建立良好的关系，关注学生的情感需求和学习困难，积极引导学生进行学习和探索。

总之，童话教学设计体系需要从多方面考虑，注重学生的主体地位和个体差异，激发学生的学习兴趣和参与度，培养他们的想象力和创造力。同时，教师还需要不断提升自身的专业素养和教育能力，以更好地为学生的成长和发展服务。

2.童话教学设计策略

（1）创新联想记忆。童话故事中设定的故事情节都是奇幻又美妙的，夸张却具有十足的吸引力，里面创造的各种奇妙的环节已经把儿童超强的好奇心给吸引住了。儿童故事的内容往往有着常人没有的魔法或者超能力，神通广大，无所不能，连植物、动物都变得可以相互交流。在这个奇幻童话世界里，儿童可以充分地发挥自己的想象力，还能自己联想一些可能发生的故事情节，由此对故事情节的记忆也更深刻。

（2）营造童话环境。通过对童话环境的布置，能够让儿童在聆听故事的时候增加故事的体验效果。例如，学前的教师需要在讲述童话前，对教室内的一些事物进行布置，营造出童话故事的情境，让儿童在听故事的时候有身临其境的感觉。

（3）创设音乐情境。音乐对于童话故事的教学有着较高的作用，通过童话故事中跌宕起伏的故事情节，经过音乐艺术的加工，让儿童跟随童话故事的情节加深对故事内容的体验，达到对学前教育的帮助。

（4）展示童话画面。将童话故事中曲折离奇的情节利用童话故事内容画面展示出来，是借助儿童"视觉"的冲击力激发其兴趣。将传统的文字故事场景转化为图像与声音的呈现方式，展示给儿童，使其在欣赏童话故事的过程中，通过视听效果领悟故事所传达的寓意。

（5）扮演童话角色。童话角色的扮演会让儿童更有一种亲身经历这场故事的感受，会让儿童更好地体会童话故事传达的精神。在学前教育上，教师需要注意的就是用好儿童爱表现的性格，让儿童参与到每一个角色的扮演中去，让儿童对于童话故事有着更深刻的理解。

（6）续编童话故事。续编故事对儿童而言涉及各方面的能力，因此续编童话故事是对学生的综合能力的锻炼。因为从儿童的"听故事"到"编故事"再到"讲故事"，这三个步骤看似简单，但实际操作起来对儿童而言还是有一定的挑战。首先，需要儿童认真聆听老师讲述的故事，在这个过程中儿童需要知道整个故事的主要人物和主要内容。其次，让儿童根据自己的想象编排故事，这个环节重要的是儿童能否合理编排刚刚听到的内容。最后，组织语言将自己续编的故事讲出来，这个环节中较为重要的是儿童的语言组织能力和表达能力。

总而言之，童话故事在学前教育中的作用不能轻视。学前教育是帮助学生打好基础的重要阶段，把各种教学资源进行整合，充分发挥童话故事的教育意义，可帮助儿童营造一个健康快乐的成长环境。

（三）寓言的教学设计

1.寓言教学设计体系

寓言作为文学体裁的一种，其教学设计也有其独特之处。以下将就寓言教学设计体系进行探讨。

（1）教学目标。在设计寓言教学方案时，首先需要明确教学目标。教学

31

目标是教学活动的导向，它能够使教师在教学过程中始终保持清晰的目标意识，同时也能帮助学生更好地理解学习目的，提高学习效果。针对寓言这种文学体裁，我们可以从知识、能力、情感等多个方面来设定教学目标。

第一，知识目标：通过学习寓言，学生能了解寓言的基本概念、特点、分类等知识，理解寓言所蕴含的寓意和道理。

第二，能力目标：通过学习寓言，学生能提高阅读理解、语言表达、思维和创造等方面的能力。

第三，情感目标：通过学习寓言，学生能感受到寓言中所蕴含的道德、智慧、哲理等方面的精神内涵，培养良好的道德品质和人文素养。

（2）教学内容。在确定教学目标之后，需要对教学内容进行分析。寓言作为一种文学体裁，其教学内容主要包括文本本身和其所蕴含的寓意两个方面。因此，我们需要对所教授的寓言进行深入分析，明确其主题、寓意、语言特点等，以便更好地进行教学设计。同时，还需要根据学生的学习需求和课程要求，对教学内容进行筛选和组织，使其更加符合教学实际需要。

（3）学习者分析。在制定教学策略之前，需要对学习者进行分析。学习者是教学活动的主体，其年龄、心理特点、认知水平、学习风格等方面的因素都会影响到教学效果。因此，我们需要了解学习者的基本情况，并根据其特点选择合适的教学策略和方法。例如，对于年龄较小、认知水平较低的学习者，可以采用较为直观、生动的教学方式，如故事讲解、角色扮演等；对于年龄较大、认知水平较高的学习者，可以采用较为深入、启发式的教学方式，如讨论、探究等。

（4）设计教学过程。在确定教学策略之后，需要设计具体的教学过程。教学过程是教学活动的实施过程，其设计的好坏直接影响教学效果的实现。针对寓言这种文学体裁的特点，可以按照以下步骤进行教学过程的设计。

第一，导入：通过提问、故事等方式引导学生进入寓言的主题和情境中，激发学生的学习兴趣和好奇心。

第二，呈现：通过讲解、朗读等方式呈现寓言的内容和寓意，帮助学生理解寓言的背景、人物形象、情节等方面的情况。

第三，练习：通过讨论、问答等方式引导学生对寓言进行深入思考和探讨，帮助学生理解寓言的内涵和意义。

第四，巩固：通过写作、表演等方式帮助学生巩固所学知识，提高学生的语言表达和创造等方面的能力。

第五，总结：对所学内容进行总结归纳，帮助学生系统地掌握知识并形成完整的知识体系。

（5）制作教学材料。为了辅助教学的实施，需要制作相应的教学材料。教学材料是教学过程中所使用的各种资源，其质量和丰富程度直接影响教学效果的实现。针对寓言这种文学体裁的特点，可以制作以下教学材料。

第一，课件：通过制作 PPT 等形式呈现寓言的内容和寓意，方便教师进行讲解和演示。课件的制作应该注重内容的条理性和美观性，以便更好地吸引学生的注意力。

第二，图片：通过收集或制作与寓言相关的图片资源，帮助学生更好地理解寓言的情境和人物形象等方面的内容。图片的选择应该注重其形象性和生动性，以便更好地激发学生的学习兴趣。

第三，音频：通过收集或制作与寓言相关的音频资源，帮助学生更好地感受寓言的语言魅力和情感表达。音频的选择应该注重其音质和配乐的适宜性，以便更好地营造学习氛围。

第四，视频：通过收集或制作与寓言相关的视频资源，让学生更加生动形象地了解寓言的情节和人物形象等方面的内容。视频的选择应该注重其情节的完整性和视觉效果，以便更好地激发学生的学习兴趣。

第五，练习题：根据教学目标和教学内容，设计相应的练习题，帮助学生巩固所学知识。练习题的设计应该注重其针对性和层次性，以便更好地满足学生的学习需求。

（6）教学实施。在完成教学设计后，进入教学实施阶段。在这一阶段，教师需要根据设计好的教学过程和教学材料，进行具体的教学活动。在教学过程中，教师需要注意以下方面。

第一，注意教学节奏的把握，合理安排时间，确保教学内容的顺利完成。

第二，注重学生的参与度，鼓励学生积极参与课堂互动，激发学生的学习兴趣和主动性。

第三，根据学生的学习情况及时调整教学策略和方法，以保证教学效

果的实现。

第四，在教学过程中注重观察学生的反应和反馈，及时发现问题并加以解决。

（7）教学评价与反馈。教学评价是教学设计中的重要环节之一，它能够对学生的学习成果和教师的教学效果进行客观的评价，并提供反馈和建议。在教学评价中，可以采用多种方式进行评估，如考试、作品评价、口头表达等。通过评价，可以发现学生在学习过程中的问题和不足，同时也可以发现教师在教学过程中的问题和不足。针对这些问题和不足，需要及时进行反馈和改进，以提高教学效果和学习效果。

2. 寓言教学设计策略

（1）抓好故事主体。故事是寓言的主体。在教学中要以故事为核心，通过读一读、讲一讲、演一演等形式，引导学生弄清事情的来龙去脉，抓住关键细节反复体会。

（2）处理好课文与原文的关系。在教学时要参照原文，通过对比发现课文的文本特点，适当补充细节背景，以便让学生更好地理解内容和寓意。尤其是先秦寓言，诸子百家风格迥异，可以联系文章出处和具体派别，加深对文本的认识，拓宽教学视野。

阅读教学是一个因文解道、因道悟文的过程，寓言教学亦然：首先，通过对语言文字的反复咀嚼，认识寓言的寓意；其次，对文本做进一步的深入理解。前面说过，寓言就是通过一个简单的故事表达一个深刻的道理，寓言教学亦然：寓言教学看似简单，但实际上内涵很丰富，让学生明白道理，成为身心健康者，是显性的结果；但就语文教学而言，更应该让学生学会怎样简洁地讲故事，怎样委婉地说出自己的话。

（四）儿童故事的教学设计

1. 儿童故事教学设计体系

儿童故事，以其丰富的想象力和生动的情节，成为孩子们最喜爱的文学形式之一。为了更好地引导孩子们走进故事的世界，培养他们的阅读习惯和想象力，需要构建一个科学、系统的儿童故事教学设计体系，旨在为教师提供一套全面的教学方案，具体如下。

（1）教学目标。儿童故事教学的目标应该明确、具体、可行。通过故事教学，可以培养儿童的阅读兴趣、语言表达能力、想象力和创造力等。因此，教学目标应该根据儿童的年龄和认知水平来制定。例如，首先，对于年龄较小的儿童，教学目标可以包括培养阅读兴趣、提高语音意识、发展听力理解等；其次，对于年龄较大的儿童，教学目标可以包括培养阅读理解能力、发展口头表达和写作能力、激发想象力和创造力等。

（2）教学内容。儿童故事教学的内容应该选择适合儿童的故事素材，包括经典的童话、寓言、神话、民间故事等。同时，应该考虑到儿童的年龄和认知水平，选择适合他们的故事。在选择故事时，应该注重故事的趣味性、教育意义和语言质量。此外，还应该注重故事的多样性和文化内涵，让儿童了解不同文化背景下的故事和价值观。

（3）教学方法。儿童故事教学的方法应该采用多种形式，以激发儿童的兴趣和参与度。

第一，讲述法：教师讲述故事，通过语音、语调和表情来传达故事的情节和情感，让儿童更好地理解故事内容。

第二，朗读法：教师朗读故事，让儿童听故事并跟着朗读。这种方法可以帮助儿童增强语音意识和听力理解能力。

第三，角色扮演法：教师和儿童一起扮演故事中的角色，通过表演来呈现故事情节和人物性格。这种方法可以帮助儿童更好地理解故事主题和人物关系。

第四，讨论法：教师和儿童一起讨论故事的主题、情节和人物特点，鼓励儿童发表自己的看法和感受。这种方法可以帮助儿童发展口头表达和批判性思维能力。

（4）教学过程。儿童故事教学的过程应该包括导入、展开和总结等环节。在导入环节，教师可以采用提问、情境创设等方式激发儿童的兴趣和好奇心；在展开环节，教师可以采用讲述、朗读、角色扮演、讨论等方法呈现故事情节和人物特点；在总结环节，教师可以引导儿童回顾故事内容，总结主题和意义，同时也可以布置作业或延伸活动，帮助儿童巩固所学内容。

（5）教学评估。教学评估是检验教学效果的重要手段。在儿童故事教学中，教师应该通过观察、提问、测试等方式评估儿童的学习效果。观察可以

通过对儿童在课堂上的表现来判断他们的理解程度；提问可以直接了解儿童的思考过程和问题答案；测试则可以检验儿童对整个故事的理解和掌握程度。教师还可以通过与家长的交流，了解孩子在家中的阅读情况和习惯的养成情况，从而更好地评估教学效果。同时，教师也应该根据评估结果及时调整教学策略和方法，提高教学效果。

（6）教学资源。教学资源是支持儿童故事教学的重要工具。除了教材之外，教师还可以利用图书、音频、视频、教具等教学资源来丰富教学内容和形式。例如，教师可以利用绘本、连环画等不同类型的图书来呈现故事情节；利用音频、视频等多媒体资源来提高儿童的听力和口语表达能力；利用道具、服装等教具来辅助角色扮演和游戏活动等。此外，教师还可以利用网络资源来寻找更多与故事相关的素材和资源。

（7）家园共育。家园共育是促进儿童全面发展的重要手段之一。在儿童故事教学中，教师应该与家长密切合作，共同培养孩子的阅读习惯和语言表达能力。教师可以向家长推荐适合孩子年龄段的图书和阅读材料，鼓励家长参与孩子的阅读活动，例如，共同阅读绘本、讲故事给孩子听等。此外，教师还可以通过家长会、家长学校等形式与家长交流教育理念和教育方法，共同促进孩子的健康成长。

总而言之，儿童故事教学设计体系需要全面考虑教学目标、内容、方法、过程、评估、资源、家园共育和教师素养等方面，为孩子提供一个愉快、有益的学习环境。同时，教师应该根据实际情况灵活调整教学策略和方法，注重儿童的个性化需求和全面发展，培养儿童的阅读兴趣和语言表达能力等，为孩子的未来发展打下坚实的基础。

2. 儿童故事教学设计策略

（1）讲述故事——锤炼学生的叙事能力。

第一，结构的完整性。儿童故事的结构最能满足儿童的阅读需求，他们在读故事或听故事的过程中总是要追问"然后呢""后来呢"，因此故事的完整性符合儿童阅读心理。借助这样的结构，抓住儿童的心理，让学生讲述故事，可以加深对故事的记忆和理解，还可以锤炼学生的叙事能力。

第二，语言的口头性。儿童故事适合儿童阅读、适合儿童讲述，也适合儿童倾听，因为语言的口头性不同于书面的文学语言，其通俗、易懂、句短、明快，符合儿童心理特点，适应儿童语言能力和习惯。

（2）阅读鉴赏——提高学生的审美品质。

第一，语言的艺术性。儿童故事的语言具有口头性，但这种口头化并不是"娃娃腔""口水话"，而是根据儿童的欣赏习惯和理解能力，对儿童生活化语言进行筛选、提炼、加工而成的艺术化语言。这种源于儿童生活、高于儿童现有水平的艺术化的口头语言，才具有文学审美价值。

第二，主题的教育性。续写童话故事对儿童而言，涵盖诸多能力方面，因此，这一过程实则是对学生综合素养的磨砺。儿童故事将某一教育主题巧妙地融入引人入胜的故事之中，如同盐溶于水，尽管从"听故事""编故事"到"讲故事"这三个环节看似简单，使读者在愉悦的阅读体验中自然地汲取教育和启示。但实际上，对儿童而言，这种功效并非通过刻板的说教来达成，每个环节都具有一定的挑战性，而是借助审美的力量来实现。首先，他们需要悉心聆听教师所讲述的故事，全面把握故事的主要角色和核心内容。儿童故事的认识功能、教育功能与审美功能并非孤立存在，而是相互交织。教育的实施和认知的提升，儿童要依据自己的想象力对故事进行续编，都以审美体验为基石。换言之，关键在于他们能否合理地整合所听到的内容。只有在情感积极互动的过程中，读者在感受情感滋养和享受审美愉悦的同时，运用语言将续编的故事讲述出来，方能真正获得思想的启迪。此时，他们的语言组织和表达能力显得尤为重要。

（3）创意表达——促进学生的精神成长。

第一，线索的单一性。由于儿童思维处于发展阶段，儿童故事往往采用单条线索、有序推进、连贯流畅的叙述形式，少有头绪纷繁的穿插和过大的跳跃，也不宜做过多的铺垫和细腻的表写，内容简单便于学生记忆和理解。

第二，情节的趣味性。儿童故事特别强调趣味性。儿童阅读故事的兴趣往往在故事情节上，寻求愉悦是读故事、听故事和讲故事的目的，他们常常发出这样的感言："太好玩儿了""好搞笑哟""太有趣啦"。加上儿童注意力不持久，且容易分散，平淡无奇的故事是很难把他们卷入其中，必须让情节曲折多变、饶有趣味、环环相扣。

儿童故事教学中的语言实践活动设计，不仅需要教师拥有文体意识，还需要站在儿童的立场，用儿童的心去体验，用儿童的眼去观察，用儿童的

嘴去说话，走进儿童的心灵世界。读懂童心、拥有童心的前提是，每一位语文教师需要通过大量的儿童故事阅读，让自己在心性上重返童年。

（五）儿童散文的教学设计

1. 儿童散文教学设计体系

儿童散文，以其独特的语言魅力和深邃的情感内涵，成为孩子们感受生活、理解世界的重要媒介。如何将这一文学形式巧妙地融入教学之中，激发孩子们的阅读兴趣，培养他们的审美情感，是每一个教育者需要深入思考的问题。因此，主要从以下方面探讨儿童散文教学的设计体系。

（1）教学目标。儿童散文的教学目标应该以培养学生的阅读兴趣、提升学生的文学素养和丰富学生的精神世界为主。具体而言，教学目标可以分为以下方面：

第一，知识目标：让学生了解散文的基本特点、表现手法和语言特色等，掌握阅读和欣赏散文的基本方法。

第二，能力目标：培养学生的阅读、写作和鉴赏能力，提高学生的思维能力和表达能力。

第三，情感目标：引导学生感受散文所表达的情感和意境，培养他们的审美情趣和人文素养，增强学生对自然、社会和人生的认识和理解。

（2）教学内容。儿童散文教学内容的选择应该注重作品的趣味性、文学性和思想性，同时也要考虑到儿童的年龄和认知特点。

第一，经典的儿童散文：选择一些经典的儿童散文作品，如冰心的《寄小读者》、贾平凹的《我的小桃树》等，让学生感受这些作品的文学魅力和思想内涵。

第二，贴近儿童生活的作品：选择一些贴近儿童生活、富有童趣的作品，如《小王子》《哈利·波特》等，让学生通过阅读这些作品，了解和体验现实生活中的美好和温情。

第三，富有哲理的作品：选择一些富有哲理的儿童散文作品，如林清玄的《心田上的百合花》、冯骥才的《珍珠鸟》等，让学生通过阅读这些作品，了解人生的意义和价值，培养他们的思考能力和人文素养。

（3）教学方法。在儿童散文教学中，可以采用多种教学方法，包括情境教学法、互动教学法、任务教学法等。这些教学方法可以激发学生的学习兴趣和积极性，提高教学效果。

第一，情境教学法。情境教学法是指在教学过程中，教师有目的地引入或创设具有一定情绪色彩的、以形象为主体的生动具体的场景，以引起学生一定的态度体验，从而帮助学生理解教材，并使学生的心理机能得到发展的教学方法。在儿童散文教学中，教师可以利用多媒体技术、实物演示等方式创设情境，让学生更好地感受和理解作品所表达的情感和意境。例如，在教授冰心的《寄小读者》时，教师可以播放轻柔的音乐、展示美丽的风景图片等，让学生在优美的情境中感受作者对大自然的热爱和对生命的珍视。

第二，互动教学法。互动教学法是指在教学过程中，以学生为主体，通过师生互动、生生互动等方式，引导学生积极参与课堂活动的教学方法。在儿童散文教学中，教师可以采用小组讨论、角色扮演等方式，让学生参与到课堂中来。例如，在教授贾平凹的《我的小桃树》时，教师可以让学生扮演作品中的角色，通过对话、表演等形式，让学生更好地理解作品所表达的主题和情感。同时，教师也可以引导学生提出问题、发表观点等，促进师生之间的交流和互动。

第三，任务教学法。任务教学法是指在教学过程中，教师根据教学内容和学生实际情况，设计一系列的任务，让学生在完成任务的过程中掌握知识的教学方法。在儿童散文教学中，教师可以设计一些阅读任务、写作任务等，让学生通过完成任务来提高阅读、写作和鉴赏能力。例如，在教授林清玄的《心田上的百合花》时，教师可以让学生写一篇读后感或者进行一次主题演讲等任务，让学生在完成任务的过程中加深对作品的理解和认识。

（4）教学过程。儿童散文教学过程应该注重学生的主体性，引导学生自主学习、合作探究。具体而言，可以分为以下环节。

第一，导入环节：导入环节是教学过程中非常重要的环节。在导入环节中，教师可以采用提问、故事、音乐等方式激发学生的学习兴趣和好奇心。例如，在教授冰心的《寄小读者》时教师可以先向学生提问"你们有没有写过信？写信的时候会想到些什么？"等问题，在引导学生回忆自己的生活经验的同时引起他们对作品的好奇心和兴趣。

第二，新课学习环节：在新课学习环节中教师可以选择适合学生年龄

39

和认知特点的散文作品进行教学。在教授新课时教师应该注重对作品的讲解和分析，在帮助学生理解作品的内涵和意义的同时引导学生自主学习、合作探究。例如，在教授林清玄的《心田上的百合花》时教师可以先让学生自主阅读作品，然后提出一些问题引导学生思考和分析，如"百合花为什么会开放?""它的开放对人们有什么启示?"等，让学生通过小组讨论等形式展开探究学习。

第三，巩固练习环节：巩固练习环节是教学过程中必不可少的环节，通过巩固练习可以帮助学生巩固所学知识，提高阅读、写作和鉴赏能力。在巩固练习环节中教师可以设计一些练习题目，如阅读理解、写作练习等，让学生进行有针对性的练习，同时也可以组织学生进行一些课堂活动，如朗诵比赛、文学创作等，让学生在活动中巩固所学知识提升文学素养。

第四，总结评价环节：总结评价环节是对本节课的知识点进行梳理和总结，同时对学生的表现进行评价和反馈的过程。在总结评价环节中教师可以通过提问、观察等方式了解学生对所学知识的掌握情况，同时也可以通过作业批改、口头表达等方式进行评价和反馈，帮助学生发现自己的不足之处，进一步提高自己的阅读能力。

2.儿童散文教学设计策略

儿童散文在儿童文学中扮演着至关重要的角色。首先，通过阅读儿童散文，学生能够提升其审美能力和人文素养。这一文学形式以其语言的优美凝练和强烈的韵律感而著称，同时表现手法多样，为学生提供了良好的文学鉴赏平台。儿童散文的主题涵盖了爱、顽童和自然等与学生接受心理高度契合的内容，培养了学生发现美、欣赏美和创造美的能力。

（1）以儿童情趣为教学导向。儿童散文自身蕴含着儿童特有的情趣，能够成为激发学生兴趣的有力工具。在教学中，教师应当注重挖掘课文中的儿童情趣，并将其巧妙地融入教学的各个环节，以充分发挥儿童散文在教学中的优势。

（2）运用符合文体特点的教学方法。这种文学形式具有独特的组织形式与表达方法，因此，教学应当针对其文体特点进行有针对性的安排。在教学过程中，教师要潜移默化地培养学生的文体意识，使其更好地理解并符合儿童文学的独特风格。

二、儿童文学的教育发展

(一) 儿童文学中的素质教育发展

"素质教育的核心任务就是使受教育者能够主动地将人类文化成就内化为自身较为全面的素质。在儿童教育中，这个内化过程的核心就是儿童人格的养成和发展儿童文学独有的美学特征，决定了它在培养儿童健康人格中所起的重要作用。"①

儿童时期被认为是个体生命发展的关键阶段，社会普遍期望培养出一代健康、乐观、积极向上的新生力量。这一阶段孩子的心灵被视作神秘的沃土，因为在这片土地上播下的种子将深刻地影响其行为、习惯以及未来的命运。文学作品在这个过程中显得尤为重要，因为它们体现了美学境界，通过丰富的诗意和画意，对孩子的心灵产生深远而持久的影响。

在儿童文学中，不仅故事本身，而且其中蕴含的美学元素，可以陶冶孩子的心灵，丰富其精神世界，启迪其美好思想，从而促进其全面发展。通过文学作品，孩子们能够接触到丰富的情感表达和想象力的世界，使得他们的心智得以拓展。这对于塑造积极向上的人生态度和培养美好的品格具有重要作用。

特别是在学前儿童阶段，对文学教育的重视变得尤为迫切。这一时期正是孩子想象力、创造力、精神境界、美好心灵和综合素质形成的关键时期。通过精心选择的文学作品，可以在这个阶段为孩子们搭建一个美好的思想框架，为其未来的发展奠定坚实的基础。因此，对学前儿童文学教育的重视，不仅仅是为了满足教育要求，更是为了培养一代富有创造力、积极向上的个体，使他们成为社会的积极力量。

1. 素质教育中的儿童文学特性

儿童文学，就是指专为少年儿童创作的文学作品，具有以下特性。

(1) 教育性。儿童文学一直以来都强调其教育性，这是因为儿童容易受到环境的影响，而其特有的年龄特征使得他们更加注重教育性内容。这个特

41

① 韩颖. 浅谈学前儿童文学教育对儿童素质培养的作用 [J]. 课程教育研究，2014 (27)：47.

质不仅是对知识的传递，更是对道德、价值观念等方面的引导。因此，教育性在儿童文学中扮演着至关重要的角色。

（2）形象性。为了避免过于抽象的说教，儿童文学需要使用生动形象的语言，尤其在小说和诗歌中，通过描写人物的动作性展现其性格和心理活动。生动娓娓的语言以及各种艺术手段的运用，都有助于创造更为深刻的形象，让儿童更容易理解和接受。

（3）趣味性。考虑到儿童的知识有限，作品应在轻松有趣的情节中潜移默化地传达深刻的道理，从而提高儿童的兴趣。避免使作品变得沉闷无趣，是确保儿童乐于接受文学作品的关键。这也意味着，作品要尽量避免让孩子们对无趣内容产生厌恶情绪。

（4）故事性。故事情节应当简单、紧凑而生动，重点在于刻画人物的性格、心理和思想。主人公可以是人、动物、植物等各种形式，但都需要通过故事情节展现其独特的特征，而不是沉溺于过多冗长的环境和心理描写。这样的处理方式更符合儿童对故事的接受方式和理解方式。

（5）知识性。在儿童文学中，巧妙穿插知识性元素也是必不可少的。这不仅能够提高作品的艺术吸引力，更能够满足儿童的好奇心和求知欲。通过融入有趣的知识内容，可以使儿童在阅读的过程中既能够欣赏文学的艺术性，又能够获取到一定的知识。这种巧妙的结合既能够使作品更加立体和有深度，也能够激发儿童对学习的兴趣。

2.儿童文学教育中素质培养的价值

就目前我国的教育现状看，幼儿园是实行素质教育的最佳场所。如何在幼儿园实施素质教育，方式方法很多，其中文学教育的诸多功能注定能使其成为幼儿素质教育的主要方式，具体表现在如下方面。

（1）儿童文学可以培养儿童的健康人格与情商。在当代社会，越来越多的关注被投入未成年人健康人格的培育上，这包括对其思想、品行和情感的全面融合。儿童文学作为一种特殊形式的文学，被誉为"爱的文学"和"美的文学"，其内容强调真、善、美以及大自然的奇异美景。这种文学形式具有纯真美的美学特质，被认为在塑造未成年人健康人格方面起到了至关重要的作用。

作为一种情感艺术的载体，儿童文学发挥着"情育"作用，对孩子们的情感进行陶冶、净化、启迪和培育。通过阅读这样的文学作品，孩子们能够被美的事物、深刻的思想以及丰富的情感打动，从而有助于其形成良好的品德观念和提高审美能力。

儿童文学在孩子的生理和心理发展中扮演着多重角色，它是他们成长的伙伴，是心灵的雨露，更是精神的家园。通过这种文学形式，孩子们能够获得愉悦、美感、知识、智慧、正义和勇气，进而为他们的全面发展提供必要的支持。除了对个体成长的积极影响外，儿童文学对整体儿童教育也具有不可忽视的重要性。其价值不仅仅在于帮助孩子们识字和习文，更主要的是通过情感教育和审美教育，促使他们健康人格的培养。

（2）儿童文学可以激发儿童的想象力与创造力。想象力是人类在过去认知基础上构建新事物和形象的能力，是一种高级认知过程。这一能力通过重新组合大脑中已有的客观事物形象，创造出全新的概念和形态。特别值得注意的是，儿童期是想象力发展的关键时期，因此在小时候培养想象力尤为重要。

作为有效培养幼儿想象力的途径，儿童文学包括儿童诗、童话、科幻、动画片和漫画等作品，这些作品以引人入胜的故事性和强烈的想象力为特点，能够激发孩子们丰富的想象世界。

43

想象力与创造力密切相关，两者之间存在着紧密的联系。创造力与个体的想象力水平息息相关，同时也与创造个性有关。创造个性的特征包括浓厚的认知兴趣、勇敢、坚持不懈、独立性强等。儿童文学通过塑造自信心、培养自我意识、锻造敢于冒险和勇于进取的品格，积极培养儿童的创造个性。

除此之外，儿童文学还在许多方面对创造力产生着深远的影响。首先，它引发了儿童的认知兴趣，激发了对未知世界的探索欲望。通过丰富多彩的故事情节和角色塑造，儿童文学为儿童提供了一个开放的认知空间，培养了他们对世界的好奇心和求知欲。其次，儿童文学还培养了儿童勇于克服困难和百折不挠的毅力。在故事中，主人公往往需要面对各种挑战和困境，通过勇敢面对、努力奋斗，最终战胜困难。这样的情节设计有助于培养儿童积极面对生活中困难的态度，锤炼他们的意志力和毅力。

（3）儿童文学有助于提升少年儿童的言语品位。文学是一种通过鲜明、

生动、具象的语言描绘的艺术形式，它的力量在于将世界以生动的方式呈现在读者面前，使其仿佛身临其境，感同身受。在儿童文学中，形象化的语言能够将个人经验与文字信息巧妙结合，让儿童在阅读中亲临现场，产生深刻的体验。在许多儿童文学作品中，人们常常看到形象化语言的运用，例如"我感觉自己干净得仿佛洗了一百次澡"。这种形象化的表达方式使儿童对事物形成清晰而生动的印象，同时也帮助他们更深刻地理解人物的心理状态。这样的语言通过直观的描绘，激发了儿童的想象力，让他们更好地理解世界，同时培养了对文学的兴趣。

文学语言不仅仅在意义层面表达情感和思想，同时在声音层面也发挥着重要作用。包括字音、语调、节奏、押韵等元素，为文学作品增添了表情达意和独特的审美价值。这种音韵之美在儿童文学中同样得到了体现，为读者提供了愉悦的听觉体验，从而提升了他们的言语品位。儿童文学的语言不仅具有形象性，还富有音乐美。在诵读诗歌和聆听故事的过程中，儿童能够愉悦地汲取言语作品中的丰润养分。这不仅有助于培养他们的艺术欣赏能力，同时也为他们提供了一种愉悦的学习方式。这种富有表现力的语言，既满足了儿童对于形象感知的需求，又为他们的感官世界注入了美的元素。

（4）儿童文学利于儿童扩大视野，提高感知能力。儿童天生充满好奇心和求知欲，然而，由于生活的局限性，他们的观察和探索受到一定的限制。在这一背景下，儿童文学成为打破空间局限的窗口，为儿童提供了认识世界的新视角。通过文学作品，儿童得以远离生活的狭窄环境，感受到更为广阔的世界。这不仅有助于扩大他们的视野，还为他们提供了丰富而安全的感知与体验机会。通过文学的引导，儿童能够增加见识，开阔视野，促进对人生的深刻思考。

（5）儿童文学可以帮助儿童熏陶情感，呵护心灵。儿童时期的情感发展对一个人的一生都至关重要。在这个阶段，文学艺术被认为是培养情感能力的重要途径之一。儿童文学通过丰富的故事情节、生动的人物形象，帮助儿童体验人类情感的丰富多彩。这种情感体验不仅陶冶了儿童的情操，还有助于释放情感，成为守护幸福童年的重要力量。通过阅读文学作品，儿童能够更好地理解自己的情感，培养情感表达和处理问题的能力，为未来的成长奠定坚实的基础。

（6）儿童文学提升儿童审美能力，实现美育功能。儿童文学的首要功能之一即美的教育。通过优秀的文学作品，儿童得以接触到不同风格、不同形式的艺术表达，丰富了他们的审美观念。这些作品通过引导儿童感知和欣赏美的过程，激发了他们对艺术的兴趣。在美育的过程中，优秀的儿童文学作品不仅仅丰富了儿童的趣味和情感，还深刻地影响了他们的审美能力。这种审美作用与认识、教育、娱乐作用相互交织，潜移默化地引导儿童进入新的艺术境界，为他们的人生增添了无尽的精彩。

（二）儿童文学中的情感教育发展

儿童文学中的情感教育发展至关重要，是有效提升儿童情感素养的重要途径。这一培育过程是教育的不可或缺的组成部分，其受到儿童生理和心理基本条件的影响。深化情感教育有助于培养儿童对各种情感的控制能力，从而促进产生更愉快和兴奋的情绪。这种情感调控能力不仅有利于儿童更高效地学习和吸收知识，同时也为其未来的社交互动奠定了坚实基础。

1. 儿童文学中的情感教育价值

儿童文学中蕴含着丰富的情感教育价值，有助于儿童形成正确的价值观。通过利用儿童文学的特质，可以有效塑造儿童积极的价值观。尤其在学前儿童阶段，情感教育显得尤为重要，因为它对儿童展望世界和人生产生积极的影响。儿童文学的情感培育还能帮助儿童减轻社会不良生态的消极影响，使其更能抵制低俗文化的负能量。作为社会实践的反映，儿童文学通过情感培育为幼儿扣好人生的第一粒纽扣，为其未来的发展奠定坚实基础。

（1）有助于儿童形成正确的价值观。以儿童为核心的文学作品，注重语言的生动活泼，通过情感的全方位表达，深刻塑造了儿童的世界观、人生观和价值观。这种以儿童为主体的文学作品不仅在形式上贴近他们的认知和情感，而且在深层次上影响着他们的价值体系。文学被视为儿童精神的寄托，不仅为其提供心灵的慰藉，更承担着引领儿童价值追求的关键使命。通过独特的情节描绘，儿童文学不断升华儿童的思想情感，为其提供了精准的社会和个人价值观培养。

（2）有助于减轻错误传播生态的影响。儿童文学通过巧妙运用修辞手法，构建了一个与作者、人物、读者之间生动交流的平台。尽管这种交流形式在

文学创作中显得活跃有趣，但在教育中有可能被简化为教条主义对白。这一现象表明，儿童文学的传递渠道与传播方式在一定程度上受到了制约，需要更多关注如何在教育实践中更好地引导儿童理解并吸收其中蕴含的价值。家庭环境中缺乏儿童文学阅读的时间和计划，社会环境中传播的生态影响着儿童的思维方式。特别是一些媒介如电视艺术，可能传播缺乏正能量的知识与价值观，从而导致儿童深陷错误的心态。因此，为了更好地引导儿童形成正确的价值观，需要在儿童文学的创作、传播和教育方面共同努力，创造更有益于儿童健康成长的文学环境。

2. 儿童文学教育中的情感素养培育

深化儿童情感素养培育的首要任务是通过人文关怀深入了解儿童内心的变化。一方面，引导儿童抬头仰望天空，让他们表达内心的希望与梦想，远离失落和气馁的情绪；另一方面，重视培养儿童发现美、创造美的情感，以激发他们的正能量情怀，从而丰富精神世界。这样的情感教育旨在为儿童提供更丰富、积极的情感体验，为其未来的成长奠定坚实的内在基础。

（1）深化情感教育的人文关怀。情感教育的核心在于关注人的心灵成长，强调儿童对爱的深入理解，并以人文关怀为基础。这一教育理念的目的在于通过传播以爱为主线的儿童文学，助力儿童理解爱，加强人文关怀，使教育更具深度。在实施过程中，语言特性的重要性不可忽视。儿童文学以生动形象的语言特性为特点，教师应避免枯燥乏味的风格，以提高传播效果。人文关怀在文学创作中得到了充分体现，文学创作的本质在于彰显人的尊严与价值，强调教育应注重人文关怀。此外，情感关怀的内容也应得到重视。在基础科学知识的基础上，儿童应得到更丰富的情感关怀，包括对生命和身体的关爱、自立自强精神的培育，以及实现尊严生活的条件。深化情感教育的应用是至关重要的。强调情感作为人类主要特征，儿童阶段被认为是情感教育的关键时期。在正确的情感教育策略下，教学将涉及认知和社会过程，为儿童提供全面的情感教育，有助于塑造积极的人格和健康的心理发展。因此，情感教育的实践需要深入儿童的日常生活中，确保在教育中注重情感的培养，以促使他们在成长过程中更全面、更健康地发展。

（2）培养儿童"美"的情感。在当今以教育主义为主导的时代，儿童文学作为一种文学创作，其扎实的审美观常常被剥夺。儿童文学在本质上是通过作者对美学客观规律的把握，传递给读者美的享受，这一过程在其发展中深刻地影响着每一代人，为儿童们创造了一个美丽的世界。儿童文学以快乐为核心主题，作家们不遗余力地努力创作，旨在为广大读者带来愉悦的阅读体验。

除了带来愉悦，儿童文学还肩负着独特的使命，即传承人类知识。具有丰富情感教育功能的儿童文学以其朴素的天真和原始的想象力为特点，滋润着孩子们的心田。通过这种方式，儿童文学为孩子们创造了一个丰富多彩的精神家园，为他们开启了人生新的篇章。

（3）引导儿童学习优秀文学作品。在实施儿童教育中，一线教师应该引导儿童学习优秀文学作品，其中包括经典寓言故事等。通过这些作品，儿童能够汲取处世哲理和社会生活准则的精髓，从而建立正确的价值观念。为了更好地实现这一目标，教师可采用多种途径，提高儿童的人际交往和问题解决能力，使其在学习过程中更好地融入社会，培养其全面发展所需的各项技能。

第一，选择对应的文学作品对儿童情感发展具有深远影响。儿童的情感发展受社会环境和社会化趋势的塑造，尽管每个儿童的个性各异，但在情感方面表现出显著的共通优势。在这一背景下，选用具有教育性质的文学作品，如《安徒生童话》和《伊索寓言》，成为引导儿童正确认知社会情感、丰富生活体验的有效手段。通过这些经典之作，儿童能够在幻想与现实之间建立联系，培养对社会情感的敏感性，从而在成长过程中更好地适应多样化的社会化趋势。

第二，选择引发幼儿共鸣的文学作品对于培养他们的社交能力至关重要。儿童在文学作品中常常难以区分现实与虚幻，容易将自己的情感与作品中的角色紧密关联。在这一认知特点基础上，选择作品如《不开心的小兔子》等，有助于教育幼儿学会分享，并引导他们深刻体验分享与友情的重要性。同时，文学作品也可成为引导幼儿理解和处理孤傲心理的有力工具。透过作品的情节和角色，幼儿可以更深刻地认识到分享的积极影响，从而更好地融入社交网络，培养团队协作的精神，为其社交能力的全面发展奠定基础。

（4）丰富儿童自身的情感体验。儿童文学在丰富儿童情感体验方面扮演

47

着至关重要的角色。其简单而富有想象空间的特质为儿童提供了独特的阅读体验。通过文学作品，儿童不仅能够体验到现实与想象之间的差异，还能够深刻理解他人的感受，从而获得珍贵的情感体验。为进一步培养儿童的真实社会情感，一些创新的活动如"爱的系列"得以开展。通过这些活动，儿童在移情训练中逐渐培养出对他人的关怀和理解，为情感智力的提升奠定了基础。此外，幽默语言也被巧妙地运用，引导儿童深入情感体验，提高他们的认同感，使得儿童文学不仅成为其知识的源泉，更是其情感成长的重要助推器。

（5）促进儿童教育的家园合作。在促进儿童教育的过程中，家园合作被视为至关重要的一环。学前儿童情感教育需要教育机构与家庭的紧密合作。为了加强这种合作，教师们采用了一系列切实可行的措施。首先，教师们通过发放合作卡，阐述核心要点，建立起了家长与学校之间的桥梁。这一举措不仅简化了信息传递的过程，还通过卡片话题促进了高质量的亲子互动。其次，家长与儿童被鼓励共同完成作业，这不仅是对学习的一种延伸，更是一个有益的互动平台。通过讨论儿童文学作品中的情感，家长与孩子们能够密切结合虚构故事与现实生活，培养儿童的情感素质，使之在早期教育中得到全面发展。这种紧密的家园合作，旨在为儿童提供一个更加丰富、温馨的学习环境，全方位促进儿童综合素养的发展。

优秀的儿童文学作品如同明灯，照亮着儿童人生的道路。这些作品扮演着儿童从自我到社会的关键钥匙，引导他们树立人文关怀，培育美的情感，从而促进综合能力的提升。一线教师在这个过程中扮演重要的引导者角色，通过巧妙的引导和激发，使儿童在文学的海洋中不仅能够汲取知识，更能够培养独立思考、创造力和团队协作等多方面的综合素养，为其全面发展奠定坚实的基础。

（三）儿童文学阅读唤醒教育发展

儿童文学是具有独特艺术性和审美价值的语言艺术，学前儿童文学是儿童文学的一个组成部分。引导幼儿接触优秀的儿童文学作品，使之感受语言的丰富和优美，并通过多种活动帮助幼儿加深对作品的体验和理解，可以促进幼儿语言和智力的发展，促进幼儿情绪、心理健康和社会性的发展。将学前儿童文学阅读与相关教育理念相融合，依靠文学的力量对儿童进行审美和传统文化感知的基础唤醒教育，具有强烈的现实性和必要性。

学前儿童文学，旨在服务年龄0～6岁的婴幼儿，其使命不仅在于促进他们的健康成长，还包括满足审美需求。这一特定领域的文学，以其独特的教育价值为塑造儿童良好的个性品质、完整的人格结构以及积极乐观的人生态度提供了有力支持。作为理想的教育素材，学前儿童文学致力于为幼儿提供精神滋养，让他们能够领略汉语文学的深邃博大和文字的优美精练。

引导幼儿接触优秀的儿童文学作品是其中一个关键目标，通过这一过程培养他们感受语言丰富多彩、优美流畅的能力，以深入体验和理解作品。学前儿童文学阅读的根本价值在于提供愉悦精神、丰富文化知识、拓宽视野、发展智力、培养健全人格、激发创新意识，唤醒儿童对文学阅读的悟性。

为了更好地满足不同年龄段孩子的需求，普及适合的文学作品是至关重要的。通过科学的指导，可以深入挖掘和探索孩子的心理，建立健全的唤醒式阅读实施细节，构建多元的儿童文学阅读策略。在这一过程中，教师和家长的积极参与起着至关重要的作用，他们的投入可以使儿童阅读环境充满唤醒教育的欢乐氛围。通过合理选择适宜的题材，教师和家长能够有效地引导孩子们进行学前儿童文学阅读，从而为他们的全面发展提供坚实的基础。

1. 儿童文学阅读中唤醒教育的作用

"教育不仅仅是传递知识、获取文化的活动，更是培养孩子高尚道德情操的活动，是依据社会生活中有意义的内容来进行的，其最终目的是培育孩子自主意识，使孩子具有追求高尚理想的自主意识，并拥有一定的创新能力。"[①] 教育的价值在于唤醒人类心灵，通过知识的传授和潜能的激活，培养学生创造力和崇尚自由的价值观。学生的任务不仅仅是被动地接受知识，更是将所学应用于实际，创造具有社会效力的价值。这种将理论与实践相结合的教育理念有助于学生全面发展，使其在面对现实问题时能够灵活运用所学知识。

文化对个体性格和社会发展有深远的影响，而儿童文学与启蒙教育相

---

① 郑丽. 试析学前儿童文学阅读中的唤醒教育 [J]. 牡丹江教育学院学报，2016（3）：63.

互辅助，形成良性循环。儿童时期的心灵如同一张空白画纸，其人生色彩则取决于经历、感悟和教育背景。推广学前儿童文学阅读，就如同雨果将儿童比喻为纯洁的白板，等待知识的熏陶和成人思维的启迪。通过文学的熏陶，儿童的人生将变得斑斓多姿，充满了丰富的想象和创造力。

在教育中，需要高度关注不良文化对儿童心理健康的影响，将儿童教育视为发掘潜力的途径。真正的教育应该致力于提升孩子自主思考、独立判断、客观审视事物本质的能力。通过引导学生关注自身的社会价值，可以在儿童心灵中构建坚实的精神家园，使其在成长过程中保持积极向上的心态。

持续引导孩子关注自身的社会价值，并通过儿童文学构建精神家园，是教育的一个重要方面。这样的教育理念有助于实现个人生活的丰富多彩，培养孩子在面对社会复杂性时具备坚定的核心价值观。通过在儿童时期培养其正确的人生观和价值观，可以帮助他们更好地适应未来社会的挑战，成为具有社会责任感和创造力的积极分子。

2.儿童文学中唤醒教育的具体实施

（1）唤醒教育要注重师生间的心灵沟通。唤醒教育的本质在于建立幼师与学龄前儿童之间的有意义沟通对话。这种对话从人心灵深处唤醒潜力的活动开始，通过解放思想，促进更高水平精神文明的教育过程。教育的本质也在于设立明确的教育目标。缺乏明确预设目标将难以实现经验传授，因此，确立教育目标显得至关重要。特别是在学前儿童的教育领域，学前儿童文学传播与教育作为建立坚实桥梁的一环，应当受到重视。

在学前儿童文学创作中，文学作品应当与儿童现实生活相符，以激发他们的兴趣和理解。创作要帮助儿童获取现实世界的规律，从而促进其自主意识的提高，这对于孩子在狭小环境中健康成长至关重要。对于文学素材的使用，需要充分认识到不同年龄、经历的儿童对相同文学素材的不同理解。因此，学前儿童文学教育被视为幼师、孩子、家长、学校之间沟通交流的桥梁。

唤醒教育的本质还在于成人与儿童世界的交融。虽然孩子世界与成人世界不同，但二者有机结合可以促进思想交流。这种交流不仅是为了理解孩子，更是为了促进不同年龄、阅历的人之间的思想交流，开阔孩子的视野，增强他们的理解力。文学阅读与基础教育的融合不是一时一地之功，而是需要持续的交流与碰撞。现代科技手段的普及使得这种交流与碰撞更加激烈，因此，教育者需要适应科技的发展，更好地引导学前儿童通过文学阅读与基础教育的融合，实现全面素质的提升。

（2）唤醒教育要利用传统文化的优质资源。儿童文学名著的阅读对儿童发展起着不可忽视的积极作用。这些经典之作能够激发儿童的想象力和创造力，为他们拓宽视野、提升审美能力提供独特的途径。在这一过程中，孩子们不仅仅是在文字的海洋中遨游，更是在文学的花园里汲取着知识的养分。这不仅仅是对语言的学习，更是一次对心灵的洗礼。学前儿童文学作品被视为天然的启蒙教育资源，它们不仅仅是文字的串联，更是一种对儿童性格特征进行培养的重要载体。通过这些作品，孩子们不仅学到了知识，更是在品读中培养着爱心与同情，提升着面对风险和解决问题的勇气。这种教育早早地在儿童生活中树立了正确的价值观，为未来的成长打下了坚实的基础。儿童文学教育的意义不仅仅在于个体的成长，更体现在对整个社会的贡献。通过文学，儿童对世界的人文关怀得以增强，使他们更好地理解生活、参悟人生的美好与善良。这不仅仅是为了个人的幸福，更是为了民族复兴和人民的幸福贡献力量。儿童文学作品如一盏明灯，指引着他们走向更加充实、积极向上的未来。

引导儿童热爱幽默文学和睿智文学，培养对传统文化和文学作品的热爱，是儿童文学教育中的又一重要任务。通过在儿童阶段培养起对文学的热爱，可以为其未来的学习和生活打下坚实的文化基础。同时，这也是培养独立思考和审美品位的有效途径，让孩子们在轻松愉快的氛围中学到更多。

为了更好地指导孩子理解课本剧，最基本的任务是使他们理解文学作品原著的精神。只有真正理解了原著，孩子们才能更好地体会到其中蕴含的深刻内涵。在改编课本剧时，要保持对原著的忠实，可以适度增删情节、夸大人物特征，通过分组表演、时空穿越等方式增强观赏性和教育意义。这样的改编既可以保留原著的魅力，又能更好地迎合孩子们的审美和认知水平。倡导"兴趣教学法"是在儿童文学教育中的一项创新。将课本剧改编与幼儿阅读相结合，比如，将《木兰辞》《赤壁之战》等与古文学作品结合，可以提高孩子们各方面的艺术能力。这种教学方法不仅注重知识的灌输，更注重培养孩子们的兴趣和潜能，让他们在学习中找到快乐和乐趣。通过这样的方

51

式，儿童不仅能够学到更多的知识，还能够在学习中培养起对文学的浓厚兴趣，为未来的发展奠定坚实的基础。

（3）家园合作实现对儿童阅读的唤醒教育。学前儿童教育领域的不断发展与时代的演进呼唤对教学内容的更新与拓展。为促使学前儿童更全面地发展，优秀传统文学作品的融入显得至关重要。教师在这一过程中应深入研习《幼儿园教育指导纲要》和幼儿教育理论，确保对语言教育目标、内容与要求的准确理解。在进行学前儿童文学教育的实践中，教师需要全面掌握相关知识，以确保对幼儿园语言教育目标、内容与要求的正确理解。为此，调查与分析成为不可或缺的一环。针对幼儿的阅读兴趣、习惯、能力以及家长在亲子阅读中的指导作用，进行系统的调查与深入分析，有助于个性化的教学设计和实施。同时，本土资源的充分利用也是实施学前儿童文学教育的关键。幼儿园应当加快完善高科技数字化设备、图书、资料库等硬件设施，以充分利用本土优势资源，为儿童提供更为丰富多样的学习体验。儿童文学教学计划的制订同样至关重要。教师应当善于将优秀儿童文学作品中对自然、人生的感悟纳入学前儿童文学教学计划。通过创设不同场景，让孩子亲身参与与大自然接触的课外活动，并引导他们扮演历史人物和文学角色，以促使对文学作品更深入的理解。传统文化与合作也是学前儿童文学教育中不可或缺的要素。借助中国丰富的传统文化资源，教师与家长应该密切合作，共同为儿童文学教育贡献。组织主题演讲、歌剧表演、野外郊游等活动，有助于增强孩子对传统文化的理解能力。教育理念与时代发展相互交融，儿童文学的评价标准也需要不断发展。学前儿童文学课程素材应根据时代和地区的不同进行相应的调整，以更好地适应当代社会的需求。

学前儿童文学教育应被重新构思，以更好地契合时代发展和社会需求。唤醒教育的本质要求对不同儿童进行不同文学体裁的分析和指导。通过构建科学的儿童与儿童文学教育的和谐关系，教师可以通过科学引导唤醒儿童阅读文学作品的天然意识，使孩子热爱传统文化，为其全面发展奠定坚实的基础。

第三节　儿童文学欣赏的心理特征与规律

一、儿童文学欣赏的心理特征

儿童文学欣赏，作为儿童成长过程中的重要组成部分，具有其独特的心理特征，这些心理特征不仅反映了儿童对文学作品的认知方式，还深刻影响着他们的审美体验和情感共鸣。此外，由于儿童在生理、心理以及生活经历、文学素养方面的局限，决定了他们鉴赏儿童文学的心理特征。

（一）接受的阶段性特征

"儿童"是个宽泛的概念，它囊括了生命个体从出生到成熟的整个时期。这一时期，其生理所发生的迅速变化是成人阶段无法比拟的。他一般经过乳儿期、婴儿期、幼儿期、童年期、少年期。各个时期的发展、完成虽有长短之分，但各自的特征是十分明显的，即在文学的接受性上表现出了不同阶段的本质特征。例如，日本儿童文学理论家上笙一郎在其专著《儿童文学引论》中，对儿童的发育阶段与文学体裁的相关性提出了如下研究结论：大而分之，摇篮歌、儿歌、讲故事、图画故事等具有语言以外的因素和未分化的各种形式，适宜于心理尚未分化而对于世界的认识极其狭窄的幼儿鉴赏。而童话、儿童小说、戏剧文学、传记、报告文学等，对于那些由于心理已经分化发达，从而能够认识职业集团以至基础社会的少年儿童，则是适宜的儿童文学形式。这一论述虽未涉及内容的深浅和表现手法的难易，但已足够说明儿童在接受、鉴赏文学作品中存在着明显的阶段性。因此，在儿童文学中，可以编出适合不同年龄的读物，以便适应不同阶段的鉴赏心理，这在成人世界里是难以找到的鉴赏对象。

（二）感知的直观性特征

儿童的艺术鉴赏高度依赖可感知的艺术形象。在感知的过程中，儿童通过对具体、鲜明形象的接受来建构对艺术作品的理解。这表明儿童对于直

观、清晰的艺术表达更为敏感，他们倾向于从形象中获取信息，而这种直观性的特征在儿童的艺术欣赏中占据着主导地位。感知过程主要采用从一个形象到另一个形象的联想方式。通过形象之间的关联，儿童能够建立起对艺术作品的整体认知，而最终的结果通常是具体且直观的，使他们更容易沉浸在艺术的世界中。

（三）想象的活跃性特征

年龄限制导致儿童的阅历相对狭隘，但这也激发了他们想象的活跃性。由于缺乏广泛的阅历，儿童更倾向于依赖自身的想象力来填补知识的空白，从而使得他们在创造性思维方面表现出相对的活跃性。想象延伸到作品描绘的丰富世界。儿童能够将作者的描绘想象得淋漓尽致，创造出丰富多彩、生动具体的内心图景，从而丰富了他们的审美体验。阅读限制促使儿童的想象跳脱作品设计情境，经验的不足反而成为浪漫创造的源泉，激发了对未知领域的好奇心和探索欲望。

（四）感情的强烈性特征

儿童鉴赏心理表现出极度的感情投入，他们能够深刻而直接地体验到作品所传递的情感，使得他们的情感投入程度相较成年人更为深厚。表达情感不仅限于感染或泪水，还涉及将虚拟艺术现象当作现实接受。儿童能够将艺术作品中的虚构情境融入自己的生活体验中，将其视为现实，形成一种融合虚幻与真实的审美体验。情感表现在表情、语言和行动上都是彻底的，不加掩饰，能引发真切的审美体验。这种情感的真实性和直接性使得儿童的艺术鉴赏更具情感共鸣，让他们能够在艺术作品中找到情感的共鸣和表达。

二、儿童文学欣赏的基本规律

儿童文学的鉴赏是鉴赏者对作品所表达的思想感情、所反映的社会生活、所采用的艺术手法的一种感知、体验、联想、想象、理解的审美认知过程。其基本规律可简单概括为：通过品味语言而感知形象，经由形象的分析而体验思想感情，最后通过思想感情的领悟实现对社会生活内蕴和艺术手法的把握，这一规律体现了感性与理性的反复推移、形象思维与抽象思维的交又深化。

(一)儿童文学欣赏的基本过程

第一,感性直觉阶段。最早进入视野的是语言或面对鉴赏者视觉和听觉的刺激,这种刺激带来了丰富的鉴赏信息,主要是由语言文字唤起的相应形象感受。在这一感性直觉阶段实际上还暗含着一种心理过程:感觉(产生刺激信息)—知觉(信息联系综合成一幅幅画面)—形成表象(对感觉材料初步加工)。在鉴赏的这一阶段,有两个因素要特别注意:一是要准确地掌握语言文字提供的各种信息,准确地把形象"再造"出来;二是要避免孤立、静止地鉴赏一人一物、一情一景、一词一句。

第二,统觉参与阶段。在统觉参与阶段,鉴赏者通过联想和想象的作用,将过去经验中其他表象积累同感性直觉阶段所形成的表象掺和在一起,产生了形象的再创造,丰富、补充和扩大了作品中的艺术形象。这一阶段要特别注意的问题:一是联想和想象要主动、积极地展开;二是过去经验中的表象参与可能是直接的生活经验,也可能是间接的生活经验,关键是不要游离于作品所设置的情境之外;三是统觉的参与必须是赋予创造性的,必须创造出新的形象。

第三,交流共鸣阶段。交流共鸣是鉴赏者与作品所表现的思想感情一致或相接近的一种鉴赏状态,它是在前一阶段的基础上,反复感受、体验、思索而产生的,它的特点在于:鉴赏者在意识中消除了他与作家作品的距离,以至感到鉴赏的作品不是他人创造的,而是他自己创造的,其中所表达的一切也正是自己早就想表达的。

第四,审视品味阶段。审视品味阶段的鉴赏使鉴赏者进入对作品的领悟,鉴赏的层次也由"写了什么"开始转向"怎么写的""为什么这样写"等一系列涉及作品主旨、艺术构思等较深层次的领域,这一阶段的鉴赏需要借助分析、比较、推理、概括等抽象思维的能力,才能真正发现作品的价值。

(二)儿童文学鉴赏的基本方式

作为鉴赏主体的儿童,在进行儿童文学鉴赏时常常处于被动依赖的地位。如何选择鉴赏对象并有效地去鉴赏,在大部分时候仍需要成人的引导。

因此，为他们提供基本的鉴赏方式，以便帮助他们更快地进入鉴赏的境界、更好地达到鉴赏目的，就显得迫切而必要。

第一，普及式。通过语言文字的中间媒介，投入自己的情感，展开相应的联想和想象，从而感受作品的思想内容，品味作品的艺术方法，从中获得美的享受，这种鉴赏不受时空限制，也不依赖什么条件，还可以反复进行，是鉴赏方式中最普遍最自由的方式。但它不适合于中年级以下的儿童，因为他们识字有限，不具备独立阅读的能力。

第二，辅助式。辅助式鉴赏主要依赖于成人的参与、传播媒介的融入以及美术手段的整合，使得鉴赏活动在适当的辅导条件下展开。例如，在婴幼儿阶段，孩子们需要依赖成人的口头语言、表情和动作，才能间接参与儿童文学的鉴赏。同时，儿童的鉴赏活动离不开音像资料的加入和美术图画的配合，以此摆脱单一局面，使孩子们在轻松丰富、直观的环境中完成对以文字为媒介的文学作品的鉴赏。相较于"普及式"鉴赏，这种方式更能吸引儿童的注意力和鉴赏兴趣，但鉴赏者的主观能动性可能因此减弱，鉴赏效果在很大程度上取决于辅助条件的优劣。

第三，表演式。这也许是鉴赏方式中难度最大的、效果最好的方式。这种鉴赏方式，使儿童或可以在自己的表演中深入品味作品，或可以从他人的表演中印象深刻地实现对某一作品的把握。如朗诵表演、戏剧表演，儿童在舞蹈、音乐、造型、道具、布景、灯光的综合作用下，进入动静声色具备的立体鉴赏情境，强化了鉴赏效果。但是，这一鉴赏受到来自时间、空间及各种主观条件的制约，注定不可能是一种经常性和普遍性的鉴赏方式。

第四节 儿童文学欣赏对审美教育的促进

在当今社会，审美教育越来越受到重视，而儿童文学欣赏作为审美教育的重要组成部分，对于培养孩子们的审美情趣、陶冶情操、塑造美好心灵具有深远的影响。以下从儿童文学欣赏对审美教育的促进作用展开分析，以期为儿童文学教育和审美教育的发展提供借鉴。

一、儿童文学欣赏对审美教育的促进作用

第一，儿童文学欣赏丰富了审美教育的内容。作为独特的艺术形式，儿童文学包含了多样的题材与形式，既有富有想象力的童话、寓言等作品，也有描绘现实生活的故事。这些作品通过生动的形象、优美的文字及深刻的思想内涵，为孩子们展现了一个宽广的审美领域，使他们能在阅读过程中体验到美的存在。

第二，儿童文学欣赏提升了审美教育的品质。儿童文学欣赏有助于提升孩子们的审美品位。通过欣赏经典儿童文学作品，孩子们能够接触到优秀文化传统，培养出高雅的审美情趣。同时，儿童文学欣赏还能引导孩子们学会欣赏生活中的美，从而提高他们的审美能力。

第三，儿童文学欣赏推动了审美教育的方法创新。儿童文学欣赏倡导寓教于乐，通过组织各种形式的文学活动，如朗读、表演、写作等，让孩子们在积极参与中感受文学的魅力。这种教育方法充分调动了孩子们的积极性、主动性和创造性，为审美教育注入了新的活力。

二、儿童文学欣赏在审美教育中的实践探索

第一，注重儿童文学作品的筛选，提升作品品质。在开展儿童文学欣赏活动时，教育工作者应精心挑选具有较高艺术价值和教育意义的文学作品，以保证孩子们在欣赏过程中能够获得丰富的审美体验。

第二，创新教学方法，提高儿童文学欣赏的效果。教育工作者应积极探索多元化的教学手段，如引入多媒体教学、组织课外实践活动等，让孩子们在多种感官的参与下，更加深入地体验文学作品中的美。

第三，强化师资培训，提高教育质量。开展儿童文学欣赏教育，需要有一支具备专业素养的教师队伍。教育部门应加强对教师的培训，提升他们的儿童文学素养和教育教学能力，以更好地指导孩子们进行文学欣赏。

总而言之，儿童文学欣赏在审美教育中具有不可忽视的作用。通过丰富教育内容、提升教育品质、促进教育方法创新，儿童文学欣赏为孩子们的审美成长提供了有力支持。我们应充分认识其在审美教育中的重要地位，积极探索和实践儿童文学欣赏教育，为培养具有高雅审美情趣的新一代贡献力量。

57

第二章　儿童文学欣赏——儿歌

儿歌，是孩子们最早接触的文学形式之一，也是他们感受世界、认识世界的重要途径。在儿歌的世界里，有对大自然的赞美，有对生活的热爱，有对梦想的追求。通过欣赏儿歌，孩子们不仅可以感受到语言的韵律美，更可以领悟到生活的真谛，激发他们的想象力和创造力。本章重点围绕儿歌的类型、作用与优势，儿歌的表现手法，儿歌赏析的基本方法，儿歌作品点评进行探究。

第一节　儿歌的类型、作用与优势

一、儿歌的类型

儿歌根据不同的标准，可以有不同的分类，根据儿歌的来源，可分为民间流传的儿歌和作家创作的儿歌两类；根据内容，主要分为知识类儿歌和生活类儿歌；根据儿歌的行数格式，可以分为四句为一首的"绝句型"儿歌和行数自由的儿歌；根据儿歌的每行字数多少，可分为三言、四言、五言、六言、七言、三三五言、三三七言和杂言等。

第一，知识类儿歌如《大蜻蜓》："大蜻蜓／绿眼睛／两队翅膀亮晶晶……"这是一首三三七言的知识儿歌。又如《摇篮歌》："风不吹／树不摇／鸟儿也不叫……"这是一首三三五言的儿歌。

第二，生活类儿歌是以生活中富有儿童情趣和教育意义的小事件为题材，有一定情节的儿歌。例如，鲁兵的《太阳公公起得早》："太阳公公起得早／他怕宝宝睡懒觉……"

第三，三言儿歌如《找妈妈》："小蝌蚪／摇尾巴／池塘里／找妈妈……"

第四，五言儿歌如《堆雪人》："天上雪花飘／我把雪来扫／堆个大雪人／

头戴小红帽……"

第五，三七言儿歌如滕毓旭的《爱》："袋鼠爱它宝乖乖 / 怎么爱？/ 胸前缝个大口袋……"

二、儿歌的作用

"儿童最早接触的文学样式就是儿歌。儿歌总是和儿童的游戏活动相伴相随的，因此儿歌对儿童的作用也就和游戏的作用联系在一起，使儿童在欢歌嬉笑中受到文学的感染。"①

（一）有利于情感教育

儿歌以其优美的旋律、和谐的节奏和真挚的情感，为儿童提供了美的享受和情感熏陶的机会。这不仅满足了儿童对美的追求，还培养了他们对情感的敏感度。对婴儿而言，儿歌是感受亲人爱意的途径，通过歌声传递的情感效应，让婴儿在成长过程中得到了心理慰藉。幼儿唱儿歌不仅是情感的外泄，更是体验成人生活的一种方式，通过这种方式学习尊重他人，同时在宣泄感情的过程中获得了教益，促使他们更加全面而健康地成长。

（二）有助于心智启迪

儿歌对儿童的心智启迪起到了积极的作用。儿歌通过各种主题呈现自然世界和社会生活，开发儿童的智力，引导他们的思维和想象力。描述山水草木、天文地理、四季变化等内容的儿歌，对儿童的心智产生良好的启迪作用，让他们在歌声中感受到世界的多样性和美妙。儿歌不仅是儿童认识世界和自己的领路人，更是启蒙者，促使他们在健康、积极的环境中成长发育，培养了他们的认知和理解能力。

（三）能够加强语言训练

儿歌不仅在情感教育和心智启迪方面对幼儿有益，同时也对幼儿的语言训练起到了积极的促进作用。儿歌的语言简明易懂，充满节奏感，有助

59

---

① 王晓翌.实用儿童文学教程 [M].西安：陕西师范大学出版总社有限公司，2013：32.

于幼儿学习和吟诵。通过反复吟诵儿歌，幼儿不仅能够改善发音，还能够更好地掌握概念，认识事物。儿歌对幼儿的语言能力提升具有显著作用，促进了他们思维能力的锻炼和发展。例如，绕口令《十四和四十》："四和十／十和四／十四和四十／四十和十四／说好四和十／得靠舌头和牙齿……"这首儿歌是典型的矫正发音的例子。又如樊发稼的《大熊猫》："大熊猫／真有趣／眼睛一点儿没毛病……"这首儿歌告诉幼儿大熊猫的外貌特征是什么，有助幼儿区分小动物。儿歌在这些方面就能发挥重要作用。

幼儿感知事物从表象入手的特点，决定了他们乐于听取具体形象的话语；而儿歌恰是以它生动活泼的独特语言方式，迎合孩子们的口味，切入幼儿的心灵，因而它可以发挥多方面的重要作用。

三、儿歌的优势

第一，激发儿童学习的乐趣。儿歌欢快的节奏、活泼的语言、悦耳动听的歌声，让幼儿陶醉其中。幼儿好动，且幼儿期又是学习语言的最好阶段。儿歌的各种特点，可以激发幼儿学习语言的乐趣，同时也可以提高他们的美感鉴赏能力。

第二，培养儿童情感的表达。儿歌歌词的创作灵感源于儿童的生活点滴。通过歌唱的方式，将生活中的故事情节或浅显易懂的道理传递给孩子们，从而在他们心中悄然种下影响的种子。以《世上只有妈妈好》为例，这首歌曲让他们领悟到母亲的伟大与无私奉献等美好品质，使他们在年幼时期便深知母爱的呵护，并学会如何向母亲表达爱意。

第三，增强儿童兴致的拓展。儿歌的种类多样，形式不一，内容丰富，通过这些思想健康、情绪欢快的儿歌，可以对幼儿的成长发展加以正确的引导，施以积极的影响，扩大他们的兴致范围。可见儿歌是他们不错的启蒙老师。

第二节　儿歌的表现手法

儿歌常见的表现手法有比喻、拟人、夸张、起兴、摹状、反复、设问等。

第一，比喻。比喻是儿歌常用的修辞手法。运用这种手法不仅可使儿歌显得更生动、形象，而且可以帮助儿童了解距离他们生活较远、不易理解的事物。例如，许浪的《月儿》："月儿弯弯／像只小船／摇呀摇呀……"由于把弯月比作摇动的小船，把圆月比作转动的银盘，所以在亲切而动态的描写过程中，使月亮盈亏变化的自然现象变得趣味盎然，鲜明生动。

　　第二，拟人。拟人手法符合儿童的思维特点和审美情趣，因此在儿歌创作中被广泛运用。例如，圣野的《冬天的太阳》："坐坐唱唱／晒晒太阳／冬天的太阳像毛毯……"

　　第三，夸张。儿歌中的夸张和想象密切关联，而且还常常带点幻想的色彩。例如，《种葵花》："大海连青天／我来种葵花／种满高山巅／葵花叶……"可以想见，由于夸张，这首儿歌给孩子带来巨大的惊喜。

　　第四，起兴。起兴一般用于儿歌的开头，用以造成一种气氛。例如，传统儿歌《菊花开》："板凳板凳歪歪／菊花菊花开开／开几朵……"开头一句是起兴句，看似和后文没有联系，仔细品味，却可以想见小主人公原先坐在板凳上摇着玩，突然见到旁边菊花开的情景，因而起到了营造环境气氛的作用。

　　第五，摹状。摹状是用生动形象的语言把所要描述的事物的状态、颜色及声音模拟出来，包括摹形、摹色、摹声三个方面。儿歌中恰当地运用这种手法，会增加儿童的吟唱兴趣。例如，丁曲的《冬瓜》："冬瓜，冬瓜，地上躺……"既有对形体的模拟，也有启发联想的对声音的模拟，从而增添了作品的情趣。

　　第六，反复。反复是儿歌的重要形式特征。例如，西藏儿歌《雪花白，雪花亮》中："雪花白／雪花亮"这两句，反复了三次，既便于儿童吟唱、记忆，也增强了表达效果。

　　第七，设问。设问也是儿歌常用的手法。它可以引人注意和深思，同时也能使儿歌的抒情状物有起有伏，生动别致。例如，杨子忱的《雨滴滴》："天上落下雨滴滴／浇得红花开一地／多少雨滴在飘落？／一滴两滴三四滴……天上落下雨滴滴／浇得草儿绿又绿／滴滴雨滴落在哪？／落南落北落东西……"这首儿歌如果没有两个设问句式的穿插，就会显得呆板。

61

第三节　儿歌赏析的基本方法

儿歌是幼儿生活中不可或缺的伴侣，它以生动有趣的内容、简洁明了的语言、优美动听的韵律以及口语化的风格，展现了孩子们眼中的现实世界与心中的幻想世界。儿歌犹如万花筒，为孩子们展示了一个五彩斑斓的世界，似金钥匙，助力孩子们开启智慧之门，如雨露，滋润着孩子们茁壮成长。

欣赏儿歌，是一种通过感知、想象、理解等心理过程积极参与的审美活动，旨在认知、品味、欣赏作品，并进行再创造、再评价。关注儿歌如何从日常生活中取材，将所要表达的事物通俗化，以简洁明了的方式呈现，并找出儿歌内容与生活实物的共通之处，进行对照、联系和联想，有助于把握作品的审美特质。在这一过程中，孩子们能在心理上得到满足，精神上获得自由与愉悦，并汲取美感。有时，孩子们还会将自己的经历、经验融入其中，丰富、补充和改造艺术形象，实现二次创作。通过欣赏儿歌，孩子们能够拓宽审美视野，满足审美期待，享受审美愉悦，并提升审美趣味和能力。可以从以下几个方面欣赏儿歌。

第一，鉴赏儿歌中的稚拙美。植根于幼儿生活之中的儿歌，其艺术魅力来自它的稚拙美。稚拙美是独属于幼儿的美，稚拙美是幼儿情趣特有的美质，凡是体现了稚拙美的儿歌都会受到幼儿读者的喜爱。稚拙美展示的是一种原始的、质朴的、异常明净透彻的美。反之，缺乏稚拙美的作品即使描写的是幼儿生活或者幼儿喜闻乐见的拟人化动物等，也不可能成为优秀的儿歌。好儿歌在字里行间闪烁着天真活泼的童真童趣和稚拙美，在欣赏儿歌时，要仔细品味。例如，王清秀的《小猴子》："小猴子，宽脑门儿／一心想画双眼皮儿……"在这首儿歌中，除了这种大胆的谐趣之外，更多的是纯真稚拙的童趣。

第二，鉴赏儿歌中的纯真美。"夫童心者，真心也。"幼儿思想感情中最鲜明的特点是纯真无邪，纯真无邪的思想感情反映在儿歌中即为纯真美。例如，圣野的《喂》："面包屑／放手心……啄一下／痒在手里甜在心。"亲手喂过小鸟，就会有这种痒痒的、甜甜的感觉。这首儿歌把幼儿纯真无邪的感情充分地表达了出来，使人感受到它的纯真美。

第三，鉴赏儿歌中形象的独特新颖美。儿歌的欣赏对象是婴幼儿，这个年龄段的孩子的思维特点是具体形象思维。幼儿喜欢直观的形象，复杂抽象的东西难以引起他们的兴趣。所以，孩子们喜欢的儿歌，不管是写人、叙事、状物、绘景，都要突出所写对象的形象、色彩、声音，达到刺激孩子们感官的目的。那么，在鉴赏儿歌时，就要引导孩子们，看看作者捕捉、塑造的形象是否具有孩童特点，是否独特新颖。例如，朱晋杰的《松鼠》："松鼠松鼠／尾巴灵活／能当板凳／树上坐坐……"儿歌中松鼠的形象多么生动独特，尤其是把松鼠的最突出的身体部位——大尾巴的功能讲得多么令人羡慕。

第四，鉴赏儿歌中构思的巧妙别致美。儿歌篇幅短小，构思很重要，在鉴赏儿歌时，尤其是引导孩子们欣赏时，要紧紧抓住儿歌构思的巧妙和别致，仔细品味作者的审美情趣和个性，从中悟出道理，受到熏陶，提升境界。例如，胡木仁的《弹钢琴》："黑屋子／白屋子……"作者把琴键想象成一个个小屋子，娃娃的手指来"敲门"，屋子里跑出了一串小音符！想象奇特，构思新巧，非常有趣。

第五，鉴赏儿歌中语言的音乐美。音乐美是儿歌的特征之一。押韵、使用摹声词或叠音词，既表现出了语言的音乐美，又使儿歌读起来朗朗上口，音韵和谐优美。既然作家在创作儿歌时注重了这一点，我们在鉴赏儿歌时，就要用心体会它。例如，儿歌《雪花》："雪花飘飘漫天／多像棉絮片片／做成一床厚被……这首儿歌音韵和谐，使用叠词，押韵，优美动听。

第四节　儿歌作品点评

一、儿歌《小狗》(作者：徐焕云) 点评

这首歌里的小狗，简直就是一个活灵活现的小孩子的样子。幼儿前期，注意力和动作的协调性还很不够，难免会出现这样那样的"失误"。不过，也要学会在失误中吸取教训。"湿了袖口"还不要紧，要是常常"烫了舌头"，

那可不是好玩的。儿歌中往往是用拟人的手法来风趣委婉地指出幼儿的一些缺点，教幼儿养成好行为、好习惯，这样有利于幼儿的接受。

二、儿歌《石榴》(作者：林颂英) 点评

这首儿歌用拟人化手法将石榴想象为婆婆，石榴籽儿都成了石榴婆婆的宝宝，而且在小屋里挤得哎喃哎喃连声，真是童趣盎然，令人忍俊不禁，多么生动形象，富有情趣呀！

三、儿歌《当妈妈》(作者：李华) 点评

小佳佳想学大人样，当妈妈，可是摔一跤之后，"娃娃不哭妈妈哭"，到底还是个小娃娃。作者把幼儿的天真稚态写得活灵活现。

四、儿歌《背小猪》(作者：鲁兵) 点评

这首儿歌用富有情趣的形式表现了亲子之间的亲情，表达了儿童文学的一个终极主题——爱。儿歌生动形象地塑造了一个可爱的胖嘟嘟的小猪形象，还有深爱她的妈妈、外公、外婆，生活气息浓厚，具有游戏的性质，让人读后有愉悦的感觉。

五、儿歌《鱼儿的妈妈》(作者：柯岩) 点评

这首儿歌简洁、浅近，蕴藉深切，两个"等"字，道出钓鱼者的妈妈和鱼儿妈妈对孩儿平安归来的盼望。这首儿歌描写了幼儿眼中的大千世界，他们心灵中对小动物的怜惜，也表达了诗人这位长者对生活、对幼者的挚爱与真情。作品中流露出孩子们的纯真美。

六、儿歌《鸡蛋运动会》(作者：孙幼忱) 点评

这首儿歌讲了一个科学小常识，用拟人的手法给孩子们讲了如何辨认生鸡蛋和熟鸡蛋。科普小常识在孩子们喜欢的鸡蛋运动会上充分地得到了普及，这首儿歌难得的是在构思上颇费心思。

第三章　儿童文学欣赏——儿童诗

在儿童文学的丰富领域中，儿童诗以其独特的艺术魅力和深邃的教育内涵，成为引导孩子们认识世界、感悟生活的重要途径。本章重点围绕儿童诗及其艺术特征、儿童诗的主要类别划分、儿童诗欣赏的作用与方法、儿童诗的作品点评进行论述。

第一节　儿童诗及其艺术特征

一、儿童诗概述

"儿童诗是指以儿童为主体接收对象，适宜于儿童听赏吟诵的自由体短诗"[①]，这个概念包含三个层面的含义：首先，要考虑儿童诗的接受对象——儿童的特点，要切合儿童的心理；其次，儿童诗要适合儿童听赏吟诵，抒儿童之情，寄儿童之趣；最后，儿童诗是自由体短诗，不要求严格的韵律，篇幅也不宜太长。

（一）儿童诗的发展

我国古代，真正适合儿童诵读的诗歌不多，不过在一些文人的诗集词章里，偶尔也能见到一些适合儿童理解、背诵的诗作，如李白的《静夜思》、白居易的《草》、李绅的《悯农》、孟浩然的《春晓》、杜牧的《清明》等。晚清时期，出现了专为儿童创作的诗歌，其中也有为幼儿写的作品，如黄遵宪的《幼稚园上学歌》等。

古代也有一些由智慧早熟的幼儿自己写的诗，这些诗被称为"神童诗"，

---

① 王丽红.儿童文学新编 [M].北京：北京邮电大学出版社，2016：49.

65

如唐代诗人骆宾王7岁时写的《咏鹅》："鹅鹅鹅，曲项向天歌，白毛浮绿水，红掌拨清波。"现代意义上的儿童诗的产生，与"五四"新文化运动有关。随着白话文自由诗的诞生，语言浅白、韵律自由的儿童诗也随之蓬勃兴起。

20世纪八九十年代，儿童诗更加蓬勃发展，上海的《小朋友》《儿童时代》，北京的《儿童文学》《东方巨人》都发表了许多优秀的儿童诗。早期诗歌与音乐、舞蹈密不可分。《诗·大序》中说："诗者，志之所之也。在心为志，发言为诗，情动于中而行于言。言之不足，故嗟叹之。嗟叹之不足，故咏歌之。咏歌之不足，不知手之舞之足之蹈之也。"

(二) 儿童诗与儿歌的区别

第一，在思想内容上，儿歌比较单纯、直白，朗朗上口；儿童诗比较含蓄。儿歌适宜于歌唱游戏，有娱乐和实用的功能，而儿童诗更适合吟诵听赏，讲求形象和意境。

第二，在题材上，儿歌多从日常生活取材，有较强的实用性；而儿童诗题材广泛，内容也更丰富深厚。

第三，在写法上，儿歌往往以叙述、白描、说明等方式描述事物现象，偏重于明白的展示，追求生动幽默，机智的诙谐，有"俗味"；而儿童诗更注重情感的抒发、意境的创设和表达的含蓄，多一些"雅趣"。

第四，在篇幅上，儿歌短小，结构简单；儿童诗可长可短，结构较复杂。

第五，在韵律上，儿歌在语言运用上讲求顺口、音韵和谐，注重语音外在表现形式的音乐感，被称为"半格律诗"，靠听觉的成分多；儿童诗的格式、语言韵律则可以更灵活、自由，音乐美体现于诗外，人称"自由体"，靠联想思考的成分多。

二、儿童诗的艺术特征

作为抒情文学的儿童诗歌具有鲜明的艺术特点，这些特点建立在诗歌体裁特有的艺术构成基础上。依据诗歌的艺术构成，理解儿童诗歌的特点，是阅读、欣赏儿童诗歌的关键。

(一) 韵律与节奏

稚拙美，这一独特的美感特质，相较于其他文学类型，专属幼儿所有。体现了稚拙美的儿歌，深受幼儿喜爱，诗歌显然更为关注声音美感的创造，因其展现了幼儿特有的审美情趣。其基础美感即为声音之美。相较于成人诗歌，儿童诗歌的音韵之美更为显著。

儿童诗歌的欣赏或许可追溯至其出生之际。稚拙美呈现的是一种原始、质朴、清澈之美。相反，若作品缺乏稚拙美，即使描绘的是幼儿生活或幼儿喜爱的拟人化动物等，在儿童的各个成长阶段，亦难以成为优秀的儿歌。诗歌更多地被视为朗读和倾听的对象，而非如小说般通过视觉与阅读来欣赏。优秀的儿歌字里行间都闪耀着天真活泼的童真童趣和稚拙美，欣赏时需细细品味。

儿童诗歌普遍具备和谐的音韵与鲜明的节奏。相较于成人诗歌，儿童诗更加注重押韵，韵脚紧密，较少换韵，无韵诗则较为罕见。针对幼小儿童的短诗，通常采用一韵到底或叠词叠韵的方式，通过字、词、句的重复与循环，营造出悦耳动听、和谐优美的韵律。

例如，叶圣陶的《小小的船》：

> 弯弯的月儿小小的船，
>
> 小小的船儿两头尖。
>
> ……

叠词叠韵不仅能产生合辙押韵、朗朗上口的效果，诗歌语汇和句式的重复也使诗歌变得节奏鲜明，更富有音乐性。

又如，朱湘的诗《摇篮歌》，韵律格外柔和、动听。

> 春天的花香真正醉人，
>
> 一阵阵温风拂上人身，
>
> 你瞧日光它移的多慢，
>
> 你听蜜蜂在窗子外哼：
>
> ……

这首《摇篮歌》，不仅音韵柔美，情感也温婉动人，是艺术上乘的儿童诗作。

(二) 意象与意境

意象与意境是诗歌的基本艺术构成。由于儿童思维具有具体形象性，意象在儿童诗歌中占有突出的位置。在许多儿童抒情诗作品中，作者内心的情感往往直接外化为一连串的意象，并通过意象的铺陈和叠加，将感情的抒发推向高潮。

儿童诗注重从儿童熟悉的物象或概念中提取意象，诗人樊发稼的《爱什么颜色》就特别着重从儿童的现实生活中撷取意象，表达儿童的情感与理想，颇具时代感。

> 你问我
> 最爱什么颜色？
> 我爱碧绿的颜色，
> 因为——
> 禾苗是碧绿的，
> 小草是碧绿的，
> ……

儿童诗歌并不因为其读者对象审美经验相对缺乏而放弃在诗歌中呈现深邃的意境，与成人诗歌一样，儿童诗歌特别是儿童抒情诗歌也将创造意境视为高境界的艺术追求。前文提到的叶圣陶先生的《小小的船》，只有寥寥数行，便烘托出由蓝天、明月、繁星、儿童组成的绝佳意境，令人赞叹。儿童诗歌的意境以清新、优美为特色，浸润着儿童的情感，是儿童现实世界和儿童想象世界的艺术呈现，具有一种明晰、通透、纯粹的美质。

(三) 联想与想象

儿童诗歌以其独特的自由联想和丰富想象为显著特征。儿童思维敏捷、想象力丰富，因此，儿童诗歌在反映儿童生活、传达其情感的过程中，自然而然地展现出与成人诗歌截然不同的联想和想象特质。正是这一特点使得儿童诗歌对青少年读者具有极大的吸引力。

例如，高凯的诗作《村小：识字课》即以联想的自由、飞动取胜：

"蛋蛋鸡蛋的蛋

调皮蛋的蛋

乖蛋蛋的蛋

红脸蛋的蛋

马铁蛋的蛋";

……

在这首儿童诗作中，作者将联想植根于乡村儿童的生活现实和生活理想，让联想伴随童心跃动。在自由飞扬的联想中，作品不仅自然形成了具有跳跃性的诗歌结构，更升华出具有时代精神的思想和情感。

联想是一种自由地组合事物的方式，在一定程度上体现出想象的特性。然而，在儿童诗歌中，想象更为直接地表现为赋予自然界万物以人的情感和生命，或是描绘超自然的幻境，以及呈现儿童内心世界的梦幻。童话诗是儿童诗歌中最具幻想性的类型，它通常通过奇幻的童话故事展现非凡的想象力。此外，拟人化的手法也常常出现在一些儿童抒情诗中，为诗歌作品增添童话般的趣味。例如，圣野的《欢迎小雨点》便是其中的佳作：

泥土咧开了嘴巴等。

来一点，

小蘑菇撑着小伞等。

……

现代诗人沙雷的《乖乖地睡》表达了对孩子温馨的爱抚，是一首充满新奇幻想的抒情诗，超自然的想象让诗歌绽放异彩：

一只松鼠，

在葡萄架上，

吱吱地，

吃着月光。

……

儿童聆听着、朗读着这样的诗句，会情不自禁地陶醉在作品恬美、静谧的意境中。

（四）情感、情节与情趣

作为抒情文学的重要载体，诗歌在情感表达方面具有至关重要的地位。针对儿童读者的儿童诗歌，强调传达儿童情感，并以符合儿童特点的方式展现，从而实现情感、情节与趣味相互融合的独特风格。儿童诗歌包括抒情诗，一部分抒情诗往往带有一些情节，让情感融会在人物、事件、场景的描述中表达。例如，柯岩的《帽子的秘密》、任溶溶的《你们说我爸爸是干什么的》、意大利罗大里的《一行有一行的颜色》、苏联作家马尔夏克的《彼加怕些什么》等都是具有代表性的作品。

诗人柯岩曾为儿童画家卜镝的画作创作了一组题画诗，这些抒情诗并不像作家当年《"小兵"的故事》等诗作那样直接以儿童游戏生活为表现内容，而是通过捕捉儿童生活瞬间的艺术思维，体会和表达儿童的心理和情感，作品同样蕴藏着丰富的儿童情趣。例如：

《春天的消息》

不要，不要跑得那么急，

你，多心的小狐狸！

没有狮子，也没有老虎，

……

以狐狸为题，诗人高洪波也有一首情态生动、情趣盎然的童诗：

《我喜欢你，狐狸》

你是一只小狐狸，

聪明有心计，

从乌鸦嘴里骗肉吃，

多么可爱的主意！

……

整首诗以"我"天真的口吻叙说，小主人公活泼的儿童情态跃然纸上，呼之欲出，作品因此别具神采。

（五）结构与语言

儿童诗歌的结构布局总体上秉持简洁明了的原则。叙事诗强调对事件的精心剪辑，结构紧凑，着重展现故事高潮与戏剧性结局。抒情诗则通常依托情感的自然流淌进行布局，为幼儿创作的诗歌多以排比、递进或对比手法划分段落，便于读者领会与把握。

儿童诗歌的语言具备优美、精练、平易、通俗、富有音乐性等基本特质。然而，在偏重叙事与侧重抒情的诗歌中，这些语言特点呈现各异。此外，不同作家亦具有独特的诗歌语言风格。

在叙事诗或偏重叙事的作品中，诗歌语言或生动、具体、形象，有动态感；或风趣、诙谐、机敏，有幽默感，语言特点明显不同于抒情诗。例如，诗人任溶溶的作品《没有不好玩的时候》：

> 一个人玩，
> 很好！
> 独自一个，静悄悄的，
> ……
> 两个人玩，很好！
> 讲故事得有人听才行，
> 你讲我听，我讲你听。
> ……
> 三个人玩，
> 很好！
> 讲故事多个人听更有劲，
> 你讲我们听，我讲你们听。
> ……

儿童抒情诗的语言更为形象化、感觉化，在实现音韵美的前提条件下，调动各种感官和想象，对语汇进行挑选和组接，力图以丰富、新异、有表现力的语言，呈现诗歌意象，创造诗歌意境。

总而言之，儿童诗歌的特点可以从不同的方面观察和解说，但任何一首艺术上乘的儿童诗，往往在韵律与节奏、意象与意境、联想与想象、情感与情趣、结构与语言诸方面，都有上佳的表现。在理解儿童诗歌特点时，需特别予以注意。

第二节　儿童诗的主要类别划分

一、儿童诗的类别——叙事诗

叙事诗是以诗的形式来描绘、讲述故事的一种手法。儿童叙事诗中的故事诗多以儿童的日常生活或游戏情景作题材，通过具体的叙事与描摹突出要表达的思想情感。例如，鲁兵的《下巴上的洞洞》：

从前
有个奇怪的娃娃，
娃娃
有个奇怪的下巴，
下巴
有个奇怪的洞洞，
洞洞
……

二、儿童诗的类别——抒情诗

抒情诗是侧重直接抒发内心情感的儿童诗，通常是写对生活的感受或歌颂人和事的。例如，林良的《蘑菇》：

蘑菇是
寂寞的小亭子。
……

三、儿童诗的类别——童话诗

童话诗是童话与诗歌形式的结合，属于叙事诗类的一支，它以诗的形式，表现富有大胆幻想和夸张的童话故事。例如，鲁兵的《小猪奴尼》：

有只小猪，
叫作奴尼，
……

四、儿童诗的类别——题画诗

根据图画或摄影作品画面命题写的诗歌，称为题画诗。儿童题画诗可以脱离画面，作为一首独立的诗歌而存在。例如，柯岩的《小长颈鹿和妈妈》：

> 小鹿，小鹿，
>
> 没见你时，真为你着急，
>
> ……

五、儿童诗的类别——讽刺诗

讽刺诗是针对儿童生活中的不良现象或不良习惯，以夸张讽刺的手法写成的幽默、诙谐的诗。例如，圣野的《我是木头人》：

> 妈妈叫犁犁洗手帕，
>
> 犁犁说，我是木头人，
>
> 我的手，不会动。
>
> ……

六、儿童诗的类别——散文诗

散文诗是用散文形式写的抒情诗。它比一般的抒情诗自由、灵活，在语言形式上分段不分行，不要求有严格的韵律。同时，它又比一般的散文注重节奏。例如，冯幽君的《春雨沙沙》：

> 春雨沙沙，春雨沙沙……
>
> 沙沙的春雨，像千万条丝线飘下……

第三节　儿童诗欣赏的作用与方法

一、儿童诗欣赏的作用

在我国，儿童诗歌教育一直备受重视，因为它具有独特的审美价值和教育意义。儿童诗欣赏不仅能丰富孩子们的精神世界，还能在他们心中播下

美的种子，引导他们认识世界、感悟人生。以下探讨儿童诗欣赏的作用。

第一，提升儿童审美能力。儿童诗具有简洁、形象、生动的特点，通过欣赏儿童诗，孩子们能够感受语言的美、韵律的美、意象的美，从而提升他们的审美能力。这种能力将使他们更好地感受生活中的美好，为他们的成长注入无尽的活力。

第二，培养儿童想象力。儿童诗往往富有想象力和创意，通过阅读和欣赏儿童诗，孩子们会在心中构建出一个个美丽、奇幻的世界。这对于培养他们的想象力、创造力和思维能力具有重要意义。

第三，陶冶儿童情操。优秀的儿童诗具有真善美的价值观，通过欣赏这些作品，孩子们能够在心灵深处感受真善美的力量。这将有助于他们树立正确的价值观，培养良好的道德品质，成为有责任感、有同情心、有担当的一代新人。

第四，激发儿童情感。儿童诗往往具有浓厚的情感色彩，能够触动孩子们的心灵。在欣赏儿童诗的过程中，孩子们能够释放情感，找到共鸣，从而增强心理素质，培养健全的人格。

第五，提升儿童语文素养。儿童诗欣赏有助于孩子们掌握丰富的语言表达技巧，提高他们的语文素养。这对于他们在今后的学习和生活中表达自己的想法、情感具有重要意义。

二、儿童诗欣赏的方法

(一) 充分把握和理解儿童诗作品的形象

首先，看诗人是如何塑造诗歌形象的，塑造了怎样的诗歌形象；其次，再看诗人是怎样塑造这些形象的，如何构思，运用了怎样的语言，具有哪些特点，表现了怎样的主题，具有哪些情趣，给我们留下了哪些印象，读后的感觉如何，对孩子有怎样的教育意义和审美作用等。例如，林武宪的《鞋》：

我回家，把鞋脱下，

姐姐回家，把鞋脱下，

……

大大小小的鞋，

就像大大小小的船，

……

林武宪先生的这首诗，写的对象是鞋，普通得不能再普通，可是小小的鞋蕴含着暖暖的亲情。那一双双紧紧相偎相依的鞋，代表的是亲密，诉说的是家庭的温暖。最后一节的比喻十分恰当，那些鞋就好像一艘艘大大小小的船只，经历过风雨平安回到港口时，满心充满着喜悦、感谢，幸福充满在字里行间。

（二）在儿童诗鉴赏中要善于张开联想与想象的翅膀

儿童诗擅长想象和联想，这和孩子的天真好奇及他们独特的心理分不开，所以在鉴赏时，一定要善于张开想象的翅膀，同诗人一起飞翔。例如，望安的《明亮的小窗》：

中秋的月亮，

又圆又亮。

像敞开一扇

明亮的小窗。

……

这首小诗把现实与想象结合起来，为幼儿展现了一幅诗情画意的美妙境界，巧妙的比喻准确地抓住了事物之间的相似点，为幼儿架起了想象的桥梁，幼儿就会自然而然地陶醉其中。这些美好的艺术形象很容易让儿童沉浸其中，不知不觉在心里激起强烈的审美感受。

（三）抓住意象，并反复揣摩意象

"鉴赏时，必须先明确诗人想要通过意象来表达自己怎样的内心感情。"[①] 领会意境是必要的，而领会意境又必须具备对意象审美特点的把握。所以，鉴赏儿童诗时，抓住意象并反复揣摩、体味意象，是体会诗中的美感、作者的思想感情，从而顺利进入诗歌意境的关键。例如，刘饶民的《大海睡了》：

① 王晓翌．实用儿童文学教程 [M]．西安：陕西师范大学出版总社有限公司，2013：70.

风儿不闹了，

浪儿不笑了。

……

寥寥数语就把静谧、安详的大海这个意象展现在读者面前，而且用拟人的手法，以极其准确的措辞"抱着""背着""鼾声"形象地描绘出大海这位"母亲"熟睡时的优美体态，营造出安详、静谧的意境，在优美的语言环境中儿童不仅学习了语言，丰富了词汇，还可以提高驾驭语言、鉴赏语言的能力，同时得到美的享受。

第四节　儿童诗作品点评

儿童诗是一种特殊的诗歌形式，它以简洁、生动、有趣的文字，描绘出丰富多彩的世界，为孩子们展示出一片广阔的想象空间。以下对具有代表性的儿童诗进行赏析，感受其中的美好与智慧。

一、儿童诗《捉迷藏》(作者：圣野) 点评

这是一首游戏性和趣味性结合得很好的幼儿诗，诗人把孩子们喜欢的捉迷藏游戏演绎得如此富有童趣，通过小妹妹和风捉迷藏的游戏，让孩子们认识、了解了"风"这种捉摸不定、看不着的自然现象，生活气息浓郁，充满童真童趣。表现了孩子的天真率直顽皮可爱的天性。作者用想象的彩笔为这首诗涂上童话的色彩，这想象运用得实在绝妙，人物是那样鲜活，活泼的小妹妹，顽皮的风，腼腆的树叶，只消一两句话，性格便跃然纸上；情节是那样有趣，有什么能比跟神秘的风娃娃捉迷藏更令人神往、更使人惊奇的呢？一个天真活泼可爱的小妹妹形象在诗人的笔下充满了稚气，诗人把孩子们喜欢的捉迷藏游戏演绎得更加富有童趣。这首儿童诗动感十足，"听""找""笑""跳""掉"等动词运用得恰到好处，给人以生动活泼的感觉。

二、儿童诗《欢迎小雨点》(作者：圣野) 点评

这首儿童诗，在孩子们面前描绘了一幅优美的画面，这画面里有飘飘洒洒的小雨点、撑着伞的小菌、钻出水面的荷叶、带着笑窝的水塘、微笑敬礼的野菊花、咧开嘴巴的泥土，每一幅都具体生动。荷叶和小水塘欢快的神态，小野菊感激的神态栩栩如生，如在眼前。儿童期盼雨的到来，渴望享受雨水沐浴的兴奋欢快之情在诗中也得到尽情抒发，画面明快情趣盎然，动词"撑""站""笑""等"的运用，既活化了小蘑菇等在雨中的情态，使画面充满了活泼感，又表达了对生长、壮大的喜悦与渴求……这首诗通过直观的画面，描绘了小雨点鲜明具体的形象，深受孩子们喜爱。

三、儿童诗《送给盲婆婆的蝈蝈》(作者：滕毓旭) 点评

这是一首儿童叙事诗，"我"将心爱的蝈蝈送给不能看只能听的"盲婆婆"，多么富有爱心的行动！通过描写孩子对他人的关爱，诗歌洋溢着浓浓的生活气息和人情味，抒发感情至真至纯的美，让这首诗有了长久的艺术魅力。

四、儿童诗《如果我是一片雪花》(作者：金波) 点评

这是一首儿童抒情诗。作者把美好的心愿，用假设法写成，寄托在诗行里，透过字里行间，抒发自己的希望和想象，一颗充满浓浓爱心的童心跃然纸上，这一份真情难能可贵。只有拥有珍珠般的童心，才能写出这么生动有趣、感人肺腑的诗篇。

五、儿童诗《小老虎逛马路》(作者：鲁兵) 点评

这首儿童童话诗将老虎拟人化，构思大胆，富于幻想，故事情节完整、有趣、吸引人，给儿童带来了新奇感和幽默感。

第四章　儿童文学欣赏——童话

童话既具有深厚的文学内涵，又能在审美上为儿童提供独特的阅读体验。通过对童话文学的深入挖掘，可以引导读者深刻理解童话的独特之处，认识童话在儿童文学领域中的不可替代地位，明确童话对儿童心灵成长的深刻影响。本章主要研究童话的审美特点与意义、童话的艺术表现手法、传统童话欣赏与现代童话欣赏、童话精神及其对儿童成长的促进、童话作品点评。

第一节　童话的审美特点与意义

一、童话的审美特点

"童话往往是通过生动有趣或者富有幻想的故事来向人们讲述道理，传达世界的真善美，这也是童话的特质。"[1] 童话作为一种独特的文学体裁，承载着深刻的审美内涵，其独特的审美特点在文学领域中备受关注。作为儿童文学的一部分，童话早已超越了年龄的界限，成为不仅是儿童，而是所有读者都能欣赏的文学形式。童话之所以在文学领域中占有重要地位，除了其简洁易懂的叙事方式外，更因其独特的审美特点而备受瞩目，主要包括以下方面。

（一）童话的艺术风格

童话的艺术风格是其独特审美的基石，其中简练而生动的语言赋予了作品独特的幻想色彩，主要包括以下方面：

第一，在艺术表现方面，童话往往采用夸张、充满想象力的手法，以增

---

① 蒋玉东.关注童话特征凸显教学价值 [J]. 小学语文教学，2023(29)：41.

强故事情节的戏剧性和吸引力。例如，在格林童话《灰姑娘》中，通过变魔法的仙女、金光闪闪的马车等奇幻元素，赋予了整个故事一个非同寻常的艺术氛围，这种夸张的艺术手法不仅引发读者的好奇心，更使得故事更加生动有趣。

第二，童话的艺术风格表现在其人物塑造上。童话中的角色常常具有鲜明而夸张的特点，如勇敢的王子、善良的公主等，这种过分夸张的塑造不仅推动了故事情节的发展，也使读者更容易记住和理解人物关系。通过这一艺术手法，童话实现了一种独特而深刻的审美表达。

第三，童话以其独特的艺术形式深刻影响了读者。夸张手法引导着读者走入奇妙而神秘的境界，使他们得以在幻想的画布上尽情徜徉。艺术的精湛表达使得童话成为一种艺术品，超越了简单的故事叙述，更是一场意象和情感的奇妙融合。

第四，童话的艺术手法深刻地反映了文化和社会的特征。通过对人物和事件的夸张描写，童话通常传递着特定的价值观和道德教育。例如，对勇敢、善良的人物的塑造，以及对邪恶势力的夸张描绘，旨在教导读者正义与善良的重要性，这种艺术手法不仅使童话更具吸引力，同时也蕴含着深层次的文化内涵。

总而言之，童话的艺术风格通过简练生动的语言、夸张想象的表现手法以及独特的人物塑造，为读者呈现了一个富有幻想、深刻思考的世界。童话不仅是娱乐，更是一门艺术，通过其独特的审美特点，深刻地影响了文学和文化的发展。

(二) 童话的丰富想象

童话作为一种文学形式，其独特审美在于其蕴含丰富的想象力，这一点不仅体现在故事情节中，还贯穿于奇异的世界观和独特的场景之中。例如，安徒生的《小美人鱼》，通过描绘美丽而神秘的海底世界，作者巧妙地引导读者进入一个异想天开的文学空间，这种审美体验源于作者的丰富想象力，使得读者在阅读过程中仿佛置身于一个梦幻般的境地。在《小美人鱼》中，安徒生通过对海底世界的生动描绘，创造了一个充满神秘和奇异元素的环境。读者在这个环境中能够感受到作者对细节的关注和构建的用心。通过

作者的描写，海底世界以生动的色彩呈现，各种丰富多样的海洋生物、五光十色的海底植物，以及华丽绚烂的宫殿，生动展示了作者丰富的想象力，这种世界的设定不仅令人叹为观止，更勾勒出一个令人陶醉的幻想领域，使得读者沉浸其中，尽情享受故事所呈现的独特美感。

童话通过对人物和事件的奇幻设置，也为文学表达的边界拓展提供了契机。例如，《拇指姑娘》的作者故意将主人公缩小成拇指大小，开启了一系列奇异的冒险，这种创意的设定展现了作者对想象力深刻挖掘的追求。拇指姑娘在娇小的身躯中展现出了勇敢与智慧，经历了比正常尺寸更为惊险刺激的冒险，这种对尺寸和情节的奇异处理，使得作品不仅在情节上具有趣味性，更在审美上呈现出一种独特的魅力。

对想象力的追求不仅赋予了童话更为丰富的创造力，同时为读者提供了独特的审美体验。在童话中，读者能够窥见作者无限的想象力，与之共同构建一个虚构而又引人入胜的世界。透过奇异的情节、神秘的环境和与众不同的角色，童话以其独特的审美风格深深吸引着儿童，将他们带入一个超越现实的文学境界，使他们陶醉其中。童话作为文学创作中的瑰宝，以其独特的审美特质，为文学领域注入了一股清新而富有活力的力量。

（三）童话的情感表达

童话作为一种文学体裁，其审美特点更表现在独特的情感表达方面。尽管童话往往以直观的叙述方式呈现，然而，其中所蕴含的情感往往是深刻而丰富的，这种情感的表达通过对人物内心世界的描写而得以体现，使读者能够更加容易地与故事中的角色产生共鸣，进而深入思考文学作品所呈现的主题。

例如，在安徒生的《卖火柴的小女孩》中，通过对小女孩坚强而坚韧的内心世界的描写，童话展现了生命的坚韧与美好。在寒冷的冬夜里，一个小女孩克服困境，勇敢地贩卖火柴，展现出了她内心的勇气和坚持不懈的品质。读者通过对小女孩的感情体验，深刻体会到生命的力量和对美好的追求，这种情感表达不仅使故事更加感人，同时也引导读者深入思考生命的意义和价值。

此外，童话还常常通过对社会现实的隐喻，表达对社会问题的关切。例如，在《小红帽》中，作者通过狼的角色巧妙地隐喻了对陌生人的警惕以及对未知危险的防范意识。狼作为陌生而具有威胁性的代表，呈现出社会中可能存在的危险和险恶。通过运用这一比喻手法，童话引导读者深入思考社会中错综复杂的关系，激发对陌生人和未知环境的警觉性。这种审美特点使得童话不仅仅是一种单纯的故事叙述，更是一种对社会观念和价值观的审视。童话之所以在审美上具有深度和内涵，主要体现在其独特的情感表达和对社会现实的隐喻上。通过对人物内心感情的描写，童话打开读者与角色之间的情感共鸣之门，引导读者深入思考生命、勇气和美好。同时，通过对社会问题的巧妙隐喻，童话更是在表达情感的同时展现了对社会现象的关切，为读者提供了深度思考的空间，这使得童话作为文学的一种形式，既具有娱乐性，又具备启发人们思考的深刻内涵。

总而言之，童话作为一种文学形式，其审美特点在艺术风格、想象力和情感表达等方面都表现得淋漓尽致。通过对童话审美特质的全面解析，能够更深刻地领悟童话在文学领域中所占据的独特地位。童话通过其独特的审美价值，为读者提供了一种独特的文学体验，让人们在阅读中沉浸于幻想的世界，感受到深刻的情感共鸣。因此，深入研究童话的审美特点，有助于我们更好地理解文学创作的多样性和丰富性。

81

二、童话的主要意义

童话在一个人的成长过程中起的作用是很长久的，很多人到了老年还依稀记得自己小时候读过的童话。对于儿童的健康成长，童话具有不可替代的主要意义，表现在以下方面。

(一) 满足儿童心理发展的需要

儿童正经历心理启蒙阶段，对外部世界存在着极大的依赖性。童话故事被视为儿童的梦境，其主要功能在于通过想象帮助儿童减轻无意识的压力。童话本质上是一种幻想，创造了一个非现实的仙境，构建了儿童心目中的理想国，这些故事为儿童提供了想象的素材，通过简单的语言、生动独特的角色形象以及符合儿童思维方式的表达，使他们轻松理解并接受这种幻想。尽管故事情节是虚构的，但儿童在阅读过程中的心理体验是真实的。儿

童在阅读童话时会全身心投入其中，将自己融入故事中，极度参与其中并表现出高度的情感投入。他们可能在故事情节紧张时屏住呼吸，也可能在幸福愉快的情节中欢笑开怀。对儿童而言，并没有明显地区分童话中的幻想世界和现实世界，这两者是相互交织的。正是这种真实与虚幻的交织，以及故事中呈现的惊险、刺激、痛苦、担忧、友谊、爱、快乐和幸福，成为儿童心理发展中不可或缺的元素，促成了与儿童心理无意识之间的良好对话，这有助于帮助儿童理解内心的矛盾和困惑，释放内心深处的各种压力和紧张，同时有助于塑造他们对社会现实的定义和理解，缓解焦虑情绪。此外，童话故事通常以圆满的结局收尾，为儿童提供心理慰藉。

（二）提升儿童的想象力

想象是一种非常重要的能力，是儿童最宝贵的能力。童话集中了人类最神奇、最美好、最大胆的幻想，从一个侧面很好地展现了人类的想象力。例如，《爱丽丝漫游奇境记》中神奇的可以变小的药水、《哈利·波特》里的霍格沃兹魔法学校等，无不反映了作家超乎寻常的想象力。在某种程度上，优秀的童话是人类想象力和创造力的体现。尽管从总体而言，儿童具有天才般的幻想力，但每个儿童的想象力是有差异的。通过阅读优秀的童话，儿童会体验到很多自身想象不到的奇妙、惊险的世界。超乎寻常的想象、童话故事为儿童打开了一扇新的窗户，引领他们进入一个崭新的世界，拓展了他们的想象空间和创造性思维。在儿童与童话故事文本之间的交流和碰撞中，儿童的思维潜移默化地受到影响，他们的想象力也在无形中得到了提升。

（三）丰富儿童的审美体验

优秀的童话无论从哪方面看都是美的，其语言虽然简单平实，但极其优美。童话作家的语言要求甚至超过成人作品，因为儿童这个特殊的读者群体，要求作者必须用简单的语言去生动地叙事，这样的语言营造了一个优美的意境，如梦如诗。童话中呈现的美好人物形象具有长久的影响力，如匹诺曹、小美人鱼、爱丽丝等形象已经超越了儿童的范畴，成为整个人类社会共享的文化符号。

杰出的童话故事在悄无声息中滋润着儿童的内心，培养着他们的审美情趣，使他们在愉快的阅读过程中潜移默化地体验到生活的真善美。童话的意义在于审美，其他的很多教育价值是附着其上的，不是刻意追求的，却在潜移默化中得到了。让儿童从童话中感受到美，感受到阅读的快乐，感受到生活的快乐，这本身就是儿童文学最重要的目的。

第二节　童话的艺术表现手法分析

童话的核心和灵魂在于艺术幻想，这种幻想主要通过拟人、夸张、象征等艺术手法体现，这些手法构成了童话基本的艺术元素，在童话中它们都有着特定的表现方式和规范。童话艺术表现手法主要包括以下方面。

一、拟人手法

拟人，又称为人格化，是将非人类的事物赋予人类的思想和感情。通过运用拟人手法，童话中的形象既带有人的特质，又保留了其作为物的基本属性，从而呈现出一种既真实又虚幻的美感。人性与物性的和谐统一不仅引起读者的关注，同时也让读者体验到作品的深层艺术内涵。拟人手法的运用不能只考虑所拟之物原来的特性，更要考虑到物与人、物与物之间的原有关系。例如，可以写兔子智斗狮子，但不能违反狮子、兔子之间的自然关系而让兔子吃掉狮子。拟人与儿童的"泛灵"心理和情感有深刻的联系和契合，拟人童话形象在儿童中天生地易于接受、认同和喜爱，这类童话通常以拟人形象作为主人公，因而被称为拟人童话。中国童话作家孙幼军擅长运用拟人手法，他的代表作如《小布头奇遇记》《小贝流浪记》《小狗的小房子》都是拟人童话。英国作家米尔恩赋予玩具熊"菩"幼童的性格与动物熊的物性，让这一拟人形象具有稚拙的童心美，《小熊温尼·菩》因此成为世界著名的幼儿童话。

二、夸张手法

夸张是一种艺术手法，通过奇异的想象力对描写对象的某一特征进行放大或缩小，以凸显其核心特质并增强艺术效果。在文学艺术中，夸张被普

83

遍运用，但在童话中，夸张呈现出独特的风格。相比其他文体，童话的夸张更为独特，不受真实性限制，能够突破时空的束缚，呈现出极为强烈和过度夸大的形式。以安徒生的《拇指姑娘》为例，主人公拇指姑娘的描述采用了夸张手法，将她的体形和生活细节进行了夸大描绘。拇指姑娘的身高不及人类大拇指的一半，她的摇篮是一个漂亮的胡桃壳，被单则是玫瑰的花瓣。通过夸张，安徒生强调了拇指姑娘娇小、可爱的特征，使读者产生强烈、生动的印象。童话中的夸张常常达到极度和强烈的程度，创造出浓厚的童话氛围和趣味。罗尔德·达尔是一位擅长运用夸张的英国作家，他的作品如《好心眼儿巨人》和《女巫》展现出离奇大胆的想象，使儿童在阅读中体验到充分的幻想。

三、象征手法

象征是一种艺术手法，通过具体的事物来生动地表现抽象的概念、思想或情感。象征手法建立在象征物与被象征物之间的相似或联系基础上，旨在将抽象的概念以可感知的形象呈现出来。在童话中，象征手法充当着将幻想与现实结合起来的媒介之一，也是创造特定形象的常见手段之一。例如，俄罗斯儿童文学作家阿·托尔斯泰的童话《大萝卜》中的小耗子，就是许多人共同完成某件事物时不可忽视的微薄力量的象征；安徒生童话《皇帝的新装》中的皇帝是贪婪、愚蠢而自负的象征。

在童话中，象征手法有普遍的运用，既有局部的象征，也有整体的象征。《青鸟》是一部象征主义童话剧，剧作完全以象征为依托，青鸟象征幸福，主人公拜访"记忆之土""夜宫""幸福园""墓地""未来之国"找寻青鸟，象征人类获得幸福的可能途径。作品还以拟人形象直接象征了吃喝玩乐等享乐派的假幸福，儿童、健康、空气、亲人、蓝天、森林、日出、春天等真幸福，还有公正、善良、思想、理解、审美、爱、母性等快乐。作者在整个作品中巧妙地运用象征手法，将诗意的想象和深邃的哲理达到了完美的统一，展现出从整体到局部的出色表现。

四、变形手法

变形通常指人物或事物的外貌或属性在短时间内发生明显、超自然的变化。在童话中，变形能够制造强烈的幻想效果，这一现象不仅在古典神话故事中常见，而且在当代的奇幻童话中也是常被运用的元素。例如，安徒生的《野天鹅》，艾丽莎的哥哥们被继母变成了野天鹅，只有夜里才可以恢复人形。为解除变形的魔法，依照仙女的指点，艾丽莎一直采摘荨麻编织麻衣并保持沉默。她当上了王后，却被诬陷为女巫。在她被施以火刑的最后关头，她将麻衣抛向了飞过她头顶的野天鹅。因为最后一件衣服的衣袖没有完成，她最小的哥哥恢复人形却留下了一只天鹅的翅膀。

童话中变形有部分变形、全部变形两种。例如，《木偶奇遇记》中，匹诺曹因说谎而鼻子变长；《爱丽丝漫游奇境记》中，爱丽丝喝了饮料、吃了蛋糕，身子突然变大、缩小，这些都是局部的变形。而格林童话中，青蛙变成王子（《青蛙王子》）、王子变成小鹿（《小弟弟和小姐姐》）则是全部变形。在童话中，人物经历的大多数变形都是通过外部力量引发的，例如魔法的施加或食用具有神奇力量的食物和饮料。只有少数神话和魔幻人物具备自我变形的能力。

五、宝物手法

童话中常常描绘一些能够制造惊人奇迹的宝物。主人公通过获得这些宝物，往往会经历奇异的遭遇和命运的变化。民间童话有"寻宝""得宝""宝物失灵"等多种类型，无不与宝物有关。其他的"两兄弟分家型""两伙伴出门型"童话也常常牵涉到宝物的归属和使用问题。

宝物往往都是日常生活中常见的器物，如镜子、宝盆、神灯、葫芦、梳子等。格林童话中的会开饭的桌子、会吐金子的驴子和自己会从袋子里出来的小棍子描写了三件宝物，分别是桌子、驴子和棍子。童话中的宝物虽然外表看似平凡，具备着与普通物品相似的外观和自然功能，但同时拥有令人难以预料的神奇功效。例如，《打火匣》中的打火匣，打火时能招来三条有神奇本领的大狗；《七色花》中的七色花，一片花瓣能满足一个超常的心愿；《野葡萄》中的野葡萄，吃了能让失明的人重见光明。

童话中的宝物并不完全是神魔人物施展魔法的法宝，它是独立的存在，凭借咒语或特定的方法使用，可以转移。许多民间童话中，会让宝物因拥有人的秉性以及宝物不同的来源发挥和产生完全不同的作用，潜在地遵守和表达童话的正义原则。创作童话通常也沿袭着这一宝物规则。很多宝物具备了

思维、情感、意愿和行动的能力，这种类型的宝物被称为拥有宝物形象。例如，张士杰搜集整理的民间童话《鱼盆》中的鱼盆，就是典型的宝物形象。

六、幻境手法

童话幻境在作家创作的文学童话中更为常见。"兔子洞中的地心花园"（《爱丽丝漫游奇境记》）、"永无乡"（《彼得·潘》）、"奥茨国"（《奥茨国的魔法师》）、"下次开船港"（《下次开船港》）等都是充满童话意味的幻想国度。

作家构建独特的童话幻境，作为童话人物活动的背景，这不仅有助于营造童话氛围和制造幻想效果，同时也应该反映出幻想逻辑的存在，以实现童话人物故事环境的内在统一。在这个特殊的环境中，一切在现实世界中看似不可思议的事情都变得合乎情理。幻境一般具有离奇、怪异、好玩、有趣等特点，有的部分或全部反映儿童的心理和情感，在很大程度上满足了他们的幻想和想象，如"巧克力工厂"（《查理和巧克力工厂》）、"霍格沃兹魔法学校"（《哈利·波特》）；有的幻境则同时具有某种象征性，如"永无乡"象征人类对幸福的探寻；还有一些幻境具有浓重的讽刺意味，如罗大里的童话《假话国历险记》中的"假话国"、圣-埃克苏佩里《小王子》中的"点灯人星""地理学家星""国王星"等。

创建幻境的童话作者似乎明白幻境的虚构性和假设性，以及它们与现实世界的对立和共存。在作品中，主人公进入这个幻境通常需要满足一些特定的条件和途径，可能是通过梦境、经历非凡事件，或者穿越特殊的通道，如一扇门、一座桥、一个洞口、一个站台等，并且有回到现实世界的情节安排。

第三节 传统童话欣赏与现代童话欣赏

一、传统童话欣赏

传统童话作为文学形式的一种，自古以来一直在各个文化中占据着独特的地位，这些富有想象力和寓教于乐的故事，既能够引发读者的共鸣，又在情感和道德层面上发挥深远的影响。

（一）传统童话的文化影响

传统童话以其独特的叙事结构、鲜明的人物形象和丰富的想象力吸引着读者，为文学创作提供了重要的灵感源泉。以格林童话为例，《灰姑娘》《小红帽》等作品通过对人性、命运和正义的深刻探讨，呈现了丰富的文学内涵。传统童话不仅是简单的故事，更是对道德观念的传达，反映了当时社会的价值观念和文化氛围。通过对这些经典作品的深入剖析，我们能更全面地把握文学作品在不同历史时期的演变和发展，这不仅涵盖了人们对于善恶、正邪、幸福和悲剧的观念演进，还包括这些观念在文学创作中的具体体现。

传统童话的独特之处在于它们不仅仅是儿童的娱乐，更是一种文化的传承和表达。通过这些故事，社会中的道德规范得以传递，成为一种深刻的文化遗产。传统童话在文学方面的重要性不仅体现在其吸引读者的故事情节上，更体现在其对文化、社会观念的传承和反映上。

（二）传统童话的心理学视角

传统童话对儿童心理和成长的积极的影响主要体现在童话中的角色塑造和情节设计上。童话中的角色往往代表着多样的性格特征和生活处境，通过这些角色的经历，儿童能在幻想的世界中主动探讨自己的情感和内在的矛盾。

以《拇指姑娘》为例，小主人公通过勇气和智慧成功克服各种困难，这一情节不仅能够激发儿童的勇气和决心，还有助于他们理解人生中可能面临的挑战和困境，通过这种情感投射和情节化的方式，儿童得以在安全的环境中体验并理解各种情绪和境遇，从而培养他们的情感智力和处理能力。传统童话在儿童心理发展中扮演着重要的角色，为他们提供了一个理解自我和社会的框架。通过参与童话故事的阅读和想象，儿童可以建立对于自身及他人情感的认知，培养对于社会价值观念的理解，以及在面对困境时具备积极解决问题的能力。因此，从心理学的角度而言，传统童话不仅仅是文学作品，更是一种潜在的心理教育工具，对儿童心智的发展具有深远而积极的影响。

(三) 传统童话的社会学视角

传统童话中的故事情节常常反映了当时社会的复杂阶级、性别和权力关系。通过对经典童话如《灰姑娘》中贵族与平民的对比，以及《睡美人》中男性与女性的角色分配进行深入研究，能够得知传统社会的价值观念和权力结构。

在《灰姑娘》中，贵族与平民的对比可能揭示了社会阶层之间的不平等现象，而《睡美人》中男性与女性的角色分配则反映了当时对性别角色的刻板印象，这些故事不仅仅是单纯的娱乐，更是对社会现象的微妙反映和对社会问题的深刻探讨。通过揭示这些社会层面，我们能够更深入地认识传统社会的文化风貌，理解当时社会所重视的价值观念、社会结构以及权力分配的动态演变。因此，社会学的视角为人们提供了一种审视传统童话的新途径，通过深入分析这些经典作品，能够揭示其中蕴含的社会信息，从而更好地理解历史时期的文化演变，这种方法不仅为学术研究提供了丰富的素材，同时也为人们提供了对过去社会结构和观念的深刻洞察。

总而言之，传统童话在文学、心理学和社会学等领域都具有重要的学术价值。通过对这些故事的深入研究，我们可以更好地理解不同文化的历史、人性的共通之处以及社会变迁的影响。传统童话不仅是儿童文学的经典之作，更是对人类文化遗产的宝贵贡献。在当代，尽管媒体形式繁多，但对传统童话的欣赏和研究仍具有深远的意义，因为它们不仅是文学的珍宝，也是人类智慧和创造力的结晶。

二、现代童话欣赏

现代童话文学作为文学创作的一支重要流派，其独特的艺术风格和丰富的内涵在当今文学领域占有突出地位。现代童话欣赏主要包括以下方面。

(一) 现代童话的创作特点

现代童话作为文学创作的一种形式，其创作特点表现为多元化和开放性。对现代童话而言，作为文学创作的一种形式，其独特的创作特点显现出多元化和开放性。与传统童话相比，现代童话在主题、风格和结构上展现出更为灵活多样的特质，不受固有框架的拘束，这种灵活性使得现代童话能够充分吸纳各种文学元素，将幻想与现实、古老与现代等多重因素巧妙地融合在一起。现代童话的多元化特点体现在其能够容纳来自不同文学流派的元素，从而呈现出更为丰富的表达形式，这样的文学混合为读者提供了更为多样的阅读体验，激发了他们对文学作品的兴趣。与此同时，现代童话的开放性贯穿整个创作过程，这使得创作者能够更加自由地施展想象力，创作出更富独创性和独特性的作品。

多元化和开放性使得现代童话更具有包容性，能够更好地迎合不同读者群体的需求。不同年龄层次、文化背景的读者都能在现代童话中找到共鸣，从而使得这一文学形式更为广泛地传播和接受。因此，现代童话在文学创作领域中注入了新的活力，为文学创作者提供了更为广阔的创作空间。

(二) 现代童话的文学价值

通过对人性、社会现象以及道德观念等方面的深刻思考，现代童话不仅是一种娱乐性和趣味性的文学形式，更在潜移默化中传递着深刻的思想内涵。现代童话作品常常运用独特的叙事手法和巧妙的寓言形式，以表达作者对人生、爱情、友谊等主题的独到见解。在阅读的过程中，读者不仅能被情节吸引，更能通过故事中蕴含的智慧，领悟到深刻的人生哲理。

文学价值的体现使得现代童话摆脱了仅限于儿童读物范畴的框架，而在文学领域中赢得了广泛认可。现代童话所蕴含的思想深度和情感丰富性，使其在成年读者中也广受欢迎。读者在品味这些作品时，不仅沉浸于故事情节带来的愉悦，更能够通过深思熟虑，获得心灵的启示。因此，现代童话不仅仅是一种文学娱乐形式，更是一种引导思考、传递智慧的文学艺术品，其丰富的内涵和独特的表达方式为现代文学注入了新的活力，使其在文学创作中占据着独特而重要的地位。

(三) 现代童话的社会影响

随着社会的不断演进和文化的多元化，现代童话通过对当代社会问题的敏感关注和深刻反思，逐渐成为一种强有力的社会表达工具。通过巧妙构筑童话的故事情节、人物塑造以及寓言手法的运用，作者通常能够传达对社

会现象深刻的洞察，引导读者深思社会问题，并激发对社会变革的强烈渴望。社会意义的展现使得现代童话在文学创作领域具有更为广泛的影响力，成为引领文学发展潮流的重要力量。

现代童话的社会表达不仅局限于儿童读者，而是通过深刻的社会观察和细致入微的描绘，吸引了成年读者的关注。作者运用童话中的隐喻和象征手法，将抽象而复杂的社会议题具体呈现，使其更易于理解和引起读者共鸣，这种精湛的表达方式使现代童话成为一个传递社会价值观念、促使思考的媒介，引导读者主动参与社会话题的讨论。因此，现代童话不仅是文学创作中的一个形式，更是社会意义传达的重要工具，为文学发展注入了新的动力，成为推动社会思潮向前发展的关键因素。

(四) 现代童话的文化传承

在当今全球化的背景下，文化交流变得愈加频繁，现代童话在这种跨文化的交流中积极融合了不同文化元素，呈现出更为多样性和丰富性的面貌。跨文化的创作背景赋予现代童话更为普遍的文化共鸣力，使其能够被不同国家和地区的读者理解和接受。现代童话已不再受制于单一文化，而是通过深度挖掘各种文化传统，创造出具备全球吸引力的文学作品。现代童话也在文化传承和交流中扮演着重要的角色，成为联结不同文化之间的桥梁。通过其独特的文学语言和艺术表达方式，现代童话传递着丰富的文化内涵，促进了不同文化之间的相互理解与交流。作为文学创作，现代童话以平易近人的方式呈现文化的核心，使读者在愉悦的阅读中体会到不同文化的独特之处，同时激发他们对多元文化价值的思考和尊重。

总而言之，现代童话的创作受到了全球化的社会文化影响，通过跨文化的交流与融合，其呈现出更为丰富、多元的文学形态，其普遍的文化共鸣力和文化传承的功能使得现代童话在全球范围内具有重要的文学价值，为促进不同文化之间的交流与合作提供了有力的支持。

(五) 现代童话的语言艺术

在欣赏现代童话的过程中，读者除了沉浸于故事情节之外，还需审慎关注其语言艺术的精妙之处。现代童话通常以其丰富的文学内涵和独特的语言风格脱颖而出。通过巧妙的文字编排、充满音乐感的句式以及丰富多彩的修辞手法，这些作品在语言层面上展现出引人入胜的魅力。作为文学创作的一种形式，现代童话的语言艺术既需要贴近儿童的语言习惯，也必须具备足够的文学深度，这为创作者提出了极具挑战性的要求。

通过对语言的巧妙运用，现代童话不仅能引发读者的阅读兴趣，更能在表达层面达到一种高度的艺术水平。巧妙选择的词汇和独特的表达方式使得故事更加生动而有趣。同时，作者通过独特的句法结构和修辞手法，使得文本更富有层次感，引导读者在深度阅读中体验到文学的美感。在语言运用上，现代童话不仅满足了儿童读者的阅读需求，同时通过精湛的艺术表达为作品赋予更为广泛的文学价值，这种巧妙的语言运用不仅满足了儿童的文学审美，也为成年读者提供了一场富有启发性和乐趣的文学之旅。

（六）现代童话与其他文学的联系

在欣赏现代童话的过程中，读者需特别关注其与其他文学流派的紧密联系。现代童话常常与奇幻文学、科幻文学等多个文学流派相互渗透，形成了一个丰富多彩的文学交融之境，这种跨越多个文学流派的交叉影响，不仅仅拓宽了现代童话的创作空间，同时为读者带来更为多元化的文学体验。通过与不同文学流派的巧妙融合，现代童话呈现出更为独特和富有创意的一面，使得其在文学创作中展现更加广泛的表达形式和表现手段。

在与奇幻文学的交会中，现代童话往往展现出奇异幻想的故事情节和引人入胜的想象力，为读者带来一场神奇的文学之旅。同时，与科幻文学的结合使得现代童话能够探讨未来世界、科技发展等现代社会的前沿问题，引导读者思考科技与人类关系的深刻议题，这种多元文学流派的交织使得现代童话在表达观念和情感时更为灵活多样，也激发了创作者在文学创作中的无限创意。现代童话不再是孤立存在的文学形式，而是与其他文学流派形成了紧密互动的关系，这种文学流派的交融不仅为现代童话注入了新的文学元素，也为读者提供了更为广泛和深刻的文学体验，丰富了文学的表达形式，使其在文学创作中展现出更为多样和富有活力的一面。

总而言之，现代童话作为一种重要的文学流派，其在创作特点、文学价值以及社会意义等方面都展现出了独特的魅力。通过对现代童话的深入学

术性探讨，能够更好地理解其在当今文学领域的地位和作用。在欣赏现代童话时，需要关注其多元化和开放性、文学价值的深刻体现、社会意义的深远影响，以及与其他文学流派的关系等方面。

第四节　童话精神及其对儿童成长的促进

一、童话精神探究

（一）童话精神的理论体系

童话主要具有幻想的品格、快乐的原则、诗意的境界、游戏的精神等特征，人们提到童话这个概念时会想起这些特征。当人们遇到美的事物或场景时，常情不自禁地赞叹"美得像童话"，这实际上并不是说这个事物和场景真的像童话故事一样，而是指它具备了童话精神，这即指它的"如梦似幻，诗意之感"，也暗示它能带给人们一种快乐、愉悦的情绪。

1. 童话精神的文化现象

童话精神是一种独特而深刻的文化现象，具有深远的影响力。它承载着人类对幻想、奇迹和美好的向往，犹如一座通向无限想象世界的彩虹桥梁。在传统的童话故事中，蕴含着纯真、善良、勇敢等美德的力量，这些美德不仅是故事中角色的品质，更是一种深刻的文化内涵。

童话故事通过讲述奇幻的冒险和不同寻常的经历，传递出积极的精神力量，这种精神并非仅局限于儿童，而是渗透到成年人的生活中。童话精神在人们的心灵深处激发对美好的追求和面对困境的勇气。它为现实生活中的困境提供了一份心灵的慰藉与启迪，使人们能更加坚韧地面对生活的起伏。

通过童话精神，人们得以建构出一个理想中的世界，一个充满奇迹和希望的境地，这种乐观、积极的情感传达不仅在文学作品中体现，更在人们的日常生活中产生着实质性的影响。童话精神不仅是娱乐的工具，更是一种文化的表达方式，为人们提供了一种超越现实的精神寄托。

2. 童话精神对世界的探求

童话精神的核心特征在于对奇幻世界的探求，这种探求在学术背景下可被视作一种对异质性文化元素的研究。童话故事中所呈现的神奇元素，如魔法、精灵、巨人等，构筑了一个超越现实的幻想世界，体现了文学作品中的奇异叙事结构，这一特征对理解人类文化和心理有着深远的影响。

在文学学科中，研究童话故事的奇幻元素可被视为对文学形式、叙事技巧和符号学的深入探讨。奇幻世界的建构不仅涉及作品内部的逻辑，更反映了社会、历史以及文化背景的多层面因素，这种探求奇幻的心理机制既能满足人们的好奇心，又为文学研究提供了广阔的领域。

从心理学角度而言，童话故事中的奇幻元素为读者提供了一种逃离现实、探寻无限可能性的心理出口。在生活的琐碎压力下，人们通过阅读童话故事，仿佛置身于一个充满奇迹和冒险的世界，感受到一份别样的快乐，这种心理机制不仅在文学作品中得到体现，更影响着读者的情感和心理状态，为心理学研究提供了丰富的素材。

童话故事中奇幻元素的存在，类似于一颗发光的种子，撒落在读者的心灵深处，激发出无穷的创造力和想象力，这种创造性的想象力不仅对文学创作具有启发作用，更对个体的认知发展和情感体验产生深远的影响。因此，在学术研究中，对童话精神的奇幻元素展开深入分析，不仅有助于文学理论的拓展，也能为文学研究提供新的视角和理论框架。

3. 童话精神的纯真与善良

童话精神中蕴含的纯真和善良构成其不可或缺的要素，这一特质在童话故事中得以生动呈现，经常通过善良的主人公塑造而成，这些主人公以真诚而纯洁的心灵面对复杂的世界，并成功克服各种困难。在现实中，人们往往容易忘却生活中的纯真和善良，然而，童话精神通过故事的形式重新唤醒了这些美好品质，为读者提供了在看似繁杂的社会中寻找清新与美好的机会。

童话中呈现的善良态度并非仅仅停留在对待他人的层面，更在于面对各种困境时展现出的乐观与积极，这种乐观的态度让人们相信，善良和正义最终能够战胜邪恶。童话精神通过这样的叙述，不仅提醒了人们内心深处的那份善意，同时也激励着个体在困境面前坚守信念、坚信善良的力量。在童话的世界中，这种积极的态度不仅为故事赋予了生机，也为现实生活中的人们提供了一种向往的精神指引。

4. 童话精神的勇气价值

勇气作为童话精神的核心价值在众多经典童话故事中得以充分体现。故事中的主人公往往面临重重困境，需要展现出非凡的勇气，勇敢地面对各种险阻，挑战邪恶势力，这种勇气在故事情节中发挥着至关重要的作用，不仅深刻地塑造了人物的性格，而且使读者在体验故事过程中不禁对勇气产生共鸣，这种勇气更显现为理智与坚定。主人公在困境中能够保持自己的信念，迎难而上，展现出一种理性思考和果断决策的品质，这样的勇气不仅让故事更为真实和深刻，同时也为读者提供了一种正面的榜样，激励他们在现实生活中不轻言放弃，勇往直前。

童话故事通过展示主人公的勇敢精神，唤起了读者内心深处潜藏的勇气，这种勇气并非局限于故事的虚构世界，而是在日常生活中找到了共通点。读者能够通过主人公的奋斗历程，意识到在面对生活中的困境时，理性思考、坚持信念以及积极面对的态度是克服困难的关键。因此，童话故事所呈现的勇气价值不仅在故事中有所体现，更有一种激励人们勇往前进的教育意义。

5. 童话精神对美好的追求

童话精神的另一个重要方面在于对美好的追求。在各种经典童话故事中，美好与幸福的元素常常贯穿始终。无论是《灰姑娘》中的灵感转变为一辆美丽的马车，还是《睡美人》中的公主与王子幸福地生活在一起，这些令人陶醉的美好画面使读者沉浸在一片幸福的氛围之中。童话故事所呈现的美好并非荒诞不经，而是对人性本善、对美好生活的渴望的具象化，这种对美好的追求在故事中得以淋漓尽致地展现，通过潜移默化的熏陶，引导读者在现实生活中更加注重发现和创造美好。

童话中的美好情节并非仅限于虚构，而是一种对理想境界的寄托，这样的追求激发了读者的乐观情绪，使他们在面对生活中的挑战时能够更积极、更富有希望地面对。童话故事中的美好元素不仅为故事情节提供了色彩丰富的表达方式，更为读者构建了一种积极向上的生活态度，成为一种对美好理想的心灵滋养。

6. 童话精神与现实力量

在实际生活中，童话精神并非一种遥不可及的理想，而是一种可触及的现实。很多人在面对生活的困境时，通过回归内心深处的童话精神，找到了重新振作的力量。童话故事中的主人公通常是普通平凡的个体，他们之所以能够成为英雄，并非依赖于特殊的能力，而是因为他们怀有坚定的信念、善良的心灵以及不屈不挠的勇气。童话精神所强调的正是每个人都有可能成为自己生活中的英雄，只要具备对美好事物的追求和对面临困境的坚持，这种信仰不仅能够激发个体的内在动力，而且能够帮助其在逆境中寻找解决问题的创造性途径。因此，童话精神在现实生活中不仅是一种情感寄托，更是一种积极的心理力量，鼓舞着人们在面对挑战时迸发出勇气与希望。

7. 童话精神的人性意义

然而，童话精神并非简单的乐观美好的遐想，而是在其叙事中融入了一些更为深沉的元素。许多传世经典的童话故事都巧妙地插入了一些黑暗的情节，如《小红帽》中的大灰狼，以及《灰姑娘》中的继母和姐姐们，这些反派角色的存在赋予故事更为引人入胜的层次，同时也更贴近现实生活的复杂性。

在《小红帽》中，大灰狼的出现不仅是为了增添故事情节的曲折性，更是对人性的一种深刻揭示。它象征着那些潜藏在社会背后的险恶力量，警示着人们在外表美好的事物背后可能隐藏着危险。而《灰姑娘》中的继母和姐姐们则呈现出人际关系中的复杂性和不公平，这些反派角色的存在不仅使得故事更富有戏剧性，同时也反映了人类社会中的现实问题和人性的复杂性。

因此，童话并不仅仅是一种单一的情感宣泄，而是通过深入描绘故事中的阴暗面，使得其更具有深刻的内涵和意义，这种综合了喜怒哀乐的复杂性，使得童话故事更为丰富多彩，更能引发读者对于生活、人性以及社会的深刻思考。

（二）童话精神的要素

1. 童话的快乐原则

童话作为一种独特的文学体裁，其根本内涵和精神体现了快乐原则。在童话中，快乐被视为其基本核心，贯穿于故事情节和角色塑造之中。这一基本内涵使得童话成为一个独特而引人入胜的文学形式，为读者提供了欢愉、惊奇和启发的阅读体验。快乐原则在童话中表现为对幻想和奇迹的追

求，通过虚构的世界展现美好、积极的价值观。童话的创作与传承不仅为儿童提供了欢愉的文学享受，同时也承载了文化传统与价值观念的传递，使其成为文学研究领域中引人深思的课题。

（1）童话的快乐原则的意义。"童话的快乐原则符合儿童的快乐天性，追逐快乐是人的天性；儿童容易获得快乐，丰富儿童的心灵世界。"[①] 如果问儿童喜欢听或看童话故事的原因，会得到比较一致的回答："有趣！"是的，那位穿着背心、戴着怀表、嘴里念念有词的小白兔，鼻子一会儿变长、一会儿变短的小木偶匹诺曹，嫁给花中安琪儿的拇指姑娘，纽约时代广场的蟋蟀歌唱家柴斯特，差点登上去圣库鲁次的遥远之路的赫尔曼，来自 B612 号小行星的小王子，为儿童制造了无数的惊奇、欢乐和幻想。走进童话，如同步入一个欢乐的世界。在这个世界中，美丽与神奇交织在一起，纯真与快乐形影不离。年幼的读者们漫步于一个充满欢笑的领域，在轻松愉快的笑声中尽情释放内心的情感。童话就是以这种特有的审美品格在文学与儿童乃至成人之间架起了多彩的桥梁，以强大的吸附力牵引着小读者入乎其中并乐而忘返。

童话作品中有许多包含着狂野幻想的顽童形象，有许多滑稽不堪的荒诞情节，它们让儿童体会到游戏的快乐以及为所欲为的痛快酣畅。越是大胆的幻想与放肆的玩闹，越是使他们乐不可支。但童话并非只给儿童带来捧腹的爆笑。有些童话可能只是引发会心的微笑，却同样给儿童制造了乐趣。例如，几米的绘本童话《露露的功课》中，"露露有一只小鸭子。露露不会游泳，也不会飞。她的鸭子也不会。露露每天都带着她的小鸭子到池塘边看别人怎样游泳、怎样飞，日子一样很快乐"。看似浅显却意味丰厚的语言，配上鲜丽丰富的色调，一样能赢得儿童的喜欢。

例如，《海的女儿》《卖火柴的小女孩》等流露出哀愁忧伤主题的童话，也能引发儿童的快乐情绪。在进行审美活动之前，儿童已经具备对审美情境的判断能力，他们能够意识到所体验的是一种幻境而非真实的现实。在阅读时，虽然儿童也会产生一些不安的情绪，但它是一种审美观照时的感觉，是远离其境无切肤之痛地进入欣赏境界的感觉。那惊险环境也好，激烈冲突也好……能深深打动儿童的心，使他们沉浸在类似"感动"的情感中，而减轻

---

① 高艳梅．童话精神与儿童德育 [J]．考试周刊，2016(81)：175．

了恐惧不安的心理。为童话人物的担忧终会转化成阅读的乐趣，这也是审美理解的最基本特征。对于许多看似悲伤的童话，儿童一样能够快乐地阅读，如儿童在欣赏《卖火柴的小女孩》时，固然有对小女孩的同情以及引发的忧伤，但许多儿童还是从中体验到了快乐的因素。

（2）童话的快乐原则的表现。童话就像永远不老的彼得·潘引领着孩子飞向"永无岛"，孩子们在"永无岛"上是快乐而自由的。回顾童话的演变历程，从木偶匹诺曹到小飞人卡尔松，再到笨笨猪、加菲猫，明显可见其中呈现了儿童快乐自由的身影，并且这种形象逐渐变得更加清晰。

第一，是故事内容的快乐有趣。童话中充满了奇妙好笑的故事。如《木偶奇遇记》中，匹诺曹每说一句谎话，鼻子就长出长长的一截；一旦逃学贪玩，就长出驴子的耳朵，变成世界上最愚蠢的动物。《笨狼的故事》中，笨狼在梦中梦到自己的尾巴丢了，醒了以后就开始到处找尾巴；他把自己画在纸上，又在上面画一层苹果树叶，让外婆在画中找自己（其实苹果树叶已完全将他盖住了）；外婆将他的画像挂到高墙上时，他吓得要命，怕自己掉下来摔断腿。《银线星星》中的阿比看到天空中掉下来一颗星星。他借助秋千飞到空中，将星星（带着银线）牢牢地绑在天幕中的小钩子上，然后又回到地面。《漫画熊》中，漫画熊从画上跑下来玩，结果掉入水中。漫画家救上它时，它已是透明的了，只剩下一个轮廓。按照成人的眼光，这些情节和故事是荒诞离奇的，但恰恰是这种荒诞离奇造就了童话的趣味性，它们是儿童欢乐的源泉。由于大人眼中的荒诞情趣与儿童审美心理相契合，这类作品能够激发儿童的游戏兴趣，充分展现了他们快乐的状态。

第二，童话给儿童提供了快乐理想的伙伴。生活中，儿童在做游戏，或者参与其他活动的时候，总喜欢跟有主意、能干的小朋友结伴，因为这样的小朋友往往能够使游戏更精彩，比赛更刺激。在童话中，儿童也喜欢看到这样花样百出的人物形象，像把蛋糕全部吃掉还振振有词的拉拉和弟弟，不听妈妈话、偷偷跑到花园去玩的兔子彼得，变成小人、骑鹅旅行的尼尔斯。儿童在阅读童话的过程中跟着他们感同身受地经历着各种趣事和冒险。儿童能在童话故事的形象身上发现自己，他们不会拒绝和这样的小伙伴交朋友，而且这些顽童形象往往具有超凡的能力，从而成为儿童奇特幻想的外在呈现，理想愿望的写照、延伸和补偿，让他们品尝到快乐和自由的味道，带来巨大

的快乐和满足。

2. 童话的幻想意蕴

（1）幻想是童话的灵魂。童话是一种带有浓厚幻想色彩的虚构故事。幻想是童话的基本特征，是童话的核心，也是童话的灵魂与生命。童话的幻想表现为一种超越自然的力量和存在，一种不受现实可能性规范的存在。在幻想羽翼的帮助下，童话脱离了自然力的限制而自由翱翔，去探求、去创造心目中最美好的世界。例如，在安徒生的《海的女儿》中，海王的小公主是长着一条鱼尾的人鱼。她生活在深蓝海底舒适的宫殿里，可以享有三百年的寿命，然而由于对爱情的憧憬和人类"不灭的灵魂"的向往，她忍受了把鱼尾变成两条人腿的巨大痛苦，默默来到人间。又如，在《野葡萄》中，野葡萄能让盲人重见光明，这些都是超越自然力的限制，为儿童们描绘出生活中根本没有也不可能有的奇妙世界。

无论是传统童话，还是现代童话，幻想都始终是其支柱。现代童话的幻想更是跨越了时空的限制，童话里的地点往往"神奇境域化"。童话发生在梦境，或者镜子背后、橱门的那一面、地板下，总之是带有假定成分的环境中。童话的时间富于弹性，要么是几百年前，要么是几百年后。时间可以倒流，可以加快，具有了神奇的魔力。童话里的人物通常具有超常的能力，或者具有魔力相助，一下子变得很小，一下子又很大。

（2）童话幻想的类型，主要包括以下方面：

第一，拟人体童话中的幻象。拟人体童话，作为童话的一种，其幻想本质呈现出天马行空、随意不羁的特色。在这个独特的故事世界中，主体角色并非局限于人类，而是各种有生命或无生命的事物，包括动物、植物、自然元素等。这些无生命的事物在拟人体童话中被赋予了生命、思想、语言、行为、感情等丰富的能力，使得它们成为故事的主人公。在这个幻想的世界里，动物和植物表现出与人类相似的行为和情感，创作者和欣赏者都需要放飞想象力，沉浸在这个别具魅力的幻想世界之中。一些典型的例子如《咕咚》中各种动物拥有语言和情感，以及《雨点儿和温柔的女孩》中雨点儿宝宝展现出人类宝宝的特质，《小狐狸的窗户》中小狐狸开设桔梗印染店，都生动地展现了这种拟人体童话的独特魅力。

总而言之，拟人体童话的独特特点在于其超现实的言行，人物的言行超越了现实范围，创造出无法在真实生活中发生的情节。故事中虚构的人物被赋予了生命与情感，通过拟人手法，它们展现出丰富的情感与思想，与现实世界的生活形成鲜明对比。这一特点使得拟人体童话成为一个独特的文学形式，吸引着读者们深入探索这些超越现实的奇妙故事。经典的幼儿童话作品如《亲爱的笨笨猪》《兔子米菲的故事》等，都是拟人体童话的杰出代表，它们以不实发生的情节和赋予虚构人物生命与情感为特色，为读者带来了别样的阅读体验，激发了他们的想象力和创造力。

第二，常人体童话中的幻想。常人体童话中的人物看起来与常人完全无异，所以此类童话中的幻想色彩主要表现在故事情节及人物的性格、行为、遭遇上。例如，《没头脑与不高兴》中，"没头脑"和"不高兴"都是普普通通的孩子，只不过因为其特殊的性格特征，而遭遇了许多极度夸张的经历。"没头脑"盖了一百九十九层的少年宫大楼，却忘记设电梯；"不高兴"表演老虎，却不愿被武松打死，甚至追着观众开打。在这类作品中，人物的现实成分是浓重的，但情节、环境气氛是对生活的幻化、变形描写。有他们的映衬，常人形象也便带上了童话色彩，罩上了似幻犹真的浪漫主义光环。

第三，超人体童话中的幻想。超人体童话所描写的是超自然的人物及其活动，主人公常为妖魔鬼怪、神仙巫婆之类，他们大都有变幻莫测的魔法和七十二般变化的技艺，这类童话多见于民间童话和古典童话之中，如法国的民间童话《美女与野兽》等。不过，一些现代童话作家在童话创作中，也常常采用这种表现方法。例如，在罗尔德·达尔的《女巫》中，女巫专门把小孩子变成老鼠，变成会下蛋的鸡，变到壁画中去，甚至变成一尊石像；在《五彩云毯》中，白衣仙女、太阳神、雨神等都是超自然的人物，七仙女采集各色云朵、编织云毯等行为在现实社会中是无法找到的。有些童话很难单纯地被判定是常人体、拟人体还是超人体。例如，《长袜子皮皮》中的皮皮看起来和一般的小姑娘并没有多大的差别，但是她的力大无穷、荒诞的言谈举止超乎常人常态；《竹脑壳和白妞儿》中既有常人桃桃、杨杨和阿辛以及其他许许多多的正常人，又有拟人化的竹脑壳和白妞儿。

3. 童话的诗意境界

（1）童话的诗意。想象使童话摆脱自然逻辑在时空中自由驰骋，诗意则是在这种驰骋的过程中带上了美好和感动，两者是构成童话艺术性的重要

方面。因此，诗意也是童话天然具有的品质，优秀的童话往往也是富有诗意的，甚至有的童话本身就是诗，如俄罗斯普希金的童话诗《渔夫和金鱼的故事》等。童话中的诗意，表现为一种温暖动人的叙述，是一股深深触动心灵的震撼，是作者真挚感情自然流露的表达，也是读者内心由衷感动的源泉。例如，《猜猜我有多爱你》这篇童话。

（2）诗意的童话。世界童话史上向来不乏诗意的童话佳篇，如普希金的童话诗。无论是《天鹅公主》还是《柳得米拉》或是《金鸡》，其诗意的语言让人不知不觉地陶醉，甚至连罪恶都显得温情脉脉。安徒生早期童话的艺术特色在于其诗意之美。在这个时期，他的童话充满了绚丽的幻想和乐观的精神，描绘了一个美丽纯净的天使与人鱼公主共同歌唱的诗意世界，这体现了现实主义和浪漫主义相结合的独特特点，如《打火匣》《小意达的花儿》《拇指姑娘》《海的女儿》《野天鹅》《丑小鸭》等。

《快乐王子》《夜莺与蔷薇》《巨人的花园》《忠实的朋友》《了不起的火箭》《少年国王》《西班牙公主的生日》《打鱼人和他的灵魂》《星孩》，每一篇都展现了一个至爱至美的诗意世界。中国在 20 世纪初就有诗意童话的产生，如叶圣陶的《小白船》等，但由于当时严酷的社会现实，这种艺术风格如昙花一现，转瞬即逝。在文学重新拥有了追求艺术的权利时，童话中唯美诗意的创作理念再度复苏。20 世纪 80 年代，童话界出现了"抒情派"和"热闹派"之争。"抒情派"童话的倡导者认为童话创作应当注重童话的诗性，即在尊重童话的逻辑性、幻想成分等基本创作规律的同时，更注重童话的诗意美、哲理性，或二者在相辅相成中的有机融合。童话创作需要富有深刻的思想，意境应当含蓄而深远，画面和意象可以是深邃幽远的，也可以是轻柔鲜亮的，以赋予作品抒情的韵味和浪漫主义的氛围。同时，作者要将个人的感情和人生体验融入其中，使之充满美感和艺术魅力。作家们用诗意叙事之抒情话语为中国童话带来了诗性之光。20 世纪 90 年代崛起的"新生代"童话作家中有一批女作家，她们的作品细腻、温婉、柔和。语言如江南细雨一样柔软，透出一种女性特有的爱心与维纳斯一样的唯美的诗性之光。近几年，诗意童话也不乏佳作，如金波的《乌丢丢的奇遇》中，几乎时时可以欣赏到高妙的儿歌和童谣。有些诗句使童话与诗达到了完美的结合，让这部童话有了一种不同于一般童话的诗性特质。

童话的诗意往往表现为对生命、对至善至美的关爱。当所面对的读者属低幼年龄层时，童话往往避开了生命中无可回避的痛与艰辛，而以溢满希望与爱意的目光注视着童稚初长的纯净世界，关注人之初的纯净洁白，呈现出一派暖色调的爱与温情。例如，陆可铎的《爱你本来的样子》、露丝玛丽·威尔斯的《麦克，吃早餐》、冰波的《小狐狸的鬼主意》、张秋生的《一串快乐的音符》、金波的《小松鼠与红树叶》等，风格恬静纤细，有一种浅浅的情调。当面对的读者年龄层有所提高时，文中所折射的生命思索就不再那么单纯宁静。

（3）童话诗意的表现。童话的诗意体现在其赋予人们的诗的美感上，这种美感既可以表现在童话创作的诗一般的意境中，又可以体现在其独特的韵味之中，同时还蕴含在童话所传递的深刻情感之中。童话通过独特的叙述手法和富有创意的表达，创造出一种超越现实的艺术境界，呈现出抽象而富有想象力的意境，使人沉浸其中。此外，童话还通过语言的音韵和韵味，为故事赋予一种独特的艺术品质，增添了文学的深度。最重要的是，童话所传递的情感，深刻而丰富，为读者带来共鸣和思索，进一步丰富了其诗意表达。这种综合的诗意特质使得童话在文学领域中具有独特的审美价值和深远的文学意义。童话诗意的表现主要包括以下方面：

第一，迷人的意境描写。意境是思想、感情和形象的组合，渗透了作者的审美意识和人格情趣。童话中，富含儿童情趣意蕴、熔铸作者思想感情的场景、物象、事象构成意象，而多个意象又进一步组成意境。优秀的童话作品无一例外都塑造了新奇而美好的意象，进而创造了属于作者也属于儿童的意境世界。例如，叶圣陶的《小白船》写一条小溪是各种可爱事物的家：

小红花站在那里，只是微笑，有时做很好看的舞蹈。绿草上滴了露珠，好像仙人的衣服，耀人眼睛。溪面铺着萍叶，蠹起些桂黄的苹花！鱼儿成群来往，针一般的微细，独有两颗眼珠大而发光。

这些描写与两个小天使的天真欢乐交融在一起，表现了一种纯洁美丽、明朗晓畅之美。

童话意境往往能够在使儿童欣赏各类真实或想象的事象、物象，体验各种纯真晓畅的感情的同时，把儿童带进一种童话境界。在众多充满诗意的童话中，作品不仅是简单地叙述故事情节，而是既描写故事发展，又塑造

人物形象，同时还展现出精彩的景象。故事写得首尾照应；人物塑造表里相符，内在美与外在美相统一；景物描写情景交融，形成一种飘逸隽永的优美意境。例如，《拇指姑娘》中描写了这样一个温暖的国度：

那儿的太阳比在我们这里照的光耀多了，天空看起来也是加倍高，田沟里、篱笆上都生满了最美丽的绿色和蓝色的葡萄，树林里到处挂着柠檬和橙子。空气里飘着桃金娘和麝香草的香气……

太阳的光耀，天空的高，植物的绿色，葡萄的蓝色，桃金娘和麝香草的香气都是符合事物主要特点的，尽管用了夸张手法，仍能给人以准确的质感，可视、可嗅，仿佛读者也置身这温暖的环境，一起得到舒适的感觉。

例如，葛翠琳的童话《泪潭》中，开篇就将读者引入一个悠远、幻美的境地：

一座深山的古庙里响着一种风铃。它们悬吊在庙殿亭的檐角下，随风摇荡着，发出优美的声音。它燃起人对家乡的思恋，对亲人的怀念；它引起人对过去的追忆，对未来的向往。它敲破了深山的沉寂，驱散了暗谷的恐怖，让人在雄伟中感到亲切，寂静中感到活跃。松涛声萧萧，泉水声淙淙，这是它的伴奏，它在领唱着对大自然的赞美。

深山、古庙、檐角、风铃、清风、萧萧的松涛、淙淙的泉水，在这样清幽、寂静的环境中，穿越时空，回荡在人们的心灵深处。

幻想和诗意是紧密相连的两个特征，但在诗意童话中，幻想也是别具特色的。无论是情节设置、意象营造还是童话的整体氛围，都被浓浓的诗意包裹，这种诗意的幻想常常会让读者融入一种充满温馨、奇妙而美好的意境之中而眷顾良久。

第二，丰富的情感。情感是诗意的载体，诗意必定来自情感，也表现为情感。在一部好的童话中，作者往往把自己的情感寄托在形形色色的人物、情节中。读者在阅读的过程中，与作品建立起情感上的交流。就像安徒生的童话世界一样，那是一个既美丽又充满情感的境界。在《丑小鸭》中读到磨难、自信与感恩，在《坚定的锡兵》中读到坚强与勇敢，在《老头子做事总不会错》中读到快乐，在《没有画的画册》中读到夜的忧伤，在《小意达的花儿》中读到生命的美丽和幽雅。在阅读安徒生童话时，实际也是在阅读安徒生本人对生活的感悟和理解。《海的女儿》自问世以来，打动了许多人的心。小美人鱼面临着生死存亡的抉择：要么杀死王子，自己回到海底的皇宫去；要么扔掉刀子，自己化为泡沫。可是，面对王子，她毅然牺牲自己的生命。当人们感觉到这种诗意的时候，往往内心就会有些感动，这种感动有时是海潮式的、强烈的，有时是淡淡的，像泉水一样涌出，像静静的小溪一样。

童话中给人带来诗意感的感情绝非刻意为之，真正的诗意是真挚感情的自然流露，这种感情和诗意可能是由优美清丽的语言所营造的。例如，《小狐狸买手套》中，整篇童话的优美景色及情节描写完全是小狐狸的心情展现。小狐狸的天真、渴望，它对人的态度，让小读者也一会儿为小狐狸担心，一会儿又为它高兴。但朴素的语言也可以达到同样的效果。又如，新美南吉的《去年的树》里面并没有多么优美的语言，但一样让人为这小鸟儿和树的友谊而感动，它的诗意来自它的故事，来自生活、命运和情感的交流。总之，童话世界独具成人无法企及的魅力。在这个特殊的领域，生命的本质如一朵馨香的花儿般绽放，纯真而真挚的情感在这里萌发。当人们沉浸在这个纯美的境域中，诗意便在心中悄然涌现。

童话天生具有诗意的本性。通常而言，童话是对扑朔迷离的"诗意的本质"的一种最深刻的诠释，因而童话经常是被那些感觉敏锐的文学艺术家用作营造诗意氛围的最佳途径。尽管现实世界充满动荡，但童话仍然坚守对人类生存中诗意的表达。在当代社会生活节奏日益紧张的背景下，调和身心、维护童心和儿童想象力的需求变得越发迫切。童话营造出的一个个使儿童痴迷神往的童话境界，塑造出的一个个使儿童向往、渴慕的童话形象，以及从这些童话人物身上发掘出的最美好的东西，传达出人类对生存的诗意憧憬和渴望。

4. 童话的游戏精神

游戏精神是童话中重要的美学特征和审美基准，同时也是文学和儿童文学中最为频繁提及的概念之一。文本中的游戏精神呈现出显层面和潜层面两个美学意义。显层面展现了外在特征，充满了丰富的玩乐色彩和功能。而潜层面则揭示了游戏的本质，具有深刻的哲学意义，如自由、力量和自主。这种游戏精神通过表达潜隐的儿童生理和心理能量需求，释放了投射的愿望。被认为是儿童本真的精神，游戏精神也是童话永恒的灵魂。"游戏精神"

103

这一词汇不仅表达了与小孩子的天性相适应，还与文学的自由精神相契合，使人们能够感受到与传统文学迥异的昂扬精神。

艺术与游戏相通，因为游戏被视为一种自由的活动，标志着人的精神自由和生命力的畅通。童话的游戏精神主要体现在以下方面。

（1）滑稽的人物。在游戏童话作品中，滑稽人物是突出的元素，通过外貌、语言、行为和内心世界生动展现了游戏的独特魅力。典型的代表之一是"长袜子皮皮"，她成了童话中常见的滑稽主人公。

她的头发是红萝卜色。两根辫子向两边翘起。鼻子像个小土豆，上面满是一点一点的雀斑。鼻子下面是个不折不扣的大嘴巴，两排牙齿雪白整齐。她的衣服怪极了，是皮皮自己做的。本来要做纯蓝的，后来蓝布不够，皮皮就到处加上红色的小布条。她两条又瘦又长的腿上穿一双长袜子，一只棕色，一只黑色。她蹬着一双黑皮鞋，比她的脚长一倍，这双皮鞋是她爸爸在南美洲买的，本来要等她长大再穿的，可皮皮有了这双鞋，再不想要别的鞋了。

童话中这些奇特的角色如戴高帽的猫、穿靴子的马、木偶匹诺曹、小飞人卡尔松等，在外貌上呈现夸张特征，伴随着荒诞语言、夸张行为和滑稽心理，使整个故事充满了欢笑和趣味。例如，小熊温尼·菩后脑勺着地下楼，皮皮则以独特的方式行走，一只脚上人行道、一只脚下人行道，甚至倒着走。他入睡时更是别具一格，将双脚搁在枕头上，头横向放在另一侧，还用枕头轻轻覆盖，允许在睡梦中扭动脚趾头。皮皮对其他孩子介绍阿根廷的学校：

那儿过完圣诞节假期，隔三天就是复活节假期。过完复活节假期，隔三天就放暑假。暑假一直放到11月1日。当然，接下来有点难受，要挨到11月11日才开始圣诞节的假期。不过还好，因为那儿至少不上什么课。在阿根廷严禁上课。偶尔也有一两个阿根廷孩子躲进大柜，偷偷坐在那里读书，可给妈妈一发现，哎，就要受罪了！学校里根本不教算术。要是有个孩子知道七加五是多少，又傻乎乎地去告诉老师，好，他就得站一天壁角。他们只有星期五才看书，那也得先有书。可他们从来没有书。

《大林和小林》中是这样描写唧唧吃饭的：

唧唧坐在队哈的旁边。那二百个听差伺候着唧唧吃饭。无论唧唧要吃什么，都用不着唧唧自己动手。那第一号听差把菜放到唧唧口里；然后，第二号扶着唧唧的上颚；第三号扶着唧唧的下巴，叫道："一，二，三！"就把唧唧的上颚和下巴一合一合的，把菜嚼烂了。全用不着唧唧自己来费劲。

　　童话中的这些顽童形象大多是微微"凸起"的。他们以"放肆的天性"与"张扬的玩闹"，表现出浓郁的游戏色彩与精神，给孩子们带来"意外的审美狂喜"。

　　（2）荒诞的情节。童话中的游戏精神还常以玩耍和胡闹的形式、荒诞夸张的情节表现出来。例如，《爱丽丝漫游奇境记》中，爱丽丝无意间跌入了兔子洞，来到一个不知地名的地方，吃了些奇怪的东西，一会儿变大一会儿变小。她正感迷惑、烦恼时，一条毛毛虫告诉了她恢复正常的办法。爱丽丝又跑到公爵夫人那个充满胡椒粉味的家里，把公爵夫人的猪小孩带走了。随后，她前往三月兔的地方，与帽匠、睡鼠和三月兔举行了一场古灵精怪的下午茶聚会。接着，她参与了王后的槌球比赛。王后把她领到鹰头狮子那里，让她去听假海龟的故事。等它讲完了，她们又去参加了一场奇怪的审判，审问是谁偷了水果馅饼。结果爱丽丝和王后吵了起来。又如，挪威作家埃格纳在他的《豆蔻镇的居民和强盗》中写三个强盗为做清洁卫生将熟睡的苏菲姑姑连床"偷"到家里，但他们又难以忍受苏菲姑姑的管教，于是又趁夜里将她送回了家，这一"偷"一"送"，赋予现实的艺术场景以神奇的游戏色彩，使之呈现出超凡脱俗的魔幻氛围。孩子们不禁为之陶醉。《小飞人卡尔松》中的小胖子卡尔松喜欢把"惹"说成"若"，喜欢唱"西拉索法米来多，好好热闹一通"。他将酒精倒进小家伙的玩具蒸汽机里，差一点点着书架；接着引起爆炸，将蒸汽机炸成碎片。他居然狂喜地说："它爆炸了！多响啊！"他的一切行径与儿童日常生活中的游戏迥然无二。《淘气包艾米尔》中，妹妹说从旗杆顶上大概可以看到马里安奈龙德镇。艾米尔就把妹妹系在绳索上，像升旗一样把妹妹升到旗杆顶上。艾米尔明白了放大镜可以聚光，引起燃烧，就用放大镜对准牧师太太帽子上的羽毛，直到羽毛发出焦味来。他想让小伙伴的市长爸爸见识一匹马。苦于市长太忙，他就骑着高头大马闯入宴会厅，让"马去看市长"。

　　童话的游戏精神涉及现实生活中儿童实际的游戏活动。有些儿童游戏本身就是以童话为背景和线索的，如拔萝卜的游戏、老鹰捉小鸡的游戏等。

童话所体现的美学精神，虽然包含了游戏的元素，但不能简单地与日常生活中的娱乐游戏画等号。例如，在《咕咚》的故事里，正在湖边玩耍的小白兔，忽然听见"咕咚"一声。小白兔吓得撒腿就跑。接着，小狐狸、小鹿、松鼠、大象等都跟着跑。最后，由森林之王狮子探明究竟，原来是成熟的木瓜掉到湖里发出的声音。《穿长靴的猫》则讲述了一只聪明的猫的故事。猫先是捉了兔子、鹧鸪等猎物，假托自己的主人去献给国王，获得了国王的好感。接着，在国王郊游的路上，通过溺水、威逼割草、割麦的人撒谎，骗妖精变成老鼠，然后吃掉它等一系列计策，帮助他的主人获得财产、爱情和幸福。有些儿童故事并没有真的涉及儿童的游戏，可是给人强烈的游戏感，它冲击和改变了人们头脑中已成定式的现实观念或世界图景，是一种由童话人物带领进行的想象力的游戏，是一种更深层次的游戏，体现了一种更本质的游戏精神。

二、童话精神对儿童成长的促进

(一) 契合儿童的精神世界

1. 契合儿童的快乐天性

人类天性中蕴含着对生存愉悦和人生快乐的渴望，这源自古希腊的"快乐"概念，希腊文词根"Hedo"传达了人类愉悦的情感。古希腊哲学家，如赫拉克利特和伊壁鸠鲁，首次详细阐述了快乐思想，将其解释为人类愉悦的精神感受，成为人类共同的本性。这一理念深深根植于人们的思想中，为人类在追求快乐上提供了理论支持。

儿童天生追求快乐，在各个活动中都表现出来，其中包括阅读等审美活动。童话作品通过想象、情节、形象、语言等元素传达儿童愉快的情绪，因此成为儿童钟爱的文学作品。童话中强烈的快乐意味吸引着儿童，例如，《长袜子皮皮》《小飞人三部曲》《杨柳风》《淘气包艾米尔》等作品，展示了儿童世界的活泼趣味，使小读者沉浸在快乐的幻想中。一些经典童话更是创造了令人陶醉的虚构世界。《彼得·潘》便是其中之一，它构建了一个虚构的童话世界——永无岛。在这个岛上，塑造了一个永不长大的儿童形象——彼得·潘。他无须上学、读书，与小精灵、美人鱼一起尽情游戏，尽情享受童年的快乐。这个故事不仅仅是一次冒险，更是对永恒快乐的美好展示。童话对儿童快乐的渲染达到了极致，激发了小读者对冒险和想象的向往。

相对于成人，儿童的快乐更容易获得。他们天真纯净的心灵使其对一些有趣的人、事、物特别敏感，更容易被童话作品中的形象深深吸引。儿童不会根据现实原则去判断童话情节，因而更能欣赏到童话作者的匠心。在这些童话中，儿童读者在快乐的空间尽情遨游嬉戏；在这里，没有严肃与沉重的面孔，没有胆怯、恐惧之心，有的只是快乐自由和为所欲为的痛快酣畅。

2.融入儿童的丰富想象力

（1）儿童的想象力。富于各种奇妙的想象是儿童的年龄特征。处于前运算阶段和具体运算阶段的儿童喜欢沉浸在自己的幻想之中；常见小孩子拿着玩具，假装自己是医生或售票员，认真给想象中的病人看病或向乘客卖票，在自己的想象世界中遨游。他们想象的创造性有时令人惊奇。他们会想到白云上有仙女居住，想到海底下有龙王的宫殿，想到花朵可以说话，想到蜜蜂可以跳舞；他们想种火鸡，收小鱼……

和成人相比，儿童的想象更多地指向内在心灵以满足自己的情感愿望，较少受到知识经验、社会观念、现实规范等理性因素的制约。因此，儿童的想象显得更加随心所欲、大胆自由，更容易受到本能欲望和情感需求的驱使。想象过程中无拘无束，想象的结果多姿多彩。儿童的世界是一个奇妙的充满梦幻的世界。在孩子的眼光中，每一样东西都有灵魂，每一样东西都有人格，凶恶的老虎会笑容可掬，狡猾的狐狸会调皮可爱，大灰狼疼爱自己的孩子。天上的云、风中的雨、地上的草、水中的鱼，都会是儿童喜爱的伙伴。

（2）童话的幻想品格融进了儿童的丰富想象力。儿童的创造力强，是因为儿童喜爱幻想，也善于幻想。他们的思维常常能撇开常规常理。而童话浓郁的幻想色彩与趣味和儿童的生命形态天然相符，所以儿童由衷地喜欢文学作品中的奇幻因素。

儿童文学必须适合儿童，必须反映儿童特有的心理年龄特征：①反映儿童的小孩子气，也就是儿童特有的年龄特征；②反映儿童的空想。儿童的想象虽然就成人看而言，有些荒诞怪异，不那么现实，但在知识经验还不丰富的童年时代，是健全的"人性"所需要的。安徒生用精美的语言描绘的画

面也富含诗意与想象力，沼泽的雾是沼泽女儿熬酒的酒气，河流是大海通向陆地的道路，蝴蝶是花的化身……这些充满幻想的句子给他的童话作品增添了不少光彩。例如，在《跳舞吧，我的小宝宝》中，三岁的小女孩阿玛莉亚认真地教她的三个布娃娃跳舞，这是她的迈勒婶母所觉得的无比愚蠢的事情，可迈勒婶母不知道，对三岁的孩子而言，这是再自然不过的事情。又如，《阳光的故事》中，风、雨和太阳的对话在成人眼中似乎很可笑，而儿童不觉得有丝毫不对劲。安徒生就这样深入儿童的心理，通过儿童的眼光来讲述他们的世界，展示出他们对万物都抱有热爱、好奇之心，表现了他们美丽的幻想的世界。在这里，一切都充满了生命，充满了幻想，充满了神秘感。

人们明显地感受到安徒生对儿童文学的幻想特质的重视。儿童文学不光要充满丰富的想象力，而且这种幻想、想象必须贴近儿童的心思，用儿童的眼睛去看，用儿童的耳朵去听，用儿童的心灵去体会。只有这样，才能写出儿童喜欢看、看得懂的"空想"，这是安徒生童话成功的关键，也是一切成功童话作家的共同特点。

幻想不仅是儿童的首要乐趣，也是他们自由的标志，他们通过幻想完成了对现实生活的超越。童话的幻想融进了儿童的心理特点，与现实生活中儿童特殊的心理、情感和思维方式是相互一致和协调的。童话故事往往是人们内心经历的投射，是儿童内心世界的一面神奇的镜子。

3. 反映出儿童的诗性智慧

童话总是能唤起人们"诗"的感觉，因为童话中所蕴含的诗意、逻辑、境界恰好吻合了儿童的诗性智慧。儿童的逻辑不同于成人世界中的概念性逻辑，儿童的逻辑充盈着诗性精神。

(1) 儿童的诗性智慧。诗性智慧是建立在诗性逻辑基础上的一种智慧表现形式。在人类的远古时代甚至到荷马时代，人们的记忆力强，想象力奔放，而思维能力不发达，这种感觉力和想象力发达的智慧表现形式，就是诗性智慧，这是人类最朴素的思维方式，它以想象力为基础，以诗为表现形式，其思维方式就是诗性逻辑。诗性智慧能够强烈体现在人类的童年，同样体现在个体的童年。儿童的逻辑是一种前逻辑、原逻辑，它不同于成人式的概念性逻辑，却汇入并充盈着鲜明而强烈的感性色彩和浪漫主义的审美意蕴是一种诗性逻辑。而且儿童保留着人性中许多美好的方面，他们纯朴率真、活泼快乐，本身即一种诗性的存在。童年是最具诗意的岁月，儿童是天然的诗人。他们比成人更接近人类天性的本真，也更具有可以"诗意地栖居"的条件。

诗性智慧表现为强烈的情感性。儿童眼中的自然万物有同人一样的强烈情感。泛灵论和情感强烈同样是儿童的心理特征。他们以为布娃娃一样需要吃饭、喝水，花儿、草儿也会怕痒怕疼，看到小鸡死了会痛哭流泪，看到月亮老照着自己以为月亮喜欢自己。无论是跟外界的人、事还是跟物交互，都伴随有强烈鲜明的情感态度。诗性智慧的第二个特征是具体性。人类早期的抽象逻辑能力是无法跟现代人相提并论的。他们认识事物的特点有点类似现在幼年期儿童的思维特点，即只能认识个别、具体的事物。在前运算和具体运算阶段的初期，儿童对环境以及外在事物的感知不是理性的、逻辑的，而是非理性的、直觉的。他们嘴里说的阿姨就是指他自己的那个"个子高的，长辫子的阿姨"，苹果也就是指"桌子上放的那个红苹果"。他们不太能理解抽象概念性的东西，所以他们对具体情境中的事物的了解会更深刻。当成人对他们讲述抽象的事物时，他们也会将之转化成他们经验中的具体形象的事物。

由于欠缺理性经验，原始人往往靠直觉来感受客观世界，并做出判断。在人的童年时期，这种直觉性还在一定程度上保存着。在儿童期以前，通过个人的感官、动作、身体获得直觉经验是儿童认识世界的基本方式。他们的语言、思维，包括判断、推理过程，很难摆脱具体表象和周围世界的束缚和制约。他们的经验只能靠"眼见为实"，这种从整体上洞察和把握事物真相的直觉其实是一种智慧。例如，在《皇帝的新衣》中，只有那个孩子没有虚荣心的顾忌，也不盲从任何人，一眼就看到了真相。儿童的诗性智慧充盈涌动着儿童特有的天真、幻想、憧憬、灵性和自由，它是感性的、浪漫的、直觉的、具体的，也是个体的、多样的、活泼的、生动的。儿童的世界不是一个客观的、理性的物理世界，更不是一个形式化的符号世界，而是一个活生生的形象世界、真实而具体的生活世界、充满着奇思妙想和爱恨情仇的梦想世界。

（2）童话的诗意境界反映出儿童的诗性智慧。诗性智慧赋予儿童灵性与

智慧，赋予儿童童话、诗歌、表演、游戏、音乐、绘画等诗性的精神表达形式，而这些精神表达形式也为儿童诗性智慧提供了一个可以自由挥洒、恣意奔涌的广阔空间。

童话中经常渲染出一种直观的、具体的、形象的，也是生动的、活泼的、情境化的表象世界；特别吻合儿童动作形象的表象与直觉具体的思维，因此儿童对形象、具体、生动的童话十分感兴趣，由于这种具体形象性，他们可以通过直观、感性和深刻的方式理解童话故事。学前儿童之所以喜欢童话，原因是他们不具备抽象思维能力。例如，童话的诗意境界就能给儿童以感染，童话的景物描写能让他们如临其境，童话的形象描写能让他们如见其人，童话的声响描写能让他们如闻其声，这迎合了他们对外界感受的直觉性。在《睡美人》中，凡是熟悉这个童话的人都不会忘记文中对沉睡的生命饶有风趣的描写：

睡意向整座宫殿蔓延。国王和王后刚一到家，走进大厅便睡着了。满朝文武也都跟着睡着了。连马厩中的马匹、院子里的狗、房顶上的鸽子和墙上的苍蝇也睡去了。是啊，炉灶里噼啪作响的火焰也静下来睡觉了。油锅里的嗞嗞声停了下来。厨师正要伸手去抓犯了过失的小帮厨的头发，这时，他也松开手睡着了。风停了，宫殿前面树上的叶子一动也不动。

儿童阅读这样的作品，会带来内心的爱怜、温柔、舒适，会产生联想与想象，会再次在头脑中创造精美玲珑的画面。

叶圣陶的《梧桐子》用浓墨渲染梧桐子的快活心情：

他们穿了碧绿的新衣，一齐站在窗沿上游戏。四面张着绿绸的幕；风来时，绿绸的幕飘飘地吹动。从幕的缝里，他们可以看见深蓝的天、天空的飞鸟、仙人的衣服似的白云，晚上可以看见永久笑嘻嘻的月亮、眉眼流转的星星、玉桥一般的银河、提灯游行的萤火虫。他们看得高兴，就提起小喉咙唱歌。那时候，隔壁的柿子也唱了，下面的秋海棠也唱了，阶下的蟋蟀也唱了。

这种充满诗味的描写，郑振铎称它为"完美而细腻"。这样的一种描写往往是形象的、具体的，恰好吻合了儿童形象、直接、具体的思维特征。孩子们看这样的描写，会自然在心里勾勒出一幅静夜的美丽图画。

《柳林风声》中如临其境的生动描写，使儿童能感到阳光照在身上的温煦，甚至可以伸脚去踩踩清凉宜人的草叶，去河里探寻那个月色如银的静谧世界。那泥土，那水波，那林子，还有那青葱的草地，仿佛都一齐向你倾诉衷肠。孩子们在不经意间踏入了如诗如梦的童话世界，与河鼠、鼹鼠、癞蛤蟆和獾四位伙伴成为亲密的朋友。

除了这种童话境界之外，许多童话的诗意幻想也吻合了儿童的泛灵心理。例如，《小意达的花》中，当小意达感伤"我的可怜的花儿都死了"时，大学生告诉她："这些花儿昨夜去参加了一个跳舞会，因此他们今天把头垂下来了。"于是，小意达晚上便梦到了这场盛大的"花儿舞会"：

一大群美丽的花儿跳着舞走进来。小意达想不出它们是从什么地方来的。它们一定是国王宫殿里的那些花儿。最先进来的是两朵鲜艳的玫瑰花。它们都戴着一顶金皇冠——原来它们就是花王和花后。随后跟进来了一群美丽的紫兰花和荷兰石竹花。它们向大家致敬。它们还带来了一个乐队。大朵的罂粟花和牡丹花使劲地吹着豆荚，把脸都吹红了。

安徒生通过小意达的故事让我们看到，人类早期的精神生活以极为动人的方式保留了人类天性里所有诗意的成分——充满同情心的想象力和对善美事物的信仰。

而童话境界中所蕴含的丰富感情则能够给儿童以感染。例如，《快乐王子》中的悲伤，《鸡毛鸭》中的幽默，《逃家小兔》中母亲的深爱，《你大，我小》中的温情，《石头汤》中的分享、信任，会激起他们的共鸣，使他们或欢喜，或忧伤……

童话的诗意所表现出来的独特生命意趣与哲学意味，本就来自儿童生命的形态以及儿童自身的生活，和童年息息相关。儿童需要诗意，他们能够感受到诗意。有时候，他们可能还不能以成年人的方式体会到诗意，但随着他们的成长，随着对生活体验的增多，对诗意的领悟将在他们的心中渐渐升腾，如涟漪般扩散开来。

4. 表达出儿童的游戏本能

游戏与儿童之间存在着一种天然的亲和关系。它是儿童心理和生理的本能需要，是儿童与生俱来的一种本能，也是儿童认识世界的一种手段和途径。儿童以游戏为生活。在游戏中，他们能够得到释放和喜悦。儿童所喜爱的童话中往往充满游戏精神。对儿童而言，富于游戏精神的童话起到了游戏

的作用。

（1）游戏是儿童的本能。游戏是儿童的天性，是自然赋予儿童的非人力所能控制的活动。游戏是儿童的本能，是儿童最主要的活动之一，对低幼阶段的孩子而言则是占据时间最长的活动。古今中外的儿童概莫能外。生活中，我们随处可见游戏中的儿童。他们自由自发地玩布娃娃，过家家，捉迷藏，搭积木。一片纸头、一个木棒都可以成为他们的玩具。无论身处何时何地，游戏总是如影相随。游戏成为儿童的基本活动，有它的必然性和必要性。所谓"必然"，是指游戏是最吻合于而且也最自然地展示了儿童精神发展水平与特点的基本活动方式。儿童的本能、冲动、需要、欲望以及好奇、好动、好幻想、情绪多变的精神因素及特点也都显现在直观可见的游戏活动中。这样，游戏就必然地成为映照儿童精神的一面镜子，成为儿童标识自我的一种语言，成为人们了解儿童心灵世界的一扇窗户。必要是指游戏是儿童精神潜能的自我释放、挖掘与开发，是儿童精神成长的主导。就像婴儿只能而且必须喝奶水才能维持生命和身体的生长一样，儿童也必须而且只有通过游戏才能实现其身体的发育和心理的成长，游戏是儿童生命存在的基本方式。

（2）童话的游戏精神投射出儿童的游戏本能。童话是以反映儿童生活、表现儿童思想感情、满足儿童审美需求、引导儿童健康成长为使命的文学样式，必然充满着鲜明、浓郁的游戏精神。自由自在、乐观明朗、想象丰富、情趣盎然，是童话游戏精神的重要内容。

儿童常常以游戏的心态来阅读文学，追求快乐体验。从阅读动机而言，促使儿童主动走向童话的并非成人所理解的接受教育、学习知识等，而是为了满足爱玩的天性，是为了追求一种身心愉悦的感觉、一种参与所有游戏活动都具有的好奇心。他们往往把文学作品当成玩具。如同《小飞人卡尔松》中的小家伙喜欢卡尔松一样，孩子们喜欢自由自在的游戏一般的生活，这些作品及其中的人物与儿童身上的游戏精神天然吻合；如木偶匹诺曹身上就体现出一种鲜明的游戏精神。他顽皮、淘气的气质，贪玩的天性，与小读者游戏的欲望相呼应，他历险世界的经历具有游戏的性质，与儿童的审美心理相契合，所以匹诺曹受到了世界儿童的欢迎。

对大多数儿童而言，追求刺激、求新求变是他们突出的心理特征之一。

表现在文学阅读方面，他们希冀从作品中读到新鲜的、在现实中未曾经历又很想经历的、带有强烈运动感的种种事件，他们强烈地渴望参与和体验。当童话作品通过对人物、情节、对话、环境、情绪氛围的形象描述，当用语言为儿童塑造一个可体验的生活景观时，他们仿佛进入了童话般的生活场景，展开一场欢乐的探险和旅程。奔入了充满魅力的游戏场，产生一种强烈的参与感，从而获得极大的快乐。儿童喜欢看历险类的作品，即体现了这一心理。例如，《洋葱头历险记》《丁丁历险记》《小布头奇遇记》《尼尔斯骑鹅历险记》《爱丽丝漫游奇境记》《兔子彼得的故事》《泰迪熊火车历险记》等游戏精神馥郁的童话，与儿童的心理具有一种同构的关系。

（二）促进儿童精神成长

童话对儿童心灵成长和人性发展具有至关重要的影响。优秀的童话作品，如《夏洛的网》等，通过温暖的爱心、奇妙的想象、尊重与理解，深深触动着儿童的内心世界。这些故事激发了人们内在的真善美品质，为心灵提供了滋养。童话作为一种独特的文学形式，不仅给予儿童美好的想象空间，更在其心灵深处留下深刻的印记。这些作品让人们在成年后，时常渴望重新品味那些曾经陪伴自己成长的经典故事，因为它们不仅仅是一段童年的回忆，更是一种对生活、对人性的深刻思考。

1. 愉悦功能

童话是供小读者审美欣赏的，是给儿童最大快乐、最多生趣的文学样式。

安徒生童话中的惊奇意象、幽默、愿望的满足、事物的变幻、成就感等，均引发孩子们轻轻荡漾的欢乐意绪，这是孩子们接受安徒生童话的一种普遍的情感反应。那亲切而饶舌的鸭子，那微小而极美的拇指姑娘，那具有魔术功能的打火匣，那光着身子游大街的皇帝，那神秘而活跃的花的舞会……安徒生赋予普通事物以灵魂，描写想象世界里万千物象的曲折遭遇。透过他那欢快而简短的句子，儿童的所见无一不神奇，无一不惊讶，无一不感同身受。儿童之所以喜欢童话，不是因为它讲了一些知识，不是因为它说了一个道理，而是因为它"有趣""好玩""好听""使人心情愉快""很美"……这些童话的幻想、快乐、诗意因素是引发儿童喜欢，给儿童带来愉悦的直接

原因。

　　文学作品具有染情的功能，儿童又具有移情的心向。童话世界里的儿童是快乐的，他们的快乐也必将会传递给现实中的儿童。儿童在得到快乐体验的同时，因为作品的艺术兴趣，诱发了内心的快乐和共鸣，纵声地大笑，或者是会心地微笑的时候，才能敞开心门，产生深刻的作用。古今中外的童话作品，多是用欢乐幽默的童趣和新奇多变的景物、情节、人物、语言等来吸引读者的，快乐与教化以一种亲切、新颖的表现方式呈现给儿童。

　　2. 宣泄功能

　　童年期是人生最快乐的一段时期，同时也是充满压抑感和焦虑感的困惑时期。儿童情绪的宣泄方式有善恶、美丑、文明与野蛮之分，游戏与艺术是其中比较文明的形式。人和动物对同一情境可能发生多种多样的反应；某种反应不能适应外在环境，则可发生其他变化，因而当人们的某种需要在现实生活中无法满足时，便可在艺术中得到补偿。儿童天性好奇、热情，他们对世界、未来怀有强烈的探知和参与的欲望。看到不公平的事情，他们想管一管；看到感兴趣的活动，他们想试一试。而现实中的弱小无助处境往往使他们的愿望难以实现，于是，他们不由得滋生幻想——幻想自己变得高大与无所不能。例如，《哈利·波特》中有许多超自然的、难以置信的奇妙情境：上学时，哈利来到国王十字火车站，闭眼推着行李车朝九又四分之三处的墙撞去，转眼进入神奇的魔幻世界；他们的信使是猫头鹰；宠物可以是老鼠；图上的人物能喊口令，眨眼睛，甚至跳出画框，彼此互相串门；因为调制配方的一个闪失，赫敏变身后一时变不回自己；哈利骑着"光轮2000"飞天扫帚飞行；当哈利和罗恩错过了学校的快车时，会飞的魔法车把他们送到了学校。哈利·波特的故事能引起共鸣，是因为它延伸、扩展了儿童的生活世界，给他们尚不完善的生活及人生加入斑斓的色彩，使儿童在幻想情境中达成一种心理的满足和补偿，弥补了他们在现实中被压抑的愿望。在童话世界中，儿童体验到生命能量的释放，体会到一种摆脱了各种强制性拘束和压力的自由与快乐。

　　3. 提升功能

　　童话并不只是一味地愉悦孩子，它也有提升孩子的作用。一方面，童话为儿童提供了把握重大问题的通道。在学习童话的过程中，我们可以用每个学习者独有的方式探究诸如变老、死亡、兄弟姊妹间的竞争、自恋的失望、恋母情结的困境、自我价值、道德义务等普遍性的问题。大部分童话都包含了美与丑的问题，这种二元性的问题提供了得出道德决定的机会。在童话中，随着故事的展开和事件的进展，内在的过程逐渐外化并易于理解，童话能够为遭受焦虑、处于发展中的儿童提供解决的方法。另一方面，随着儿童通过童话中的原型转化模式习得坚定的决心，他们得以排除焦虑，并将恐惧转换成一种有信心的生活方式。此外，童话在时间与空间中展开。

　　童话对儿童发展的促进是多方面的。首先，童话的幻想品格张扬和提升了儿童的幻想天性。儿童的文学可以作为他们的想象资料，并且一方面指导他们去想象，有一种适当之倾向，没有幻想太过的弊病；一方面引起他们去想象，满足其需要，没有压制的苦楚。荒诞、变形、幻想、想象等要素契合和满足了儿童的心理，使童心充分舒展开来，滋润着天趣圆融的童心世界。其次，童话在塑造儿童的自我意象、培养儿童的情感中发挥了重要的作用。童话为儿童提供了一种有力的感知并反思情感的媒介。童话将简单的形式结构和复杂的语义结构相结合，易引发儿童以游戏化的方式联系起自己的情感经验，同时有助于儿童对各层面的意义进行反思。童话是帮助儿童发展自我感的工具。当儿童离开发展中的自恋限制时，童话能促进儿童的想象力，澄清其情感，帮助处理并解决人格整合过程中的问题与焦虑。最后，儿童在欣赏童话的过程中潜意识里对生命、价值、道德有了初步的印记。在对童话的体验中，儿童发展了初步的道德情感、对美好事物的喜欢、对善良勇敢的人的赞赏、对邪恶的憎恨、对勇敢的崇拜。这一切在儿童心灵的世界里形成了人生最初的道德观念。例如，《哈利·波特》系列丛书所反映的正义、勇敢、爱的永恒主题对儿童的积极引导就是不容置疑的。当然，童话对儿童认知、思维的发展也有不可小觑的作用。童话对已步入具体运算阶段（7~12岁）的儿童的益处是，为处于这一阶段的儿童提供了发展其数量能力的机会（如在《金花姑娘》《三只熊》中碗、椅子和床的大小，以及《三只小猪》中吹倒房子所需要的力量等）。

第五节 童话作品点评

一、童话《小青虫的梦》(作者：冰波) 点评

这是来自冰波笔下的一个抒情类童话，故事流动着一种清丽、优美的意境，讲述的是一条丑小青虫蜕变成美丽的蝴蝶的故事，从当初偷偷躲在树上听歌到如今在音乐中翩翩起舞的经历，它告诉人们不应该用相貌来判断一个人的价值，每个人都有追求的权利，都能通过努力来实现自己的梦想。

二、童话《小蝌蚪找妈妈》(作者：方惠珍、盛璐德) 点评

这是一篇成功的科学童话，它以找妈妈为故事的主要线索，把青蛙的幼虫——小蝌蚪写成了一个充满稚气的小孩子，让他们自己去找妈妈——青蛙，巧妙地塑造了一批和蔼可亲、乐于助人的动物形象，有在水里划来划去的鸭子、嘴巴又阔又大的金鱼，有四条腿的大乌龟、白肚皮的大螃蟹，他们和"青蛙妈妈"有点相像，但不是小蝌蚪的妈妈。故事情节在小蝌蚪一次次的误会中发展，不仅生动地介绍了青蛙的外形特征、成长过程，还教育儿童看问题不能片面，不要以局部代替全部。

三、童话《小马过河》(作者：彭文席) 点评

这篇童话用对比法成功地塑造了小马和老马两个生动感人的艺术形象。小马幼稚、无知、单纯但自信、好问，是一个活灵活现的艺术形象；老马不仅像所有母亲一样爱孩子，了解孩子，而且教子有方，是一个优秀的母亲形象。小河的深浅在不同动物那里有不同的说法，小马向妈妈请教，妈妈没有直接告诉它答案，而是鼓励它去"试一试"，从而让小马从自己的亲身实践中得出河水"深""浅"的概念，并从中明白了一个道理：做任何事情时，光听别人说是不行的，需要自己亲自去尝试。

第五章　儿童文学欣赏——寓言

寓言作为一种古老而广泛流传的文学形式，不仅承载了文化的传承，更在儿童文学领域中扮演着特殊的角色。通过寓言，儿童在愉快的阅读中不仅能获得知识，更能培养积极向上的品格和价值观念。本章主要研究寓言的源流、寓言的艺术特征、寓言的阅读欣赏方法、寓言作品点评。

第一节　寓言的源流

儿童寓言作为一种独特的文学形式，其发展历程不仅反映了人类文明的演变，更为我们提供了深刻的文化和教育启示。儿童寓言不仅是一种娱乐方式，更是一种教育工具，它通过寓教于乐的手法，引导儿童树立正确的世界观、价值观和人生观。在当代社会，我们有必要深入挖掘儿童寓言的价值，通过创作和传播更加符合时代需求的优秀寓言作品，为儿童的全面发展提供更为丰富和有益的文化营养。

儿童寓言的起源和发展离不开社会、文化和教育的脉络，通过对这一文学形式的深入研究，能够窥见人类文化演进的脉络，了解儿童文学的重要作用以及寓言作品在塑造儿童心智和道德观念方面的深远影响。寓言的源流主要包括以下方面。

一、古希腊与古罗马时期

古希腊和古罗马是最早期的儿童寓言发源地，其中以伊索寓言最为著名。伊索寓言采用独特的寓言形式，通过将动物和自然现象拟人化，传递出深刻的教育寓意。这些寓言不仅是供儿童享受的文学作品，更是对人性、道德和社会问题进行深刻反思的载体。伊索通过简洁而生动的故事情节，以一

种直截了当的方式教导人们如何面对生活中的各种挑战、妥善处理人际关系，以及要重视正直和诚实等道德观念。

伊索的寓言以其通俗易懂的特点而广受欢迎，通过生动的动物角色和令人印象深刻的情节，向读者传递着深刻而智慧的人生哲理，这些故事在给予娱乐的同时，也在不知不觉中引导人们思考有关人类行为和价值观念的重要问题。通过这些古老的寓言，人们能够从儿童时期就培养起正确的道德观念，使他们在成长过程中能够更好地应对社会中的各种复杂情境。因此，伊索寓言不仅是古代儿童文学的瑰宝，更是具有深远教育意义的文化遗产。

二、中国古代文学时期

在东方文明中，儿童寓言的发展拥有丰富多彩的历史。中国古代的文学经典如《三字经》和《百家姓》，虽然并非严格意义上的寓言，却蕴含着深刻的教育思想和道德规范，对儿童产生着深远的影响。这些文本通过简练的语言和生动的叙述形式，向儿童传达关于礼仪、孝道、忠诚等价值观念，成为中国儿童文学传统的重要组成部分。《三字经》是一部具有启蒙性质的文学作品，以简练而明了的文字，系统地介绍了儿童应该具备的基本知识和道德观念。同时，这些故事强调了孝道、忠诚、正直等传统价值观，为儿童提供了在道德和行为规范方面的指导。《百家姓》则通过列举姓氏的方式，以生动有趣的形式传递着家族和社会关系的重要性，同时渗透着对孝敬祖先的强调。

中国古代文学时期的儿童语言虽然形式各异，却共同构建了中国儿童文学的独特传统。它们在娱乐的同时，通过深入浅出的方式培养儿童的道德观念，为其成长奠定了坚实的基础。因此，中国古代的儿童文学作品不仅在文学领域具有重要地位，更在塑造社会价值观念和培养下一代的过程中发挥了不可忽视的作用。

三、欧洲中世纪时期

在中世纪，欧洲儿童寓言经历了进一步的发展，其中以安德森的童话故事和格林兄弟的童话集最为著名，这些作品在深入探讨人性、道德和生活智慧的同时，注入了丰富的幻想色彩。童话故事借助奇妙的想象力和幽默的笔调，不仅引导着儿童思考生活的真谛，同时激发了他们对于善恶、正义和勇气等价值观的深刻认识。

安德森的童话故事以其独特的风格和深刻的寓意而著称。故事中常常融入奇异的元素，通过故事人物的冒险与成长，传达出对人性的理解和对生命的独特见解。格林兄弟的童话集以其深厚的德国文化特色而受到推崇，通过整理和创作民间传说，打造了一系列充满神秘感和既有寓教于乐的故事情节。儿童寓言的传播和影响不仅局限于欧洲，而是推动了儿童寓言成为世界各地儿童文学的一部分，这些作品的成功不仅在于其具有广泛的吸引力，同时也在于它们深刻的人文关怀和对于成长过程中重要价值观的关照。欧洲中世纪时期的儿童寓言为后来的儿童文学创作提供了丰富的灵感和范本，使儿童文学得以在全球范围内繁荣发展。因此，安德森和格林兄弟的作品在儿童文学史上留下了不可磨灭的印记，为人们提供了欣赏和思考的源泉。

四、文艺复兴时期

文艺复兴时期出现了儿童寓言发展的新高潮。随着文艺复兴思想的解放，作家们开始更加注重儿童的心理特点和成长需求。启蒙思想家如约翰·阿米斯和约翰·洛克提倡以儿童为中心的教育理念，儿童寓言在这一时期成为塑造儿童人格、培养独立思考能力的有力工具。在这个背景下，寓言作品中的教育元素得到更为系统和科学的整理，从而更好地服务于儿童的全面发展。

约翰·阿米斯和约翰·洛克等启蒙思想家强调以儿童为关注焦点的教育理念，认为儿童具有独立思考和发展的潜力。儿童寓言因其具有深层次的寓意和启发性质，成为满足这一教育理念的理想选择。作家们在创作中更加细致入微地考虑儿童的心理需求，通过寓言故事传达关于生活、道德和社会的重要教育信息，这个时期的儿童寓言作品中的教育元素得到了更为系统和科学的整理，使得儿童在阅读的过程中能够更好地接受教育的启示，培养全面的思维能力和道德观念。因此，文艺复兴时期儿童寓言的发展不仅是文学形式的丰富，更是启蒙教育理念的体现，这一时期的寓言作品为后来的儿童文学创作提供了有益的范本，为塑造儿童的人格和培养其独立思考能力奠定了坚实的基础。

五、19世纪黄金发展期

19世纪是儿童寓言发展的黄金时期，随着现代儿童文学的崛起，儿童寓言成为文学界的热门题材之一。在这一时期，刘易斯·卡罗尔的《爱丽丝梦游仙境》、安德鲁·朗的《彼得·潘》等作品为儿童寓言注入了更为丰富的文学想象和艺术表达。这些作品不仅深受儿童欢迎，更在成年读者中产生了广泛的影响。

刘易斯·卡罗尔的《爱丽丝梦游仙境》通过奇幻的情节和夸张的人物描绘，为儿童创造了一个充满奇异和想象的世界。安德鲁·朗的《彼得·潘》则通过对永恒童话主题的重新诠释，勾勒出一个充满冒险和友谊的故事，这些作品以独特的文学风格和深刻的寓意，为儿童文学注入了新的生机。

与此同时，儿童寓言的传播途径在19世纪也得到拓展。图画书、漫画等形式的出现使得儿童能够更直观地理解和接受寓言中的教育内容，这些可视化的表现形式不仅增强了儿童对故事的吸引力，还促进了他们对文字和图像的综合理解能力。各种形式的传播进一步推动了儿童寓言在文学市场中的繁荣发展。

因此，19世纪的儿童寓言既在文学创作上取得了显著的成就，又在传播途径上实现了多元化，这一时期的作品为儿童文学的发展奠定了坚实的基础，为后来的儿童文学创作提供了丰富的灵感和范本。

六、20世纪后的发展期

20世纪以来，随着社会的不断进步和科技的飞速发展，儿童寓言在形式和内容上都呈现出多样化和国际化的趋势，反映了社会文化的多元性和全球化的影响。从电视动画到计算机游戏，儿童寓言的传播渠道变得更加宽广，与此同时，寓言的内容也更加注重体现多元文化和社会价值。这一时期的儿童寓言不再局限于传统的文字叙事，而是通过多媒体手段更好地满足儿童的学习需求，使得寓言在当代社会中继续发挥着重要的教育作用。

电视动画成为儿童寓言的重要传播媒介之一，通过生动形象的动画角色和精彩的情节，吸引着儿童的注意力，这种形式不仅提供了视觉和听觉上的愉悦体验，同时也为儿童传递着各种价值观念和道德教育。计算机游戏的兴起，以互动的方式参与故事情节，培养了他们的逻辑思维能力和问题解决能力。儿童寓言在内容上的多元化体现在对各种文化元素和社会议题的关注。作品中融入不同国家和民族的传统故事，展示多样性文化的美妙，帮助儿童更好地理解和尊重世界的多样性。与此同时，寓言作品关注社会问题，通过故事情节反映社会现实，启发儿童对于公平、正义等价值的思考。

　　总而言之，儿童寓言在当代社会中通过多媒体的形式得以更广泛地传播，呈现出多元文化和国际化的趋势。这种多样性不仅在形式上提供了更丰富的娱乐体验，也在内容上拓宽了儿童的视野，为他们的全面发展提供了更为广阔的空间。儿童寓言在教育领域中继续发挥着重要的作用，帮助儿童塑造积极的价值观，培养良好的品格，为未来社会的发展培养有思想、有创意的新一代。

第二节　寓言的艺术特征

一、寓意明确

　　故事和寓意是寓言必须具备的两个部分。"寓意是故事的深层结构，它是寄托在故事里的寓言，是作者真正要表达的意图。"[①] 寓意是寓言所包含的道理，寓言的寓意通常由作者直接点示出来，如《天鹅、梭子鱼和虾》一开头就点明："合伙的人不一致，事业就会搞得糟糕；虽然自始至终担心着急，还是一点儿进展也没有。"《猫和厨子》的结尾说："碰到这样的厨子，我一定要对他说道：该在你的厨房的墙壁上写着：奉命绝对不能说空话，因为猫儿是不应该用空话来管教的。"但是，寓意也有不直接点示出来的，这要由作者根据创作的需要而定。寓言的内涵是积极而清晰的，其最显著的特征在于寓言作者坦率地展示对生活的深刻理解和审美评价。相较于其他文学体裁，寓言更为明确地传达了作者的观点和看法。

二、比喻形象

　　寓言既然是假托故事来寄寓哲理，那就要求这故事必须具有明显的比

① 郑宇 . 寓言与儿童思维发展 [J]. 小学语文，2022(Z2)：17.

喻性质，寓言是"用更巧妙的比喻做成"的。比喻是一种重要的表达思想的手段，通常通过使用人们熟悉的具体事物来阐释那些相对陌生或深奥的事物和道理，它是抽象的理性思维与具体的形象思维相结合的产物。从整体而言，任何一篇寓言都是作者精心构思的比喻。故事的全部内容是喻体，某一特定的道理或教训是本体，这样的比喻让抽象深奥的哲理变得形象好懂，也可以使人们从具体的故事中触发联想，产生认识上的飞跃，由此及彼，由浅入深，由感性到理性，从而深刻地体会出作者创作的本意。如伊索寓言的《狐狸和葡萄》，狐狸想吃葡萄，可是葡萄架太高，狐狸左够右够就是够不到。看着吃不到嘴的葡萄，狐狸说，葡萄一定是酸的，不能吃，这显然违反了"物"性，但读者乐于接受，就是因为寓言本质上是一种比喻，一种隐喻的表达方式，其关注点不在于故事本身的真实性，而是将整个故事视作一种隐喻。作者用狐狸的形象比喻那些做事不成功，却总给自己找各种各样借口的人。需要注意的是，寓言运用的比喻大多是暗喻和借喻，这与其他义学作品中常用的明喻不太一样。在以动物、植物为主人公的寓言中，作者经常使用暗喻或借喻的方法，以物喻人。寓言中的比喻并非仅限于某个句子或形象，而是将整个寓言故事视作比喻的一个组成部分来运用的。

三、故事精练

寓言是一种叙事体的故事，要有一定的故事情节，这是寓言得以存身的躯壳。寓言的故事一般都写得简介短小，将道理寄托于故事之中的文体，就叫作寓言。如果没有故事情节的依托，只是空洞的议论和说教，就不是寓言。在寓言中，讲故事是为了说道理，所以寓言的情节和小说中的情节要求不同，它不求完整曲折，也不是为塑造人物形象服务，而只需描绘一种情景，提供一个作家阐发道理的平台即可。作者通常会从生活和自然中选取一个最引人入胜的片段，然后进行概括和提炼。不注重细节的描写而重在揭示道理，因此寓言篇幅都较短小。寓言中，天鹅、梭子鱼和虾可以一起拉车，北风能跟太阳比赛，有人愿意守在树桩前等着兔子撞死等。纠结于故事情节的真实性是毫无意义的，因为寓言的故事情节明显带有虚构性，而且这些情节通常都被设计得简单而短小，以更好地服务于寓言的目的。

四、语言概括

"寓言往往是用最小的篇幅概括出事物和生活的本质特征，它短小精悍、寓意深刻、情节生动。"[①] 高度概括的特点表现在寓言中，即作者通常对生活中某一个最有代表性的片段概括、提炼，将道理浓缩进短小的故事，用最少的语言表达最丰富的内容和最深刻的思想。寓言是"理智的诗"，经过锤炼的寓言，其语言如诗一样精粹、凝重、耐人寻味，给人以艺术享受。优秀寓言作品的语言虽不像诗歌语言那样充满激情，但同样隽永、精粹，蕴含哲理，让人反复吟诵，回味无穷。由于寓言篇幅有限，无法对故事情节、人物言行进行过于详细的描写，通常采用直截了当的叙述和简洁的描绘，使语言更加干练明快。

五、拟人与夸张

寓言大都以人类以外的生物或非生物为角色结构故事。这种拟人方法的使用，对寓言阐述的意义十分重大。因为动植物或其他一些非生物都有各自明确的特征，它们与人类接触的历史比较长，人们不仅熟知它们的习性、特点，还赋予它们一定的感情色彩。所以，当它们作为主人公出现在寓言故事中时，只要一提起它们的名称，就会使人很快想象出它们表示的概念和力量，轻而易举地沟通故事与寓意之间的联系。

由于寓言的故事比较短小，寓言的拟人手法是粗线条的，一般不做细致的描写，不必过多考虑物性，也不必过多考虑人与动物、动物与动物、动物与植物之间在现实生活中的真实关系。在现实中不可能看到的狐狸和鳄鱼谈话、狮子和熊散步等现象，在寓言中能出现。寓言中拟人化的主人公及其活动，具有类型化的特点，能让人联想起社会生活中某一些具有同样特点的人，使寓言具有普遍的、概括的意义。

夸张是一种独特而引人入胜的表达方式，通过夸大事物的特征和情节，以增添故事情节的趣味性和吸引力，这种手法不仅凸显了儿童文学作品的幽默和趣味性，还有助于激发儿童的想象力和创造力。在夸张的叙述中，作者

123

---

① 单菁华，王冰.运用寓言促进儿童思维发展的探索 [J].中国多媒体与网络教学学报（下旬刊），2021（2）：156.

常常运用夸张的修辞手段，如夸大形容词、夸张比喻和夸张的情节发展，从而使故事更加生动有趣。通过这种独特的表达方式，儿童文学能够为读者提供更加丰富多彩的阅读体验，促使他们在轻松愉快的氛围中获取知识、培养情感，进而形成积极向上的人生观。

第三节　寓言的阅读欣赏方法

儿童寓言作为一种古老而富有教育内涵的文学形式，一直以来都是儿童文学的重要组成部分，它通过简单易懂的故事情节，寓意深远的寓言故事，为儿童提供了一种有趣而有效的学习方式。在儿童寓言的阅读欣赏中，可以通过多方面的途径深入挖掘其文学价值、教育意义以及培养儿童综合素养的作用。

一、从文学的角度审视

寓言故事是一种以幽默、夸张和拟人等手法构建虚构世界的文学形式，通过动物或其他生物的形象反映人类社会的问题和现象，这类故事在阅读过程中呈现出丰富多彩的情节安排、精妙的语言运用和深刻的人物塑造，旨在引导读者深入思考和挖掘作者的文学技巧。

在寓言中，拟人手法是一种常见而又巧妙的手段。通过赋予动物人类的思维和行为，寓言构建了一个独特的境界，使读者能够更直观地理解和感受人类社会中的道德观念和行为规范，这种转化不仅是为了娱乐，更是为了在潜移默化中传递深刻的教育意义。例如，通过将狡猾的狐狸、勇敢的狮子或谨慎的乌龟置于故事情境中，作者可以通过它们的经历和决策反映出人类社会中各种不同的品质和行为态度。

在阅读寓言时，读者除了关注故事情节外，还能深入挖掘作者的语言运用。寓言通常以简练明了的措辞展示故事情节，通过生动的描写和巧妙的比喻，将抽象的道德观念具体呈现出来。这种表达方式不仅让故事更加生动有趣，也使读者更容易理解和记忆故事中所蕴含的深刻道理。

另外，人物塑造也是寓言故事中不可忽视的要素。即便是通过动物形

124

象，作者也能通过对人物性格的刻画传达出深刻的思想。例如，一个机智而狡猾的狐狸可能代表着社会中的一些狡诈手段，而一只勇敢而仁爱的狮子则可能象征着正直和勇气，这样的人物塑造使得寓言故事更具有启发性，能够引导读者在娱乐的同时思考人性和社会现象。

总而言之，寓言故事不仅是一种文学形式，更是一种深刻的文化表达。通过幽默、夸张、拟人等手法，寓言故事以独特而生动的方式反映并探讨人类社会中的道德观念和行为规范。在阅读这些故事时，读者不仅能沉浸在故事情节中，还能在深层次上体会作者的文学技巧和对社会的深刻洞察。

二、关注寓言的教育意义

寓言故事常常通过虚构的情节，传递深刻的道德教育和人生哲理，为儿童提供了一种有趣而富有启发性的文学体验。在阅读这些故事的过程中，儿童通过与故事中的主人公建立情感共鸣，深刻体验到善恶对立、正误辨析等道德观念，从而培养他们的道德情感。

寓言故事的主人公往往是以动物或其他生物的形象出现，这种设定有助于儿童更好地理解和接受道德观念。通过与动物形象产生情感共鸣，儿童能在情感上更为贴近故事，深刻领悟善恶之间的抉择以及正误的辨析，这样的体验对于儿童的道德发展具有积极的影响，有助于帮助他们建立正确的价值观念和行为准则。

与此同时，寓言故事往往以深邃的寓意形式教导儿童一些基本的生活原则和价值观念，这种寓意深远的教育方式使得儿童在娱乐的同时，能够从故事中汲取实用的人生智慧。例如，故事中可能通过主人公的经历告诉儿童助人为乐、团结友爱等美德的重要性，这种教育内容通过深刻的寓教于乐，深植于儿童的心灵深处，成为塑造他们日后行为和价值判断的基石。

总而言之，寓言故事作为一种文学形式，不仅为儿童提供了愉悦的阅读体验，更为他们的道德发展和人生观念的塑造提供了有益的帮助。通过情节虚构、情感共鸣以及寓意深远的形式，寓言故事在儿童心灵中埋下了道德种子，促使他们在欣赏故事的过程中得到潜移默化的教育。

三、注重寓言对综合素养的培养作用

寓言故事作为一种文学形式，常常巧妙地融入了丰富的文化元素、科学知识和历史典故，为儿童提供了一个广泛拓展知识面的机会。通过阅读这些故事，儿童不仅能提升对文学的理解和欣赏，同时也能扩展对各个领域知识的认知，为他们的全面发展奠定坚实的基础。

寓言故事中的文化元素往往通过故事情节、人物设定等方式被巧妙引入，使儿童在阅读中能够感知并理解各种文化现象。这种文化元素的融入不仅仅是为了故事情节的生动有趣，更是为了启发儿童对不同文化的好奇心，促使其主动去了解和学习。科学知识和历史典故的引入使得寓言故事成为一个跨学科的学习平台，为儿童提供了多元的知识体验。

与此同时，寓言故事也有助于培养儿童的观察力、思考力和创造力等综合素养。在阅读故事的过程中，儿童需要通过对情节的分析和思考，理解其中隐含的道理和寓意，这种思辨性的阅读过程激发了儿童的思考能力，培养了他们对问题的敏感性和分析能力。寓言中丰富的想象力为儿童提供了表达自己思想的空间，提高了其语言表达能力。

总而言之，寓言故事的丰富文化元素、科学知识和历史典故的融入不仅为儿童提供了跨学科的知识拓展机会，也促进了其全面素养的发展。通过寓言故事的阅读，儿童不仅在文学领域受益匪浅，同时也通过这些故事培养了对多元知识的认知和多方面素养，能对儿童的全面成长提供有益的启迪。

四、家长在寓言阅读中的参与

在实际的阅读过程中，家长和教育者可以采取一系列的有效方法，引导儿童更好地欣赏寓言故事。

第一，通过与儿童一起共同阅读寓言故事，亲身参与其中，与他们分享故事的乐趣，从而引导他们深入理解故事的深层含义。亲自参与阅读活动可以增进儿童与成人之间的亲密关系，同时为他们提供一个与成年人交流的平台。在这个过程中，成人可以引导儿童思考故事中所传达的道德观念和人生哲理，启发他们对故事开展更深层次的理解。

第二，选择适合儿童年龄和认知水平的寓言作品至关重要，这样的选择能够确保故事内容既具有趣味性，又具有教育性，有助于培养他们的道德情感和认知能力。选择寓言作品时应考虑儿童的年龄特征和心理发展阶段，以确保故事对他们产生积极的影响。

第三，通过结合实际生活中的例子，与儿童进行互动讨论，可以帮助他们将寓言故事中的道理与实际生活相联系。通过与儿童分享与故事相关的真实经历或身边的事例，可以使故事中的道德观念更加具体和实用。在互动讨论的过程中，儿童能够积极参与，思考故事中的价值观，并将这些观念运用到他们自己的日常生活中。

总而言之，通过与儿童一同阅读、选择适宜的寓言作品以及结合实际生活进行互动讨论，有助于最大限度地发挥寓言故事的教育作用，这一系列的学术性扩写强调了在与儿童分享寓言故事时的有效引导和互动策略，以促使儿童更全面地理解和应用故事中的深层含义。

五、寓言解读与鉴赏

寓言的篇幅一般较为短小，故事也比较简单，但蕴含着深刻的哲理，因此，阅读寓言就要了解寓意。为了理解寓意，要先解读故事。故事情节生动是吸引孩子阅读寓言的重要因素，因为他们不喜欢枯燥的说教。在带领孩子阅读寓言时，要看故事的叙述是否精彩，故事与寓意的表达是否结合得巧妙自然。选择有趣的故事才会受到孩子们的欢迎，故事的情节和寓意要适合阅读孩子的年龄阶段，讲解时要运用孩子喜欢和接受的语言。有趣的寓言故事往往与童话十分相似。

品味寓意就是品味蕴藏在故事中的寓意。寓言的寓意，归纳起来主要集中在哲理、劝诫、讽刺。《揠苗助长》《画蛇添足》就是典型的哲理性寓言，作者通过一个假托的故事将哲理表现出来；《东郭先生和狼》则是告诫人们善良和仁慈一定要有原则。劝诫性寓言还有另一个内容，就是劝人行善，做个正直的人。讽刺性寓言一般将讽刺的锋芒指向社会时弊和人性弱点两个方面，《克雷洛夫寓言》中的《狗的友谊》就属于此类。在品味寓意时，还要引导儿童将其与现实生活联系起来，思考它对我们的现实生活有哪些启示和帮助。

总而言之，儿童寓言的阅读欣赏方法涉及文学、教育和综合素养等多

127

个方面。通过深入挖掘寓言故事中的文学价值，理解其中蕴含的教育意义，以及培养儿童综合素养的作用，可以更好地引导儿童进行寓言的阅读欣赏，这种方法不仅能为儿童提供愉悦的阅读体验，还能在潜移默化中促使其全面发展。

第四节　寓言作品点评

一、寓言《乌鸦喝水》(出自《伊索寓言》) 点评

一个很简单的寓言，告诉了人们一个不简单的道理：遇到困难不要害怕，要想着怎么去解决它，而且要坚持下去，只要坚持下去了，困难就会得到解决，寓言中聪明的乌鸦给人们做出了最好的示范。

二、寓言《狐假虎威》(出自《战国策·楚策一》) 点评

这则寓言出自《战国策·楚策一》，比喻仰仗别人的威势来欺压人。森林里的百兽之王老虎，却被一只小小的狐狸欺骗了，整个故事情节简单又符合情境，故事最后点出了寓言的寓意。

三、寓言《猴子笑人》(出自《藏族寓言》) 点评

这则寓言没有太长故事情节，只有几十个字，只写了一个有趣的场面，这是一个与人们的日常生活经验和所见相反的场面。在这里，猴子们成了看客，而人成了被围观的"怪物"，成了被打趣讽刺的对象。当然，当作品中的猴子们在嘲笑被围观的人的时候，读者也一定在嘲笑寓言中的猴子了，这则看起来结构简单、内容诙谐的作品，实际上却蕴含着社会教育意义。

第六章　儿童文学欣赏——儿童故事

儿童故事作为一门独特的文学体裁，旨在滋养、启迪儿童的心智，以促进他们的综合发展。深入理解儿童故事的内涵与价值，将有助于人们更好地引导儿童阅读，促进其全面发展，以及为未来培养具有独立思考能力和创造力的社会成员奠定坚实的文学基础。本章主要研究儿童故事及其艺术特征、儿童生活故事的功能与特点、儿童故事的阅读欣赏、儿童故事作品点评。

第一节　儿童故事及其艺术特征

一、儿童故事的内涵

儿童故事是一种具有悠久历史的儿童文学体裁，其以起伏多变、充满童趣的情节在小读者心中播撒着文学的种子，因而它在儿童文学中占有十分重要的位置。故事是一种叙述性文学形式，着重于描绘事件的发展过程，注重情节的完整性、连贯性、生动性和趣味性，特别适合口头传达。儿童故事则具体指那些内容简单、篇幅短小，情节生动有趣、紧凑完整的叙事文学，专门为儿童的理解和欣赏水平而设计。这种文学样式在儿童文学中极为常见，被广泛运用，并且备受儿童们的喜爱，成为一种深受欢迎的艺术表达形式。儿童故事有广义、狭义之分：广义的儿童故事包括儿童能够接受以及适合于儿童聆听或阅读的神话、传说、童话、寓言、笑话等叙事性作品，狭义的儿童故事是指内容偏重写实、适合儿童听赏和阅读的故事。

（一）儿童故事的发展阶段

儿童故事和童谣一样，拥有悠久的历史，其发展根植于人民口头创作的传统，在我国几千年的社会历史中，伴随儿童成长的除了一些神话传说、

民间故事之外，还有就是具有一定幻想因素，以讲述飞禽走兽生活、习性为主的动物故事和现实性较强的生活故事，如《兔子尾巴为什么短》《巧媳妇的故事》《聪明人的故事》等。此外，叙写古代儿童聪明的故事逐渐被编入启蒙读物中，如明代萧良友的《蒙养故事》，其中《曹冲称象》《司马光破缸救小儿》等故事为历代孩子所知晓。

我国现代儿童故事要从1909年以学龄前儿童为对象的刊物《儿童教育画》创刊开始算起。此后，各种适合儿童欣赏的故事陆续刊登在报刊上，如陆费奎的《我小时候的故事》、徐志摩的《吹胰子泡》、陈伯吹的《破帽子》、叶圣陶的《小蚬回家了》，但数量和佳作较少。

中华人民共和国成立以后，儿童故事创作走上正轨。为适应儿童读者的需求，作家们开始关注儿童的生活。20世纪五六十年代，出现了一些精美之作，如方轶群的《小碗》、安伟邦的《圈儿圈儿圈儿》。新时期以来，直接表现儿童现实生活的故事大量涌现，佳作迭出。例如，杨福庆的《谁勇敢》、李其美的《鸟树》、任哥舒的《珍珍唱歌》、马光复的《瓜瓜吃瓜》。值得强调的是，儿童故事创作领域中涌现出一支由幼儿园和小学教师组成的队伍。如胡莲娟、任霞苓、倪冰如、郑春华、谭小乔。她们熟悉、了解幼儿生活，作品质量也比较高。

儿童是天生的故事迷，他们总是围着大人恳切地提出要求："给我们讲个故事吧！"等到他们识字了，就会到处找故事来读。由于儿童的阅读需求，各种故事的创作在实践中逐渐变得更加成熟、丰富和完善，同时其创作手法也呈现出日益多样化的趋势。儿童接触最早最多的文学样式就是故事。故事能让儿童表达天性，获得心灵上的解放与情绪上的愉悦，这是其他文学形式难以替代的。

（二）儿童故事的类型划分

1. 儿童民间故事

儿童民间故事是一种源远流长的文学传统，承载着丰富的文化内涵和智慧，这些故事往往以口头传承的形式在社群中传播，通过祖辈长者向儿童叙述，从而代代相传，这一传统不仅在儿童文学中占据重要地位，同时也为儿童提供了一扇了解文化、道德和价值观的窗户。

（1）儿童民间故事以其简练而生动的特质，深受年幼听众的喜爱。这些故事通常融合了丰富的寓言、神话和传说元素，通过引人入胜的情节，旨在向儿童传递智慧、道德和处世之道。在儿童民间故事中，往往有着具体的人物形象，如聪明的动物、勇敢的小孩，以及形形色色的神仙仙女，它们成为故事的主角，通过它们的冒险和经历，向儿童传递人生哲理。

（2）儿童民间故事的传承并不仅是简单的文字叙述，更是通过生动的语言、情节和形象，将文化和价值观以引人入胜的方式娓娓道来。故事中往往包含丰富的象征和寓意，让儿童在欣赏故事的同时，潜移默化地接受文化传统和社会规范，这种以口头传承为主要形式的传统教育方式，有助于培养儿童的品德、智慧和情感。

（3）儿童民间故事在各个文化中都有独特的表现形式。来自不同地域、不同民族的故事反映了各自地方的风土人情和文化传统，这种丰富多样性不仅使儿童文学内容更加多元，也鼓励儿童更好地理解和尊重多元文化。在儿童民间故事中，常见的主题包括友谊、勇气、正义等，这些主题通常通过故事中的冲突和解决方式得以体现。透过这些故事，儿童得以在愉快的阅读中，悄然领悟到一些人生哲理，培养积极向上的品格和态度。

（4）随着时代的变迁，儿童民间故事也在不断演变和发展。一方面，现代科技的进步为故事的传播提供了新的形式，数字化、动画化的儿童故事深受儿童喜爱；另一方面，传统的口头传承仍然保持着其独特的魅力，一些家庭和学校依然通过这种方式传递经典的儿童民间故事。

总而言之，儿童民间故事作为一种富有文化底蕴的文学形式，通过生动的叙述、丰富的想象和深刻的寓意，为儿童提供了一扇通向文化和道德世界的窗口，这一传统的延续不仅有助于培养儿童的人文素养，也为他们的成长奠定了坚实的基础。

2.儿童改编故事

儿童改编故事是一种富有创意和教育意义的文学形式，通过对原始故事情节和元素的巧妙调整，使其更贴近儿童的认知水平和情感需求，从而在娱乐的同时，培养儿童的思维能力、道德观念和社交技能，这一形式旨在满足儿童对奇幻、想象和冒险的渴望，同时注重通过故事情节的改编，传递积极的价值观和教育信息。

（1）在儿童改编故事中，作者通常通过对人物塑造、情节发展和语言表达的调整，使故事更贴合儿童的理解和接受水平。通过引入具有童趣和吸引力的元素，例如奇幻生物、色彩斑斓的场景和富有音律的语言，创作者可以激发儿童的好奇心和创造力。同时，适当强调人物间的友谊、助人为乐和勇敢等正面品质，有助于塑造儿童的道德观念，培养积极向上的人生态度。

（2）成功的儿童改编故事不仅需要引人入胜的情节，还应注重教育性。通过融入科学知识、历史文化或社会价值观等元素，创作者可以在娱乐的同时向儿童传递有益的信息，这样的故事既能满足儿童对知识的好奇心，又能帮助他们建立对世界的正确认知。例如，在故事中融入环保、团队协作或勇于追求梦想等主题，不仅能让儿童在娱乐中学到知识，还能潜移默化地影响他们的行为和价值观。

（3）儿童改编故事的创作需要考虑到文学形式的适应性。在故事叙述中，简练明了的语言和清晰有序的结构至关重要。通过采用生动形象的描写和富有韵律感的语言，创作者可以更好地引起儿童的兴趣，促使他们产生共鸣。此外，故事结构的合理安排也能够帮助儿童更好地理解故事情节，提高阅读理解能力。

总而言之，儿童改编故事在娱乐的同时，通过巧妙的改编和设计，可以激发儿童的想象力、培养其道德观念和知识水平。在创作过程中，创作者需要全面考虑儿童的认知水平、兴趣爱好和学习需求，通过生动有趣的语言和情节，为儿童打造一场兼具娱乐性和教育意义的文学盛宴，这样的故事既能够成为儿童成长过程中的良师益友，又能够潜移默化地引导他们走向积极向上的人生道路。

3.儿童创作故事

（1）儿童生活故事。儿童生活故事一直是文学领域中的瑰宝，它们以轻松愉快的语言，深刻而又富有想象力地描绘了孩童们在成长过程中所经历的奇妙冒险，这些故事不仅是简单的文字串联，更是一场精彩的奇幻之旅，激发了孩子们的好奇心和创造力。在这些生动而充满温馨的故事中，儿童在探索世界的过程中，也发现了属于自己的幸福时光。

第一，儿童生活故事的丰富多彩源于作者对儿童心理的深刻洞察和对童真世界的独特表达。例如，在《小红帽》这个经典的故事中，人们见证了小红帽通过自己的勇气和机智，成功地战胜了大灰狼，为人们展现了勇敢面对困境的力量，这种故事情节的设计不仅培养了儿童的勇气和智慧，同时也传递了关爱与责任的重要价值观。

第二，儿童生活故事常常通过夸张和梦幻的手法，打破了常规的空间和时间界限，为儿童创造了一个无限可能的奇妙世界。例如，在《彼得·潘》中，作者用金粉的仙尘、飞翔的仙子和永不长大的彼得，勾勒出一个充满奇幻和冒险的神秘岛屿，这种情节设置不仅引发了儿童无限的想象力，也使他们感受到成长过程中不可或缺的童真精神。

第三，儿童生活故事常常通过家庭和友谊的温馨呈现，深刻地反映了亲情和友情在儿童成长过程中的重要性。例如，《格林童话》中的《灰姑娘》故事，通过灰姑娘在绝境中坚持善良和美德，最终得到幸福美满的生活，向儿童传达了善良和坚持信念的重要性。

总而言之，儿童生活故事是一个丰富多彩的文学世界，它以轻松愉快的形式，传递了深刻的人生哲理和积极向上的价值观，这些故事激发了孩子们的好奇心、创造力和勇气，为他们提供了一个探索世界、认识自我的奇妙平台。在这些生动的故事中，儿童不仅是故事的受众，更是勇敢追逐梦想的主人公。因此，人们应该珍视这些故事，让它们在孩子们心灵深处留下美好而难忘的印记。

(2) 儿童历史故事。儿童历史故事一直以来都是引导儿童了解过去文化、历史事件和伟人事迹的重要媒介，这类故事通过生动有趣的叙述方式，旨在激发儿童对历史的兴趣，促使他们在轻松愉快的氛围中学到知识。透过儿童历史故事，儿童得以感受不同时代的风土人情，深入了解历史背后的价值观念，培养对传统文化的尊重和理解。

第一，儿童历史故事的选择通常会围绕着一些富有启发性的历史事件或者传奇人物展开，以便引起孩子们的兴趣。例如，可以通过一个有趣的叙述，介绍古代帝国的兴衰，或者通过描绘历史人物的经历，让儿童更好地理解历史的发展脉络，这样的故事不仅能激发儿童的好奇心，还能锻炼他们的思维能力，培养他们对复杂历史事件的理解和分析能力。

第二，儿童历史故事的创作需要注意语言的简练生动，以迎合年龄较小的读者。作者通常会运用丰富的想象力，将历史事件或人物呈现得更加生

动有趣。通过绘声绘色的描绘，儿童能更容易地沉浸在故事的情节之中，产生共鸣，从而更好地吸收历史知识。

第三，儿童历史故事注重道德教育的融入。通过描绘历史人物在困境中坚持正义、勇敢无畏的精神，培养儿童的道德观念，激发他们对真、善、美的向往，这种教育方式旨在通过历史故事中的榜样塑造，引导儿童形成积极向上的人生态度，将历史教育与品德教育相结合。

第四，儿童历史故事的教育价值不仅在于传授历史知识，更在于激发儿童对学习的热情。通过以轻松愉快的方式呈现历史，儿童能在不知不觉中培养学科兴趣，形成积极向上的学习态度，这种启蒙式的历史教育，不仅有助于培养儿童对历史的好奇心，还能为他们未来更深入的历史学习奠定坚实的基础。

总而言之，儿童历史故事作为一种有益的历史教育手段，通过生动有趣的叙述方式，引导孩子们了解历史文化、历史事件和伟人事迹，不仅有助于培养他们对历史的兴趣，还能激发他们的学习热情，培养积极向上的人生态度。在未来的教育实践中，应深入挖掘历史故事的潜在教育价值，为儿童创造更为丰富、有趣的历史学习体验。

（3）儿童动物故事。儿童动物故事指取材于动物世界，以动物为主人公，描写它们的生态、习性，或借动物形象象征人类社会生活和社会关系的故事。动物故事一般结构单纯，篇幅短小，有一定的幻想性和趣味性。与一般介绍动物的科普作品不同，动物故事要有"人物"，有情节。有的动物故事由于作者在对动物的摹写中注入了人的情感和社会意识，借动物形象来象征人类的社会生活和社会关系，故而其动物已不是单纯的自然之物，而具有了某种象征性。儿童动物故事可以分为两种类型，主要包括以下方面。

第一，通过生动有趣地描写动物的生活、行为，以及它们之间的相互关系来介绍各种动物。例如，朱新望的《小狐狸花背》，写一只叫作"花背"的小狐狸在其成长过程中的一系列经历。作者将对狐狸的生活习性、捕食的方法、所喜食物的种类的叙写及其对狐狸天敌的介绍融入故事的情节中，同时还写了金龟子和红蜘蛛的生死搏斗、山猫偷鸡的行为、其他动物的生存竞争等，整个故事均从客观的角度介绍动物。而缅甸动物故事《兀鹰为什么是秃的》，讲兀鹰原本是一只羽毛虽然不是很美丽，但也不算难看的飞禽。当它换羽的时候，每只鸟都送给它一根羽毛。于是，拥有五颜六色羽毛的兀鹰感到非常自豪，开始妄想统治其他鸟类。然而，愤怒的鸟们不仅收回了送给兀鹰的羽毛，还纷纷用嘴啄去它的羽毛，最终让它成为光秃秃、又老又丑的"秃鹰"。作品对秃鹰的解释显然带有很强的主观色彩，属于从主观上解释动物形态的动物故事。

第二，借助动物形象间接地反映人类社会生活和社会关系的故事，这类故事在动物故事中数量较多。例如，藏族动物故事《麻雀和老鼠打官司》，写麻雀与老鼠为小事争执起来，请了一只"猫判官"来评判是非，却都被"猫判官"吞进了肚子。作者借对动物世界的描绘折射人类社会中的某些现象，作品因之具有了较深的寓意。同样，西班牙动物故事《狼和奶酪》、越南动物故事《兔子和大象》等，也都具有类似的特点。

（4）儿童图画故事。图画故事是以图画为主，文字为辅或者全用图画表现故事内容，供儿童阅读的一种特殊的文学样式。儿童图画故事是一种富有创意和教育意义的文学形式，旨在通过生动的图画和简单的文字，为儿童提供娱乐和启发，这类故事通常采用色彩丰富、形象生动的插图，以吸引儿童的注意力，并通过精心设计的情节，传达一定的道德、教育或情感信息。儿童图画故事是培养儿童想象力、语言能力和道德观念的重要工具。

第一，儿童图画故事的插图在故事叙述中发挥着关键作用。这些图画往往以鲜艳的颜色和生动的形象呈现，以吸引儿童的视觉注意力。通过这些插图，儿童能够更容易地理解故事情节，形成对故事中人物和事件的生动印象。此外，插图还有助于激发儿童的想象力，使他们在阅读过程中形成更加生动丰富的心理画面。因此，图画在儿童图画故事中充当着不可或缺的角色，为儿童提供了一个全面而丰富的阅读体验。

第二，儿童图画故事通过简单而生动的文字，使故事更易于理解和接受。通常，儿童图画故事的语言风格简洁明了，贴近儿童的认知水平，帮助他们建立对文字的初步认识。文字的选择往往充满音韵感，有助于培养儿童的语感和语言表达能力。通过阅读这些故事，儿童不仅可以提升语言水平，还能培养对文字的兴趣，为将来深入阅读奠定基础。因此，文字在儿童图画故事中起到了桥梁的作用，连接了图画和儿童的思维世界。

第三，儿童图画故事的故事情节的设计。儿童图画故事通常以简单而

有趣的情节展开，通过富有创意的故事线索，向儿童传递积极的价值观念。例如，故事中的主人公可能会面临一系列的挑战，通过勇气和智慧克服困难，从而引导儿童树立积极向上的人生态度。同时，儿童图画故事还常常融入友谊、责任等主题，培养儿童的社会情感能力。通过亲身经历故事中的冒险，儿童能够在娱乐中体验成长的愉悦，悄然间吸收积极的人生观。

总而言之，儿童图画故事作为一种独特而有趣的文学形式，通过插图、文字和情节的有机结合，为儿童提供了一种全面的学习体验，不仅有助于培养儿童的想象力、语言能力和道德观念，还为他们创造了一个愉悦而富有教育意义的阅读环境。

（三）儿童故事与其他体裁的辨析

儿童故事的主要特点在于其以叙述故事为主要形式。作为一种独立的文学体裁，儿童故事在其内涵和特点上与其他文学形式有着明显的差异，这种差异形成了儿童故事独有的美学特征。首先，儿童故事注重通过生动的叙述方式传递教育意义，寓教于乐。故事情节通常简单明了，角色形象鲜活，语言简练易懂，以迎合儿童的认知水平和阅读需求。这样的叙事方式能够引发儿童的兴趣，同时为他们传递积极的价值观念。其次，儿童故事与其他儿童文学体裁存在密切关联。因为叙事性文学作品都强调故事性，儿童故事在这一点上与其他儿童文学体裁产生了自然的联系。这种联系使得儿童故事在整个儿童文学领域中占有重要地位，成为儿童文学中的核心形式之一。通过叙事方式，儿童故事能够为儿童提供丰富的想象空间，激发他们的思维和创造力，同时在娱乐中培养积极的价值观。儿童故事以其独特的叙事方式、简练的语言和强调教育性质，构成了儿童文学中独有而丰富的一部分。在儿童文学的发展历程中，儿童故事既具有独立的存在形式，又与其他儿童文学形式相互融合，共同为儿童提供了愉悦的阅读体验和有益的心灵滋养。

"儿童故事总是要反映出特定矛盾冲突从发生、发展，到高潮、结局的整个过程。"① 儿童故事与儿童小说都强调叙事性，包含人物、环境和情节等元素，但它们存在显著的区别。一般而言，儿童小说的受众主要是小学高年级以上的少年儿童，考虑到儿童的接受水平，儿童小说所呈现的社会生活更

---

① 王小毅．活动：儿童故事教学的打开方式 [J]．教育科学论坛，2023(7)：62.

为复杂。在艺术表现方面，儿童小说更注重对人物形象的深刻刻画、人物性格的多维展示以及人物心理和活动环境的细致描写，运用小说的写作手法。儿童故事通常面向学龄前儿童，注重故事的概述，呈现完整的情节。在叙述方式上，儿童故事追求口语化，较少强调人物的心理描写、外貌描述以及生活环境的细节。例如，美国作家梅布尔·瓦茨的儿童故事《卡罗尔和她的小猫》，作者的笔墨只集中于对故事的叙述，围绕两次广告，概括地讲述了卡罗尔怎样得到了很多小猫，后来这些小猫又怎样一只只被领走的过程。在看似平凡的叙述中，作品自然而然地展现出情节的波动和曲折。小女孩卡罗尔对小动物的热爱之情也在这样的叙述中得到充分的体现。

儿童故事中的动物故事与以动物为主人公的童话、寓言和小说也有明显的区别。从作品的情节和内容而言，动物故事较单纯，一般没有明显的哲理性和道德教训。动物童话、动物小说的情节则相对要曲折，其内涵也比动物故事丰富。相比之下，动物寓言更注重表现某一细节，在内容的丰厚方面不及动物故事、动物寓言、动物小说，但其哲理性和道德教育比它们明显深刻。从文学表现而言，动物故事对动物的形象、特征、生态习性等的描写较之童话、寓言、动物小说要真实准确，但幻想性远不及它们。而在故事、寓言和童话中，作为主人公的动物通常被赋予拟人化的形象，表现出类似人类的言谈举止。但在动物小说中，动物通常是不开口说话的，其思想、情感和意志均附着于作家的叙述和描绘，因而属于"准拟人化"形象。

二、儿童故事的艺术特征

儿童故事是备受儿童喜爱的一种艺术形式，它故事性强，情节连贯，以叙事为主要表现手法，这与成人所阅读的故事差别不大。但作为以少年儿童为对象的儿童故事，又有其区别于成人的艺术特征，主要包括以下方面。

（一）题材广泛，侧重写实

儿童故事的题材广泛，中外历史、社会生活、花草树木、飞禽走兽等，只要符合儿童的理解水平和接受能力，都可以作为儿童故事的题材。考虑到儿童的生活范围狭小，对外界的认识常常依赖于直接的生活经验，因此，儿童故事往往以儿童熟悉的生活和能理解的事物为主要创作题材。儿童故事侧

重写实，内容的现实性是它区别于幻想色彩强烈的童话和寓言的重要标志。儿童故事通常从现实生活中提炼出幼儿熟悉或感兴趣的素材，以真实生活为基础展现情节，具有强烈的现实性。即使是以动物生活为写作对象，也基本上按照现实生活的逻辑进行创作。

儿童故事中也会有想象的成分，如李其美的《鸟树》，故事中冬冬和扬扬把小鸟埋进泥土里，幻想着"这棵树长大了，会开出很多很多鸟花，鸟花又会结出很多鸟果，鸟果熟了，裂开来就跳出了很多很多小鸟"，但是这种幻想和童话中的幻想不一样，这些幻想的景象融于故事当中，是故事中的一个有机环节，充分表现出孩子的天真。故事结尾写冬冬和扬扬长大了，再来到幼儿园，他们已经知道那不是鸟树，而是一棵葡萄树。故事充满生活气息，呈现出极强的现实感。

（二）故事完整，情节动人

儿童故事历来深受儿童欢迎，其中一个很重要的因素就是儿童故事有完整生动的情节，儿童总是喜欢听那些有头有尾的完整故事，他们总是期待着事件的结局。"后来呢？""后来怎么样？"这是孩子们听读故事时不断发出的追问。与儿童审美思维的直观性相符，每个故事几乎都围绕一个核心展开，注重事件轮廓的完整，不过分强调细节的详尽描写。即使是必要的环境描写，也十分简洁，这些都使故事的高潮与结局得以尽快到来。

完整性是儿童故事在整体轮廓上的特征。从文学本体而言，故事由各种生活事件组成，而生活事件的完整性是构成故事的基本前提。因此，儿童故事一般都要反映事件产生的原因、事件发展过程中的曲折以及事件最后的结局等。换言之，即要反映出特定矛盾冲突的发生、发展和转化的全部过程。只有包含开端、发展、高潮、结局，甚至尾声的故事，才能呈现出有序而完整的情节。从接受对象而言，故事的完整性能满足儿童的阅读需求。因为儿童在阅读或听故事时，总是期望了解事件发生的缘由和结果，追溯整个过程的发展，因此，一部完整的故事更符合儿童的阅读心理，使他们能够领略事件的全貌。

《煎饼帽子》就是一篇能充分体现故事完整性特征的作品。作者在故事一开篇写道："迈克喜欢吃煎饼"，这是故事产生的原因；"妈妈摊煎饼的时候，他就站在一旁看",这是故事的开端；随之，故事发展了，在这个情节中，作者先详细描绘了迈克观看妈妈制作煎饼的整个过程，随后描述了迈克产生尝试制作煎饼的愿望，因此，他也决定亲自试一试。此时故事进入高潮：

迈克用双手抓住锅把儿，也学妈妈的样子，用劲把煎饼抛向空中。怪了，怎么煎饼没有落下来？抬头一看，哟，煎饼贴在天花板上哩。正在这时候，煎饼又落了下来，"啪"的一声，扣到了他的头上。"这下可好了，你有一顶煎饼帽子了。"妈妈说。

随着高潮的出现，故事趋向尾声：

不甘心失败的迈克，又试了一次，这次抛向空中的煎饼正好落进了锅里。他做成了第一张煎饼。"你成功了。"妈妈高兴地说。

《煎饼帽子》这篇故事虽然篇幅短小，但事件完整而连贯，情节生动，充满儿童情趣，它能使儿童在阅读中获得一种完整有序的审美感受，从而得到较大的心理满足。

由于儿童的注意力容易分散和转移，平淡无奇的故事很难吸引他们深入作品的情境。为了引导儿童愉快地阅读或聆听至结尾，必须贯穿始终地呈现充满起伏和跌宕的情节。优秀的情节应该让儿童参与其中，感受冲突的发展，察觉高潮的出现，并接受令人满意的结局。冲突是情节的源泉，也是故事中最扣人心弦与激动人心的地方。而情节的生动性就是指事件在其发展过程中，以新奇有趣、惊险曲折、温暖动情等特点所营造的动人心魄、引人入胜的效果。它能使作品在小读者头脑中留下深刻的印象。儿童往往带着一种急迫的心情听讲或阅读故事，他们急于了解故事的结局，但又不愿意马上知道结局，这种心理上的矛盾使得他们对充满悬念、曲折变化的故事产生浓厚的兴趣和热情。

为了增加故事的可读性，作品常设置悬念来引起儿童的好奇心，通过设置悬念，巧妙地利用了这种心理效应，激发了儿童对阅读的浓厚兴趣。悬念的引入不仅让儿童从被动的接受者转变为主动的参与者，还促使他们思维和解决问题能力的锻炼和提升。例如，任霞芩的《一亮一暗的灯》中，"阁楼上到底是什么在一亮一暗"是贯穿故事始终的悬念。由没人却有动静设下悬念，到最后解开这个悬念，使故事情节生动，极具吸引力。

(三)故事富有儿童情趣

儿童故事追求儿童趣味，即儿童故事的情节必须具备愉快、有趣、吸引人和富有感染力的特质，因为儿童在阅读或聆听故事时，追求的是乐趣而非接受教育。由于儿童的注意力容易分散，平淡无奇的故事很难引起他们的兴趣，而充满童趣的故事才能真正激发他们的热情。因此，儿童故事必须富有儿童情趣。

儿童故事追求趣味性，其设计取决于年幼读者的审美喜好。由于儿童倾向于喜欢神奇、刺激和富有游戏性的欢乐体验，因此，他们渴望所阅读和聆听的故事也能体现这些愉悦的情趣。趣味性是儿童故事吸引小读者的基础，它依托于作品的情节、人物的语言和行为，以及作品所采用的艺术表现手法，而其直接的效果则是给儿童读者带来笑声，引起他们阅读或听故事的兴趣。儿童接受教育一般是被动的，他们不可能主动地为了接受教育而去阅读或听故事，而是为了在故事中寻求愉悦，学龄前期的儿童尤其如此。因此，儿童故事很强调趣味性，常以其"趣"来吸引儿童的注意，引领他们走进作品的世界并对之进行思想、精神方面的教育和熏陶。

例如，捷克作家彼齐什卡的《六个娃娃七个坑》，写七个小男孩，在大热天来到河边沙滩上玩耍。他们筑道路、修碉堡、跳到河里戏水……领头的符兰齐克开始数他的伙伴，数来数去只有六个。急慌了的孩子们一个个也都数一数，都只数出六个。于是他们用树枝在河里捞，扎猛子到河里摸，结果捞到了一只破皮鞋。他们急得大哭……打鱼的老伯让他们上岸来，每人在沙滩上坐个坑，然后让他们数坑，结果数出七个坑来。原来孩子们数人数时都忘了数自己，这是一个情趣盎然的故事，作品从标题开始就设置悬念。而七个孩子每人只数出六个数却恰恰忘了数他们自己的情节，使故事波澜迭起。作者通过富有喜剧性的情节，巧妙地展现了七个孩子独特的行为、语言和心理活动，使得这个简短的故事充满了幽默、风趣和滑稽，这样的故事，充满了童趣，人物的言语行为、心理活动都极为符合儿童的心理发展特点，因而很受小读者的欢迎。

作家通过灵活运用拟人、夸张、反复、讽刺、幽默、诙谐、闪回等艺术手法，尤其是拟人和夸张，能够显著提升故事的趣味性。以《大头儿子小头爸爸》为例，光是标题就充满幽默感。通过将儿子形容为大头，而爸爸则反而是小头，夸张和对比产生强烈的反差，充满情趣，令人忍俊不禁，增强了作品的趣味性。

(四)浅近明快，质朴通俗

儿童故事主要以叙述为主，通常通过生动的描述方式呈现给儿童，多由成人口述给小读者听。其语言特点鲜明，以口语化为主，让故事更加贴近儿童的理解和接受水平，所以儿童故事的语言应该浅近、明快、质朴、通俗，少用长句和抽象的词语，多用短句，多用动词、象声词，不用生僻的词语。经过艺术提炼的艺术化的口语，既明白晓畅又有艺术美感，表现力强，生活气息浓郁，易于儿童接受。例如，任霞苓的《一亮一暗的灯》：

小晴有了伴，胆子大些了。她们俩轻手轻脚地走到楼梯跟前，跨上一步，再跨上一步，又听见"悉悉沙沙"的声音了。小晴又害怕起来，说："兰兰，你比我胆子大，你走在前面，我走在后面。"兰兰也害怕了，说："小晴，你个子矮，我个子高，矮的排在前面，高的排在后面。"她们俩，你推我，我挤你，忽然听到小阁楼里"扑通"一声，灯暗了，吓得一起转身往外逃。

在故事中广泛采用简短的句子，以便幼儿更容易理解，对话则贴近幼儿的口语表达，表明两个孩子谁都不愿意走在前面，"跨""推""挤"等动词形象地反映出孩子害怕的心理状态，"悉悉沙沙""扑通"两个象声词的使用渲染出紧张的气氛，设置了悬念。

第二节 儿童生活故事的功能与特点

儿童生活故事作为一种特殊的文学形式，不仅在儿童文学领域占据着重要的地位，而且在儿童成长的各个方面都发挥着独特的作用，这种故事类型通常以儿童日常生活为背景，通过丰富多彩的情节和生动形象的人物，旨在为儿童提供有趣、富有教育意义的阅读体验。

一、儿童生活故事的功能

(一) 促进儿童的语言发展

儿童生活故事在儿童语言发展方面扮演着不可或缺的角色，随着儿童成长，语言技能被认为是一项至关重要的发展任务。儿童生活故事通过其生动有趣的情节和丰富多彩的词汇，为儿童提供了一个全面理解和积极运用语言的平台，这种积极的语言体验对于塑造儿童的语言能力至关重要。通过故事中的对话、描写和叙述，儿童有机会学习新词汇，从而更深刻地理解和运用词语之间的关系。此外，故事中的语言结构和表达方式也在潜移默化中培养着儿童的语法意识和修辞能力，从而提高他们的口头表达水平和书面表达水平。通过与故事中的角色互动、理解复杂情节以及模仿各种语言表达形式，儿童在语言发展的早期阶段能够建立起坚实的语言基础。因此，儿童生活故事在促进儿童语言发展方面发挥着不可忽视的作用。

(二) 培养儿童的情感认知

儿童生活故事在促进儿童情感认知的过程中发挥了积极的作用，这类故事通常通过刻画各种角色、描绘情感冲突以及展示问题解决的方式，引导儿童深入了解和表达自己的情感。故事中，儿童能够通过主人公的经历，深切体验到喜怒哀乐等多种情感，从而对情感有更为深刻的认识。同时，故事中角色之间的关系、人物性格的描绘等元素也有助于培养儿童的同理心和沟通能力，使他们更好地理解他人的情感并能够有效地与他人进行交流。通过这些生动的情节和情感体验，儿童得以在情感认知的发展中建立更为全面和深入的理解，为他们未来的社会交往和人际关系奠定了坚实的基础。因此，儿童生活故事作为一种重要的教育工具，对于培养儿童的情感智慧和人际交往能力具有不可忽视的价值。

(三) 形成儿童的道德观念

儿童生活故事在道德培养方面具有显著的重要性。通过巧妙设置情节，生动展现不同人物在面临抉择时的选择和决策过程，这些故事为儿童提供了一个道德思考的平台。通过阅读这些故事，儿童通过对主人公行为的评估和对情节的深入思考，逐渐形成对善恶、正误的价值观念。故事中常常通过对奖惩、责任心、友谊等道德观念的深入讨论，引导儿童建立正确的人生观和价值观，这种道德启蒙的方式不仅富有趣味性，而且对儿童的道德认知和行为准则产生深远的影响。通过儿童生活故事的引导，他们能够更加全面地理解社会伦理和道德规范，为他们的成长奠定坚实的道德基础。因此，儿童生活故事在塑造良好道德品质方面发挥着不可或缺的作用。

（四）助力儿童的认知发展

儿童生活故事在认知发展方面发挥了显著的积极作用，这些故事的情节设置、人物关系以及时间线索等要素，都需要儿童进行认知加工和深入理解。儿童在阅读故事并努力理解情节时，不仅需要运用记忆、注意力和观察等认知能力，还需要将这些元素有机地整合在一起，以促使认知结构逐步发展。通过阅读生活故事，儿童得以提升对于时间、空间和因果关系等方面的认知水平。故事中的时间线索帮助儿童建立对时间流逝的概念，人物关系则培养了他们对社会互动的理解。同时，通过观察故事中的空间描绘，儿童能够发展对环境和空间的感知，从而拓展他们的空间认知能力。此外，生活故事的情节常常涉及因果关系，使儿童在理解故事过程中培养批判性思维和问题解决的能力。通过追溯故事情节的发展，儿童学会分析事件之间的关联，从而培养对因果关系的敏感性，促使他们在日常生活中更理性地对待问题，并做出明智的决策。因此，儿童生活故事在多方面促进了儿童的认知发展，为其全面成长提供了有益的认知刺激。

（五）培养儿童的阅读兴趣

儿童生活故事在培养儿童阅读兴趣和习惯方面具有显著的积极作用，这类故事通常以生动有趣的情节贴近儿童的日常生活，因而更容易引发他们的阅读兴趣。通过持续阅读这些富有生动趣味的故事，儿童能够逐渐养成良好的阅读习惯，取得显著进展，提高阅读能力和理解水平，对于儿童未来学习和终身学习的发展至关重要。儿童生活故事的魅力在于其与儿童生活息息相关，通过讲述日常情景，使儿童更容易产生共鸣，从而增强了他们对阅读

143

的积极体验。故事中的情节和角色常常充满童趣，让儿童在轻松愉悦的氛围中享受阅读的过程，这种轻松的阅读体验有助于培养儿童对书籍的喜爱，激发他们主动阅读的欲望。在实际应用中，教育者和家长可以采用多种有效的方法引导儿童更好地利用这类生活故事。例如，可以通过亲自讲述故事或选择具有启发性的绘本，激发儿童的好奇心和想象力。另外，激发儿童参与故事讨论、提出问题的积极性，有助于拓展他们的思维深度和理解层次。通过这些教育策略，儿童将更全面地受益于儿童生活故事，为其全面发展奠定坚实的阅读基础。

总而言之，儿童生活故事作为儿童文学的一种重要形式，对于儿童的语言发展、情感认知、道德培养和认知发展等方面都具有多重功能。通过精心编写和精心选择故事作品，可以更好地激发儿童的阅读兴趣，促进其全面发展。因此，教师和家长在培养儿童的阅读兴趣和提升其阅读能力时，应当充分认识和善用儿童生活故事这一重要资源，使其更好地为儿童的成长和发展提供有益的支持。

二、儿童生活故事的特点

儿童生活故事是儿童文学中一种独特而丰富的文体，其独特之处在于其适应儿童心理和认知发展的特点。儿童生活故事的创作不仅涉及故事情节的设计，还需要考虑到语言运用、教育价值等方面。儿童生活故事有着明显的特点，主要包括以下方面。

(一) 语言简练生动

儿童生活故事的语言往往呈现简练而生动的特点，这一现象源于儿童在阅读过程中对语言的理解和吸收能力相对较为有限的特点。考虑到儿童的语言发展尚未完全成熟，创作儿童生活故事时，作者必须使用生动有趣的语言，以激发儿童读者的浓厚兴趣。为达到这一目的，作者通常运用简单易懂、富有形象感的词汇，并采用生动活泼的句式结构，以确保儿童能够轻松理解并快速吸收故事情节。通过使用容易理解的词汇和句式，儿童生活故事不仅能在语言表达上取得最大的清晰度，更能有效打动儿童的心灵，激发他们对阅读的浓厚兴趣，这种简单而生动的语言风格为儿童提供了一个轻松愉悦的阅读环境，有助于培养他们对文学的独立认知和情感体验。因此，儿童生活故事在语言表达方面的特殊设计不仅是对儿童心理和认知水平的尊重，同时也是激发他们阅读兴趣和积极性的一种巧妙策略。

（二）情节引人入胜

儿童生活故事的情节往往以引人入胜的设计为特点，儿童在阅读过程中主要关注故事是否具备趣味性和引人入胜的特质。在创作儿童生活故事时，作者通常通过巧妙设置丰富多彩、充满冲突和转折的情节，以引起孩子们的浓厚兴趣，这些情节不仅令儿童产生情感共鸣，还能够培养他们的想象力和创造力。在故事情节的设计中，作者经常注重故事元素的丰富性，通过引入各种变化和挑战，使故事更具吸引力，这种设计不仅使儿童能够在阅读中体验到情节的高潮迭起，更激发了他们对故事走向的好奇心。借助生动有趣的情节，儿童生活故事在文学作品中呈现独特的吸引力，使孩子们在阅读中不仅沉浸于故事情节的发展，同时在情感和思维方面得到全面的培养。因此，故事情节的引人入胜不仅是对儿童阅读兴趣的迎合，更是在潜移默化中促使他们发展全面素养的重要途径。

（三）注重教育寓意

儿童文学常常被视为一项具有教育性质的使命，而儿童生活故事则通过其精心编织的情节、栩栩如生的人物形象以及发生的事件，传达特定的道德观念和价值取向，这种教育寓意的目标在于引导儿童形成正确的价值观念，培养积极向上的品格。透过故事中人物的成长历程和问题解决的方式，儿童在阅读中能够获得一系列积极的生活态度和行为准则。生活故事中蕴含的教育寓意可通过塑造正面的角色榜样和负面的反面教材，使儿童更容易理解何为正确的行为和何为错误的选择。故事情节中的转折点和人物面临的抉择，为儿童提供了深刻的思考和学习机会。因此，儿童生活故事在教育儿童方面发挥了重要的作用，为他们的成长奠定了坚实的价值基础。

（四）贴近日常生活

儿童生活故事经常涉及儿童日常生活中的日常场景和经验，这样的故

事设定具有重要的意义，因为它能够使儿童更加容易产生共鸣，感受到与自身生活密切相关的故事情节。通将故事情节背景设定在儿童熟悉的环境中，不仅使儿童生活故事更具真实感，同时也更容易引起儿童的兴趣和理解，这种设定的重要性在于能够创造一个贴近儿童日常经验的故事世界，使他们能够更深入地投入故事情境中。通过描绘日常生活中的场景和事件，儿童生活故事为年幼读者提供了一种熟悉而舒适的文学体验，这不仅有助于拓展儿童的阅读兴趣，还为他们建立起与故事内容更为密切的联系，促进了对故事内涵的更深层次理解。因此，儿童生活故事通过贴近儿童日常生活的设定，不仅使故事更贴切实际，同时也更容易引发儿童的情感共鸣，为他们提供了更具启发性和趣味性的阅读体验，这样的故事设置有助于激发儿童对文学的兴趣，并促使他们在阅读中建立起更为深厚的认知基础。

  总而言之，儿童生活故事的特点包括语言简单生动、情节引人入胜、注重教育寓意、贴近日常生活等多个方面，这些特点使得儿童生活故事成为儿童文学中独具魅力的一部分，对于儿童的心智发展和价值观形成起到积极的促进作用。

第三节 儿童故事的阅读欣赏

  儿童故事的阅读欣赏是培养儿童全面发展的重要途径之一。通过阅读丰富多彩的儿童故事，儿童不仅能够提高语言表达能力，拓展词汇量，还能够培养想象力、观察力和逻辑思维等多个方面的综合素养。儿童故事以其独特的魅力吸引着儿童，为他们构建了一个奇妙而富有梦想的世界，从而在阅读中促使他们全面发展。儿童故事的阅读欣赏主要包括以下方面。

一、欣赏儿童故事中的情节美

  故事之所以吸引儿童，是因为故事中有情节，有人物，特别是情节的一波三折、跌宕起伏，最能调动儿童的兴趣。儿童的感性认识强于理性认识，形象思维强于抽象思维，他们更喜欢故事性强的作品。在文学创作中，作家们极为注重故事性，通常巧妙地运用各种叙事技巧，以提升作品的吸引力，使故事更加引人入胜，这种关注故事性的创作手法不仅能使作品更为生动有趣，还能深度挖掘故事情节，使读者更加沉浸于故事的世界中。阅读儿童故事，先要具体感受情节发展的悬念，能分析、体会使用叙事技巧的妙处所在。

第一，儿童故事中常常设置悬念，以充分引起幼儿的兴趣，同时也让情节更生动。设置悬念是叙事性作品常用的技巧，即"卖关子"，埋伏笔。例如，任霞苓的《一亮一暗的灯》通过设置悬念让故事妙趣横生。"爸爸妈妈不在家，天黑了，小晴怕起来了。"渲染出一种紧张的气氛。此时小晴发现阁楼的灯一亮一暗，悬念产生：为什么阁楼的灯一亮一暗？小晴刚刚想上去看看，就听到"悉悉沙沙——扑通！"的声音，吓得转身就逃。再生悬念：这声音又是怎么回事？小晴叫来了好朋友兰兰，可两个人还是害怕。又是"扑通"一声，灯灭了。两人吓得一起转身往外逃。悬念加强。她们又找来虎娃，虎娃是男孩子，但听两人一说也害怕了。悬念进一步得以强化：连胆子大的虎娃都害怕，怎么办？最后，三个孩子手拉手并排走上楼梯，发现是小花猫咬住电灯的拉线开关，让灯一亮一暗。谜底得以揭开。

第二，儿童故事常常借助巧妙的巧合和误解来推动情节的发展，使整个故事变得曲折生动。这种手法不仅增添了故事的趣味性，还为故事情节注入了出人意料的元素，引发读者的好奇心和探索欲。例如，梅子涵的《东东西西打电话》，写的是东东和西西两个小朋友因家里安装电话而约定给对方打电话的事情，作者让东东和西西两个孩子的心理和行动完全同步，从而制造出喜剧效果。东东和西西同时告诉对方自己家装电话了，要给对方打电话；回到家又同时发现忘记问电话号码，于是再跑出去问；接着是同时打电话，都一直听到"嘟嘟嘟"的忙音；最后作者又安排他们两个都选择等待对方打过来，以等待结束故事，既在情理之中，又在意料之外，童趣盎然。

第三，在儿童故事中，经常通过人物言行的对比，展开情节。例如，杨福庆的《谁勇敢》，敢捅马蜂窝的小松在马蜂炸了窝之后"捂着脑瓜就逃"，不敢捅的小勇在紧急关头保护同伴，被马蜂蜇肿了脸，疼得哭了，两相对比，儿童自然明白什么才是真正的勇敢。在指导儿童阅读、聆听儿童故事时，要善于引导儿童把握故事的情节脉络，欣赏它的美。

147

二、欣赏儿童故事中的人物美

儿童生活故事并非小说，因此并不过分强调对人物形象的塑造。然而，在杰出的儿童生活故事中，往往会呈现出鲜明而突出的人物形象，为读者留下深刻的印象，如《蓝色的树叶》里的不肯借铅笔的小气的卡佳、《张老师的脸肿了》里的调皮而又善良的达达和《珍珍唱歌》里的忸怩腼腆的珍珍等。例如，任哥舒的《珍珍唱歌》，故事通过动作描写刻画出一个忸怩腼腆的幼儿形象，"扭腰""往妈妈身后逃""噘着嘴"极为传神，让人物"活"起来，还有人物的语言也体现出人物的性格。故事还运用了对比和衬托的手法，通过凸显不同元素之间的差异，使故事情节更为丰富和引人入胜，用虽然唱歌走调但是很大方地在众人面前演唱的石娃和珍珍形成鲜明的对比。

"儿童生活故事篇幅不长，人物的性格主要是在情节发展中用人物的行动和语言来表现。"[1]例如，《谁勇敢》中的小勇，"把钢钢拉到身后，抡起手中的小褂，拼命抽马蜂"，"拉""抡""抽"的动作体现出他的果断和勇敢，小勇虽然勇敢，但是因为被马蜂蛰了疼得直"哭"，这就使得人物形象更为真实。与小勇形成鲜明对比的小松，在捅了马蜂窝之后丢下竹竿，捂着脑瓜就逃，"丢""捂""逃"的动作表明他之前的动作不是勇敢，而是莽撞。两个孩子的形象都很鲜明，都是通过行动和语言体现出来的。

儿童生活故事中对于人物外貌的描写往往是粗线条的，但应尽量传神。例如，马光复的《瓜瓜吃瓜》中对瓜瓜的描写：他生下来的时候，胖墩墩，圆滚滚，就像个西瓜。瓜瓜可爱吃西瓜啦，他一下能吃几大块。吃完了，把小背心往上一拉，挺着圆鼓鼓的肚子，用手一拍，嘭嘭嘭地响，说"西瓜在这儿呢！"对瓜瓜的动作、语言的描写，可以让儿童想象出一个食欲旺盛的调皮的小男孩形象。

三、欣赏儿童故事中的情趣美

儿童故事紧密贴近儿童的日常生活，经常以真实的方式呈现儿童天真的想法和稚拙的情感，使作品充满了浓厚的儿童情趣。例如，《东东西西打电话》《张老师的脸肿了》中主人公幼稚的想法和行为，既推动了情节的发

① 王丽红.儿童文学新编[M].北京：北京邮电大学出版社，2016：123.

展，又让故事充满了童真童趣。又如郑春华的《小鸭子毛巾》，托儿所阿姨把小鸭子毛巾收去洗了，小朋友们午睡起来后到处寻找小鸭子毛巾，有的说小鸭子毛巾飞走了，有的说小鸭子到河里洗澡去了，大家一齐站在门口喊："小鸭子毛巾，快——回——来！"看似幼稚可笑的情节，却是儿童心理的艺术再现，充满幼儿情趣。

儿童的内心纯真而朴实，以真诚和善良的态度看待周遭的一切，这种天真无邪引发了成年人的感叹。这种儿童天真纯真的特质也成为儿童文学作家创作的主要表达内容之一，因此，许多作品中都充满了纯真的感情，给读者带来美好的感受。例如，《张老师的脸肿了》写孩子们猜测张老师脸肿了的原因，让读者体会到孩子们对老师真诚的关心，为这种朴素而又真挚的感情所感动，而孩子们最后确定张老师的脸是被达达气肿的，这可笑的原因使作品充满独属于儿童的情趣之美。

四、欣赏儿童故事中的细节美

细节描写指的是捕捉生活中那些微小而具体的典型情节，通过生动细致的描绘将它们具体展现，使这些细节贯穿对人物、景物或场面的描写之中。儿童故事中的细节描写主要是描写人物的声音、语言和动作。如郑春华的《大头儿子和小头爸爸》系列故事中的《两个人的小屋》里的一段：

在一个冬天的晚上，外面下着大雪，风像一百只老虎在吼叫。被窝里，大头儿子和小头爸爸搂抱在一起，像树洞里的两只熊。大头儿子帮小头爸爸焐热一只脚，又焐热一只脚；小头爸爸替大头儿子焐暖一只手，又焐暖一只手。

这里把儿童熟悉的生活场景艺术化地表现出来，用形象的比喻"风像一百只老虎在吼叫"写出冬天夜晚的寒冷，搂抱在一起的父子俩"像树洞里的两只熊"，相互取暖，多么温暖而又温馨的画面！父子亲情真挚动人，趣味无穷。在进行儿童故事的阅读欣赏时，要善于从儿童的角度出发，感受作品，发现作品的美，在自己具备鉴赏能力的基础上，引导儿童去欣赏体会。

149

第四节　儿童故事作品点评

一、儿童故事《圈儿圈儿圈儿》(作者：安伟邦) 点评

这篇故事通篇用幽默诙谐、质朴明快的叙述语言，刻画出了一个不认真学习的孩子的种种窘相，洋溢着浓郁的儿童生活气息。

二、儿童故事《云端掉下一只烧鸡》(作者：[法]艾斯库迪叶，韦苇译) 点评

这是一篇趣味十足的生活故事，构思巧妙，语言幽默风趣，作者特别善于利用生活本身所提供的一切，把作为文学作品的故事写得如生活一般：小约翰在电梯口等不及和邻居聊天的爸爸，带着买回的东西独自走进电梯，可是到小约翰家的电钮在很高的地方，他够不着，就决定按到最高的楼层再走楼梯。小约翰意外地爬到了楼顶，并在上面玩累了之后才发现，大门被牢牢地关住了，他用姐姐的毛线绑住烤鸡，往楼下吊，爸爸发现后，上楼把受惊的小约翰抱回家，一家人共同享用烤鸡大餐。作者善于用生活本身特有的真实力量来亲近读者，让儿童在听读的时候很容易把自己融入故事，将自己同故事里的人物进行角色替换。高耸入云的摩天大楼上忽然垂下一只用毛线捆绑的烤鸡来，这烤鸡经过每家窗前时，会引出好多惊奇的目光啊！小约翰无意中的一份杰作，让人们感叹小约翰和作者风趣幽默的文笔。

三、儿童故事《听鱼说话》(作者：[美]格里费什，韦苇译) 点评

这是一篇感人的温暖的儿童生活故事。故事围绕祖孙两人钓鱼时的对话和活动展开，祖孙二人性格鲜明突出。琼儿是一个充满爱心、心地善良、关爱弱小生命的孩子，她对蚯蚓挂上钓钩的担心、对躺在地上的小鱼的不忍心，在朴素的言行中真实自然地流露，她模仿外公"听"小鱼说话，放掉小鱼，勾画出她的机灵，行动中流淌着对弱小生命的关爱，令人感动。而外公则是一位幽默风趣的、善解人意的老人。祖孙二人钓鱼的画面、"听"鱼说话的动作、放掉小鱼的行为让人觉得既可爱，又温馨。

第七章 儿童文学欣赏——儿童小说

儿童小说作为儿童文学的重要分支，以其独特的叙事魅力和深刻的主题内涵，深受孩子们的喜爱。基于此，本章主要探讨儿童小说及其特征与分类、儿童小说欣赏要点、儿童小说作品点评。

第一节 儿童小说及其特征与分类

"小说是通过人物、情节和环境的具体描写，广泛多方面地反映社会生活的叙事作品。"[①] 儿童小说作为儿童文学的关键类别，发挥着独特的作用，其核心任务是通过塑造儿童形象，展现成人形象，以儿童行为为主线构建故事情节，以儿童生活环境为背景描绘，从而通过儿童的视角传达丰富而生动的情感。这种文学形式源自儿童的独特视角，旨在满足儿童审美需求，同时具有幻想性和故事性。儿童小说以社会生活为题材，通过简单而深刻的故事，为儿童提供了对社会、对人生的初步认知。通过儿童的眼睛看世界，读者能够更好地理解社会，培养审美情趣，同时在儿童的想象力中找到无限的乐趣。这种文学形式的独特性使其在儿童文学领域占据重要地位，为儿童提供了富有启发性的阅读体验。

一、儿童小说的基本范畴

儿童小说是以儿童为主要读者对象，根据儿童的心理特征进行创作并为儿童所能理解和接受的小说。它指涉的范畴包括两个方面：一是小说性；二是儿童性。

第一，儿童小说的"小说性"。儿童小说作为小说类别的一个特定分支，

151

---

① 王丽红．儿童文学新编 [M]．北京：北京邮电大学出版社，2016：165．

需遵循小说创作的基本原则，把握人物、情节、环境及主题等核心要素。通过虚构和合理想象，编织故事情节，塑造人物形象，同时运用多样的表现手法，全方位真实地描绘儿童生活。

第二，儿童小说的"儿童性"。针对特定读者群体，主要为小学中、高年级及初中学生，儿童小说在选题、故事叙述、角色塑造、语言运用、艺术构想和作品风格等方面，均需注重儿童趣味性塑造，以增强作品的可读性，同时符合该年龄段儿童的心理特性和审美喜好。

因此，充分地表现儿童情趣，应该是儿童小说的独特之处。儿童小说的"小说性"和"儿童性"并不是孤立的，而是有机结合、融为一体的，片面强调某一方面都不可能成为真正意义上的儿童小说。

二、儿童小说的构成要素

儿童小说的构成要素包括主题、人物、故事、细节、题材、语言、艺术手法等。其中，人物、故事(情节)、主题在小说中占主导地位。

(一) 人物要素

儿童小说作为一种独特的文学体裁，其核心在于通过对儿童生活的反映，以儿童为主的人物形象构建一个引人入胜的故事世界。关于儿童形象的成功呈现，必须真实地描绘，紧密贴合特定年龄阶段儿童的心理特征和行为习惯。仅有真实性是不够的，儿童形象还需具备精彩、有个性、有特点的特质，从而赢得读者的喜爱。儿童天性中的想象力和创造力为人物形象的创作提供了广阔的空间，使其不仅真实而且富有浪漫色彩。在塑造成人形象时，必须以儿童的视角为基准，使之与作品中的儿童形象和故事情节紧密相连，以便更好地激发读者的共鸣。

(二) 故事要素

故事也叫故事情节，是叙事性文学的主要构成元素，指一系列生活事件的演进过程和人物性格形成、发展的历史，它展示着人物之间的相互关系和矛盾冲突，是小说创作的三大要素之一。

儿童文学作品离不开精彩的故事。儿童小说的故事情节通常简洁明了、紧凑集中，起伏跌宕且清晰易懂，极具吸引力，能够引导小读者沉浸于作品所构建的世界。此外，儿童小说多以反映儿童日常生活为主题，杰出的小说家擅长将人们熟知的生活琐事巧妙地转化为富有趣味性和惊奇感的故事。

（三）主题要素

儿童小说以儿童为受众，鉴于他们的阅读与理解能力有限，故主题不宜过分隐晦，而需鲜明易懂。同时，鉴于儿童处于成长阶段，易受负面影响，儿童小说的主题应具有积极性和针对性。强调儿童小说主题的鲜明，并非意味着小说的思想可以直接呈现在小读者面前，而是应通过具体、生动、可感的形象来展现。儿童小说主题要鲜明积极，并不意味着不能揭示生活中的阴暗、丑恶、黯淡面，社会生活本就丰富多彩，儿童小说也应有多样性。

三、儿童小说的特征表现

儿童小说的主要描写对象和读者是儿童，所以儿童小说除了要服从小说的一般艺术规律外，还要有自己独特的艺术规定性。

（一）本质特征

儿童小说的核心特质在于展现童趣，其中，喜剧性元素是构成童趣的重要部分，它可以通过塑造活泼可爱、富有趣味的儿童形象，以及描绘小主人公独具个性的言谈举止，使作品充满童真乐趣。同时，喜剧性还体现在构建充满趣味的场景，进一步增添作品的艺术魅力。另外，惊险神奇也是构成儿童情趣的关键因素。惊险小说和科幻小说凭借其非凡的故事背景和紧张情节，为读者带来奇趣和险趣。儿童天生好奇、富有幻想、渴望突破平凡、追求刺激，因此，这类小说往往以奇特惊险的内容、曲折离奇的情节、悬念迭起的设置以及出人意料的结局见长，充分满足儿童探索求知、寻求刺激的心理需求。

例如，《冒险小虎队》[①] 作为一部引人入胜的冒险小说，其本质特征显露

①《冒险小虎队》系列图书是浙江少年出版社出版的冒险小说，作者是奥地利儿童文学作家托马斯·布热齐纳。该书首批推出时间为 2001 年。该系列图书主要讲述了三个智慧的少年知难而进、无畏无惧，闯入了一个个危难、恐怖地带，破解了种种谜案，留下了一个个精彩的故事。

无遗。情节曲折，场景惊险，充满神秘氛围，使读者在阅读过程中沉浸其中。主要人物碧吉、路克、帕特里克组成了勇敢的"冒险小虎队"，他们在危险地带的冒险旅程中，展现了坚毅、精明和勇猛的特质，同时形成了紧密的友谊关系。情节扑朔迷离，历程险象环生，为读者带来了一场新奇的阅读体验。另外，采用"解密卡"的形式更是为作品增色不少，通过这种独特的元素，成功引发了读者的兴趣，使故事更加引人入胜。

(二) 主要特征

1. 题材广泛、深刻且有选择性

儿童小说以反映和儿童有关的社会生活为主。社会生活内容的多样性和丰富性决定了儿童小说的丰富多彩。中外著名的儿童小说题材及其范围都是很广阔的。作家的笔触深入许多领域，描绘处于不同时代、不同民族国家的儿童生活。在众多的作品中，有反映革命年代儿童跟随父兄参加革命斗争的，如李心田的《闪闪的红星》；有反映社会底层儿童悲惨生活、苦难经历的，如莫里兹的《第七个铜板》；有反映儿童在家庭、学校、社会生活中进步成长的，如林格伦的《艾米尔的第 325 次恶作剧》；还有反映各国、各民族儿童诚挚友情的，如叶君健的《新同学》等。

为了开阔儿童的眼界，给儿童塑造可效仿的形象，儿童小说既可取材于儿童生活，又可取材于成人生活。如笛福的《鲁滨逊漂流记》就是放在儿童书架上的以成人生活为题材的小说。这部小说的主人公鲁滨逊，具有顽强不屈、坚忍不拔、敢冒险、能实干的品质。全书充满朝气蓬勃的乐观主义精神，对于培养儿童克服困难的坚强意志力有积极的作用。还有秦文君的《老祖母的小房子》，属于用少女的眼光来看成年人的世界，那些陈年的人和陈年的事在作家的笔端温情脉脉，有浓浓的上海味道。

2. 主题积极鲜明且有针对性

主题是作品的灵魂，它统率着作品的一切。儿童小说由于阅读对象的特殊性，主题不能过于含蓄、隐晦、模糊，而必须积极、鲜明和有针对性。一部好的作品，其主题必然在某种程度上隐含着一定的针对性。这种"针对性"主要是指作品所体现的主题是否紧密结合儿童的实际生活、思想与兴趣爱好，是否能引起儿童感情上的共鸣，在心灵上产生深刻的影响，是否对儿童认识生活具有一种"前导"意识，甚至在儿童阅读以后，觉得就像是在写他们自己的生活。例如，曹文轩的《山羊不吃天堂草》《草房子》等，反映了儿童比较关心、比较感兴趣和与他们的生活密切相关的主题。都德的《最后一课》以小弗朗士的视角、心理、语言表现出即将沦为亡国奴的法国人民的心态和精神，体现了爱国主义主题。

3. 人物形象性格鲜明且以少年儿童为主

儿童小说更注重以描写人物为中心，通过刻画性格鲜明、反映社会生活、概括生活本质的人物形象来构建故事情节。优秀的儿童小说通过性格鲜明的人物形象发挥着深刻的精神感召作用。例如，《汤姆·索亚历险记》中的小汤姆，以追求自由个性的形象深深吸引着年轻读者，使他们在小汤姆的冒险中感受到对自由的向往。同样，《罗文应的故事》中的罗文应通过战胜自身薄弱意志的过程，成为一个令人敬佩的榜样，为读者呈现了生命中的成长历程。

儿童文学作品所塑造的少年儿童应该具有性格鲜明的人物形象，可以是先进典范的少年儿童，也可以是普通未成年人的缩影，还可以是犯有严重过失或具备一定悲剧色彩的少年儿童形象。以儿童文学金牌作家黄春华的《杨梅》为例，作品中的主人公杨梅，她是一个自闭、自卑的女孩，说话口吃。在家中，杨梅自幼经历父母离异，感受不到母亲的关爱；在学校，她遭受到同学们的歧视和不当嘲笑。杨梅一度认为自己如同家中墙角孤独的蜘蛛，尽管饱受委屈，却始终默默承受。然而，直至某日，杨梅遇到了一位年轻的新班主任，这位老师对杨梅充满鼓励和支持，还赠予她一本《简·爱》。在这一切变化中，杨梅的生活逐渐走向光明，她得到了拯救。通过这样一个艰难成长的故事，《杨梅》一书塑造了一个生动的女孩形象。

儿童小说主要描绘和塑造少年儿童角色，但同时亦不排斥成人形象。鉴于少年儿童并非孤立于成人世界之外生活，他们的成长过程不可避免地受到社会及成人影响的熏陶。因此，成人角色的言谈举止微妙地对他们产生作用。儿童小说在创作过程中，应注重对成人角色的精细塑造。若仅将成人角色作为少年儿童角色的衬托，则可能导致角色个性不足，缺乏真实感。

杰出的儿童小说作品在力求展现少年儿童角色的同时，亦注重对成人角色的刻画。以金牌儿童作家徐玲的《我会好好爱你》为例，其中塑造了熊

苗苗母亲的形象。在丈夫遭遇车祸离世后，她凭借坚韧的品质和勤劳的双手，关爱女儿，守护家庭，为苗苗的成长付出了巨大的努力。

4. 情节曲折生动且发展迅速，引人入胜

出色的儿童小说总是以独特且富于变化、引人入胜的情节来抓住小读者的兴趣，让他们沉浸其中。儿童小说的故事情节应当跌宕起伏，富有曲折，避免平铺直叙。以知名儿童文学家徐玲的《我会好好爱你》为例，12 岁的少女熊苗苗原本过着快乐无忧的生活，然而突然有一天，母亲告知她，父亲大熊因工作调动，将前往遥远的长春。随后，母亲带着熊苗苗搬到了外婆家，而原先的邻居告诉她，家中客厅的灯在午夜时分亮起，大熊的身影在其中若隐若现……这一系列诡异的现象让熊苗苗心生恐惧，她怀疑父母已经离婚。她竭尽全力试图挽回父母的婚姻，然而一系列可怕的意外接踵而至：母亲因生意失败而疲惫不堪，奶奶病情加重，父亲的手机停机，QQ 头像也失去了光彩……某次寒假，熊苗苗看到 QQ 上父亲的头像突然闪烁，兴奋的她决定独自离家，踏上前往长春的旅程，然而等待她的是一个出乎意料的结局。这部小说曲折多变的情节有力地展现了作品的主题和人物性格，同时也引发了儿童读者的高度兴趣。

儿童小说的情节发展应迅速。故事的主线要单一清晰，不宜过于复杂。情节一定要环环相扣、结构紧凑、发展迅速，才能引起儿童的阅读兴趣。如邱勋的《三色圆珠笔》整个故事情节始终围绕着徐晓东展开，因为他有过"前科"，所以同学们怀疑是他偷窃；因为他不承认，所以大家用投票方式把他"选"为小偷；最后他真的去偷了一次，又使老师和同学们认识到了自己的偏见。情节脉络清晰，发展迅速，紧凑而富有变化，适合少年儿童阅读。

5. 语言准确、优美、形象且适宜儿童阅读

儿童小说凭借语言这一基本要素塑造人物形象，展开故事情节，传达作者感悟，表现思想内涵。同时由于特定读者对象的语言水准的限定，儿童小说的语言一般要求准确、优美、形象，要多色彩化、画面化、口语化，使人、物、景、情都栩栩如生，充满艺术魅力，这样才会更适宜儿童阅读。因此，儿童小说作家运用语言水平的高低和作品的优劣是成正比的，语言的表达效果也是一部儿童小说成败的关键。儿童小说对语言的基本要求是准确。此外，要求叙述语言要生动优美，富有色彩和情趣；人物语言要力求个性

化、口语化，要切合特定人物的性格特征，使儿童读者易于接受和理解。

四、儿童小说的具体分类

儿童小说按不同的标准，可以划分不同的种类。

(一) 按篇幅长短进行分类

儿童小说按篇幅的长短划分，可分为长篇儿童小说、中篇儿童小说、短篇儿童小说三种。

第一，长篇儿童小说。长篇儿童小说具有较长的篇幅和丰富的内容，其生活背景广阔，人物塑造方面通常侧重于一组人物形象的呈现，人物性格描绘较为细腻且立体。如马洛的《苦儿流浪记》和林格伦的《淘气包艾米尔》等作品。

第二，中篇儿童小说。中篇儿童小说的容量介于短篇与长篇之间，较大于短篇而小于长篇。在内容上，它能够呈现较为复杂的儿童生活，人物形象的塑造多集中于少数角色的描绘。此类小说通常选取主人公生活历程中具有代表性的事件构建情节，展示人物性格，揭示人物间的矛盾，并反映特定阶段社会生活的本质与规律。例如，秦文君的《宝贝当家》即为一部中篇儿童小说。

第三，短篇儿童小说 (包括小小说)。短篇儿童小说篇幅较短，容量较小，与中、长篇儿童小说相比，更注意集中简洁地描写事件和刻画人物。往往抓住生活中的某一个侧面展开故事，极少铺陈，集中写好一个人物是其人物塑造上的特点。如都德的《最后一课》、高尔基的《没有冻死的男孩和女孩》等。

(二) 按题材内容进行分类

根据题材内容的不同，主要分为生活小说、历史小说、惊险小说、动物小说、科幻小说、问题小说。

第一，生活小说。生活小说是以儿童现实生活为题材的文学作品，展现了他们在学校、家庭和社会生活中的种种面貌，反映了儿童的思想和精神状态。根据题材侧重，生活小说可分为家庭小说、学校小说和社会小说三类。

157

此类小说既可表现爱国主义精神，也可描绘师生情谊、亲子关系、兄弟姐妹之情以及同学间的交往，如亚米契斯的《爱的教育》即为典范。

第二，历史小说。历史小说是以历史人物和史实为基础的儿童文学，它展现了特定历史时期的生活景象。这一类小说要求在尊重历史事实的基础上，允许艺术的虚构和想象。例如，罗兰·英格斯·怀德的《草原上的小木屋》被誉为美国最杰出的十部儿童文学名著之一，它不仅描绘了美国西部草原的风土人情，展示了第一代拓荒者的奋斗历程，而且树立了人与大自然和谐共生的典范。这部作品堪称文学珍藏。

第三，惊险小说。惊险小说是儿童文学的一类，其内容主要围绕破案、探险及历险等主题展开。此类小说以其惊心动魄的情节设计，紧紧抓住读者的心弦，同时亦能充分满足儿童对未知世界的好奇心和探索欲望，因此在儿童文学领域中，尤其受到广大小读者的喜爱。诸如《洛克王国探险笔记》《埃米尔捕盗记》《密战少年》等冒险、侦查及反特题材的小说，均是此类文学作品的典型代表。

第四，动物小说。动物小说是以动物为主人公，展现其生存状况和生活空间的儿童文学类型。这类作品的特点在于，根据丛林法则塑造动物形象，遵循小说创作规律构建故事情节，通过描绘个性特征的动物形象和对动物世界的探索，反映出现实社会多角度的生活内容，具有较强的社会性。杰克·伦敦的《荒野的呼唤》和沈石溪的《狼王梦》均为动物小说的代表作品。

第五，科幻小说。科幻小说是指以幻想的方式描述自然科学领域内以往或未来的某种奇迹的小说。其内容既不能违反科学原理凭空臆造，也不必拘泥于已经达到的科学现实。科学性、预见性和文学性是这种小说的基本特征。如长篇科幻小说《海底两万里》，在展开富有戏剧性的惊险情节的同时，还借助丰富的想象，表现了色彩斑斓的海底世界，又融汇了大量的海洋、历史等方面的知识，具有雄浑的气势和引人入胜的魅力。

第六，问题小说。问题小说着重表现儿童生活中的冲突与难题，深度剖析人物性格的历史成因，巧妙地将个体命运与历史进程交织，从而引发深刻的社会思考。以英国儿童文学领域佼佼者杰奎琳·威尔逊的畅销作品《麻辣女生基地》中的《女孩不坏》为例，故事描绘了陷入困境的小女孩曼蒂，她在遭受同学欺凌之际，偶然结识了知己坦娅。然而，坦娅为了帮助曼蒂而选择偷窃，最终不得不离去。在生活的离别与无奈中，曼蒂逐渐学会独立，并借助她的彩虹眼镜发现了生活的另一番景象。

(三) 按体裁样式进行分类

儿童小说根据体裁的不同，可分为寓言体儿童小说、传记体儿童小说、日记体儿童小说、童话体儿童小说和系列儿童小说。

第一，寓言体儿童小说。寓言体儿童小说是一种具有深刻寓意的文学形式，通过将现实生活中的事物作为基础，描绘典型人物性格，揭示生活矛盾，反映人类历史与现状。经典文学作品《聊斋志异》中的《黄英》《狼》以及冯骥才的《神鞭》都是这一文体的杰出代表，通过富有创意的故事情节，引导儿童思考人生道理，形成深刻的寓意。

第二，传记体儿童小说。传记体儿童小说以小说形式叙述历史或真实人物的童年往事，其主要目的在于突出这些人物的成长历程。典型例子如黑柳彻子的《窗边的小豆豆》，通过生动描写童年经历，展现人物成长的过程，激发儿童对于历史和人物的兴趣，为他们提供了更丰富的阅读体验。

第三，日记体儿童小说。日记体儿童小说以小说中人物的日记构成情节，刻画人物并表现主题，形成一种独特的儿童文学样式。杨红樱的《男生日记》《女生日记》以及亚米契斯的《爱的教育》均属于这一类别，通过角色的日常记录，呈现儿童生活的真实面貌，引导读者思考人性与情感的复杂性。

第四，童话体儿童小说。童话体儿童小说以童话艺术手法构建情节，塑造人物形象，反映社会生活。李风杰的《公鸡和母鸡们的故事》和迟子建的《北极村的故事》是典型代表，通过奇幻的情节和生动的描写，吸引儿童进入一个幻想的世界，培养他们的创造力和想象力，为其成长提供了丰富的精神食粮。

第五，系列儿童小说。系列儿童小说以其独特的构成为读者呈现了一两个或一组鲜明的人物形象。这些小说的各篇内容各自独立，故事情节之间并无必然联系，但人物形象贯穿始终。近年来，杨红樱的《淘气包马小跳》系列及乐多多的《胡小闹日记》系列作品颇受瞩目。

第二节　儿童小说欣赏要点

　　儿童小说以儿童的视角和语言，描绘出一个充满奇幻、冒险与温情的世界。儿童小说有其独特的魅力和价值，其欣赏要点体现在以下方面。

　　第一，主题明确，易于理解。儿童小说的主题通常明确、单一，旨在传达某种价值观或教育意义。这些主题往往与儿童的日常生活和情感体验密切相关，如友情、勇气、诚实等。因此，欣赏儿童小说时，首先要关注其主题是否明确、是否易于理解。一部好的儿童小说应该能够让孩子们在轻松愉快的阅读中，领悟到生活的真谛。

　　第二，生动的人物形象。儿童小说中的人物形象至关重要。这些人物通常是孩子们熟悉的人物类型，如勇敢的少年、慈祥的老人、善良的女孩等。欣赏儿童小说时，要注意作者如何通过生动的描写，使这些人物形象跃然纸上。同时，也要关注人物的性格特点和行为逻辑，看其是否符合儿童的认知和情感需求。

　　第三，丰富的想象力和奇幻元素。儿童小说往往融合了丰富的想象力和奇幻元素，以满足孩子们对于未知世界的好奇心。这些奇幻元素可以是魔法、神话生物、未来科技等。欣赏儿童小说时，要关注作者如何通过这些奇幻元素，激发孩子们的想象力，拓展他们的思维空间。同时，也要注意这些奇幻元素是否合理、有趣，能否为故事增色添彩。

　　第四，温馨的情感氛围。儿童小说中通常充满了温馨的情感氛围，如亲情、友情、爱情等。这些情感元素是孩子们成长过程中不可或缺的养分。欣赏儿童小说时，要关注作者如何通过情感描写，使故事更加动人。同时，也要关注情感表达是否符合儿童的内心世界和情感需求，让孩子们在阅读中感受到心灵的共鸣。

　　第五，简洁明快的语言风格。儿童小说的语言风格通常简洁明快，易于阅读和理解。这种语言风格符合儿童的阅读习惯和认知水平。欣赏儿童小说时，要关注作者如何运用简洁的语言表达丰富的内涵。同时，也要注意语言的节奏感和韵律感，让孩子们在阅读中感受到愉悦和美感。

综上所述，欣赏儿童小说需要关注主题、人物形象、想象力与奇幻元素、情感氛围以及语言风格五大要点。通过深入挖掘这些要点，我们可以更好地理解儿童小说的魅力所在，为孩子们提供更优质的阅读体验。

第三节　儿童小说作品点评

一、儿童小说《宝贝当家》(作者：秦文君) 点评

秦文君，知名儿童文学作家，我国首位荣获世界儿童文学奖——"林格伦纪念奖"提名的儿童文学创作者，曾获得"国际安徒生文学奖"提名奖。她创作了《男生贾里全传》《女生贾梅全传》《小香咕系列》《会跳舞的向日葵》等50余部深受孩子们喜爱的作品。其中，"男生贾里"和"女生贾梅"系列累计发行量超过300万册。秦文君以探索精神和对儿童天性的深刻理解与关爱，使其众多作品成为当代儿童文学的经典。她的作品曾多次荣获中宣部"五个一工程"奖、国家图书奖、中国图书奖、全国优秀儿童文学奖等40余项大奖。目前，多部作品已成功出版日文、英文、德文、韩文、荷兰文等多个版本。

若说《男生贾里全传》是轻喜剧，《宝贝当家》则纯然是正式的上档次的喜剧了。在秦文君笔下，儿童文学第一对"喜剧搭档"的艺术形象，诞生了。宋宝贝和史金龙这两个让人喜笑颜开的人物，既活灵活现，又气韵贯注。他们相互匹配、势均力敌；他们勾肩搭背、嘻嘻哈哈向读者走来。这一对活泼的喜剧人物塑造的成功，其艺术经验将可能使《宝贝当家》这部作品，在儿童文学创作发展历程上呈现出某种标志性意义。

二、儿童小说《淘气包马小跳》(作者：杨红樱) 点评

杨红樱，四川作家协会副主席，是一位多才多艺的文学家，她的职业生涯涵盖了小学教师、儿童读物编辑和儿童刊物主编等多个领域。在19岁开始涉足儿童文学创作后，她迅速崭露头角，已经成功出版了逾50种童话和儿童小说。杨红樱的创作涵盖多个畅销图书品牌，其中包括"杨红樱校园

小说系列""杨红樱童话系列""淘气包马小跳系列"和"笑猫日记系列"。这些图书不仅在国内取得了巨大成功，总销量更是突破了千万册的壮丽数字。她的卓越贡献获得了多个奖项的认可，包括中宣部"五个一工程"奖、中国出版政府提名奖、中华优秀出版物奖、全国优秀儿童文学奖以及冰心儿童图书奖等。这些荣誉证明了她在儿童文学领域的卓越才华和不懈努力。杨红樱的作品不仅在中国风靡，还被翻译成英、法、德、韩等多国语言，实现了全球范围内的传播与影响。她通过作品传递的"教育应以人性关怀为核心"的理念深深地影响着中小学教育，因此她多次被评选为"心中最喜爱的作家"。

以《淘气包马小跳》系列为代表的儿童小说，以其诙谐幽默、好玩有趣的特点而备受好评。这一系列作品生动地反映了当代儿童的生活与心理现实，通过描写调皮孩子的快乐生活以及与家长、老师、同学的互动，呼唤孩子天性，强调理解、沟通，倡导健康、和谐、充满童趣的童年。在她的作品中，教育不仅仅是知识的传递，更是对人性关怀的体现，为孩子们打造了一个积极向上、快乐成长的教育环境。

三、儿童小说《爱的教育》(作者：[意]亚米契斯)点评

《爱的教育》是意大利作家艾得蒙多·德·亚米契斯于1886年创作的一部儿童小说，原名为《一名意大利小学生的日记》。小说以日记体形式呈现，是根据亚米契斯儿子的日记改编而成的，以四年级男孩安利柯的视角，生动描绘了他从开学的第一天到第二年同期的生活。全书共包含100篇文章，其中蕴含了多种形式的爱，包括教师之爱、学生之爱、父母之爱、儿女之爱以及同学之爱。通过安利柯的视角，读者得以深入了解日常生活中感人至深的小故事和亲人为他写的劝诫性文章。这些文章在小说中扮演着重要的角色，既温暖人心又充满深意。整部小说通过平凡而非凡的人物形象，引发读者内心的情感波澜，使爱的美德在故事中得以永恒。

《爱的教育》通过小学生的目光审视身边的美与丑、善与恶，呈现出对生活点滴的深刻感悟。通过用爱去感受生活的方方面面，小学生的视角赋予故事深刻而感人的人生哲理。读者在阅读过程中，随着安利柯的成长，也逐渐体会到爱的力量和意义。整部作品散发出一种深深打动人心的温暖，使人

不禁陷入对人性善良和爱的思考之中。《爱的教育》通过独特的叙事方式和深刻的情感描绘，成为一部令人难以忘怀的经典之作，引领读者进入关于爱与人性的思索之旅。

第八章 儿童文学欣赏——儿童散文

在儿童的世界里，散文以一种独特的语言和情感描绘出丰富多彩的生活和内心世界。通过欣赏儿童散文，孩子们可以感受到生活中的美好，激发他们的想象力和创造力，培养他们的人文素养和审美能力。儿童散文不仅是孩子们的成长伴侣，也是成年人的心灵慰藉。基于此，本章主要探讨儿童散文的概念、特征与分类，儿童散文的美学特点，儿童散文的欣赏步骤，儿童散文作品点评。

第一节 儿童散文的概念、特征与分类

一、儿童散文的基本概念

散文是与韵文相对的一种古老的文体，经过漫长的文学演进，散文的概念不断发展、变化。当代的散文概念，具有广义和狭义之分。所谓广义散文，是指与小说、诗歌、戏剧等并列的一种文学样式，包括抒情散文、随笔、杂文、报告文学和史传文学等[①]；所谓狭义散文，即抒情散文，或称艺术散文，注重叙事、抒情和议论"三体并包"，是一种长于观照作者的内心世界、抒发主体情思的内向性文体。儿童散文属于狭义散文的范畴。

儿童散文是写给儿童，适合于他们阅读欣赏，其内容多是成年人对自己儿童、少年时期生活的回顾，适宜于儿童阅读、欣赏的作品。散文的特点在于表达内心情绪，议论人生，烘托出作者本身的精神世界。但这样的艺术境界很难在儿童读者那里得到回应。因此，我们发现，在儿童散文领域里，叙事性散文占大多数。

---

① 王晓翌. 实用儿童文学教程 [M]. 西安：陕西师范大学出版总社有限公司，2013：138.

二、儿童散文的特征表现

作为一种文学体裁，儿童散文既有散文的一般特点，又因读者对象的特点而具备一些自身的特征，显示着儿童文学独有的特性。

（一）内容儿童化，展现童心与童趣

"表现儿童生活之趣，是儿童文学的固有特色，也是儿童文学作家在不同体裁的儿童文学传达中所遵循的美学原则。"[①]"孩子有多大，写作的心灵就和他一样大"，内容无所不包，范围十分广阔，有作家的童年生活，也有作家眼中的自然风景、风光万物、花鸟虫鱼、山川湖泊。同时它又有"儿童化"特征，具有童心和童趣。优秀的儿童散文往往是童心和童趣贯穿全篇，选择儿童的视角，用儿童的心灵思忖，通篇体现和蕴含着孩童的天真烂漫和稚拙，将儿童稚气拙朴的语言、行为、心理与散文的事件、情景结合起来，依托于具体的人、事、物、景，铸就散文的"儿童化"内容。如吴然的《珍珠雨》：

"下雨了！下雨了！"小鸟扇着潮湿的风，飞过河去，向朋友们报告下雨的喜讯。淡蓝色的、温暖的夏雨呵，紧跟着小鸟的飞翔，笼罩了河面和水塘，笼罩了田野，笼罩了我们的山村和村后的树林。

一片雨的歌唱，万物都在倾听……

此篇短文以孩童梦幻般的视角欣赏世界，以他们水晶般纯净的心灵体会生活。在淡蓝色雨幕与雨后七彩世界交织的优美画卷中，小鸟、小红马、蜜蜂、小马驹、小牛犊、小山羊及草莓等活泼可爱的小生物纷纷登场，它们皆怀揣稚嫩纯真的童心。这篇短文充满着童话般的诗意与画卷，生动活泼地展现了儿童的盎然乐趣。

（二）传达真切的情感和易于接受的理趣

儿童散文的动人之处在于情感的表达。儿童散文的抒情特性在于能够抒发儿童所能认同的情感，所表达的情感能够引发儿童的共鸣。要打动小读者，作者必须充分运用自身的情感，描绘出激动、喜悦、忧虑和悲伤的场

---

① 王丽红. 儿童文学新编 [M]. 北京：北京邮电大学出版社，2016：184.

景。情感真挚则文章真挚，许多优秀的儿童散文正是因其浓厚的抒情意味而感动了小读者，使他们产生情感共鸣。率真则是儿童的宝贵品质，要求作家将最美好的情感体现在文字中，展现健康积极的态度。

例如，郑振铎翻译的泰戈尔的《纸船》："夜来了，我的脸埋在，手臂里，梦见我的纸船在子夜的星光下缓缓地浮泛前去。睡仙坐在船里，带着满载着梦的篮子。"体现了儿童的率真、充满了童稚之气的认知以及健康向上的情感。泰戈尔的《花的学校》："他们也有他们的妈妈，就像我有自己的妈妈一样 / 你可知道，妈妈，他们的家是在天上。在星星所住的地方 / 在绿草地上跳着狂欢的舞。"这篇意趣优美的散文借顽皮可爱的孩子与母亲的嬉戏来歌颂母爱，赞美母爱，为读者展示了一幅富有诗意之美而又不无生活气息的顽童嬉戏图。

儿童散文的理趣体现在其知识性、哲理性和思想性三个方面，这是基于富有趣味的儿童喜爱的散文文本构建的。优秀的儿童散文既要富有情感，也要具有理性，为了激发儿童的好奇心并启迪他们的智慧，儿童散文需蕴含深邃的理趣，以引发他们的思考。如乔传藻的《望天树》，以第二人称描绘了望天树的成长历程，从幼树的"初涉人世"写起，经过重重挫折终成长为参天大树。作者以平静的叙述、凝练明快且富有音乐感的语言，以及同情不幸、赞美成功的口吻，热情地赞颂了它坚定不移的信念和与命运抗争的顽强精神。

（三）内容意境优美，充满儿童想象

儿童散文的创作追求一种深邃的意境美，其核心在于通过仔细观察和深入体验，创造出贴近儿童心理特点的具体而可感的形象。这样的创作手法使得孩子们能够通过这些形象感受到情景的交融，获得一种独特的艺术享受。在这个过程中，作家们不仅需要深入了解儿童的感知和想象力，还需要运用巧妙的语言和描写技巧，将观察到的片段变成孩子们能够理解和共鸣的生动画面。儿童散文的价值不仅在于传递美的感觉，更在于启发孩子们的想象力和审美情感，为他们的成长注入了丰富的艺术养分。如吴然的《走月亮》：

细细的溪水，流着山草和野花的香味，流着月光。灰白色的鹅卵石布满河床。卵石间有多少可爱的小水塘啊，每个小水塘，都抱着一个月亮！

阿妈，白天你在溪里洗衣裳，我用树叶做小船，运载许多新鲜的花瓣。

阿妈，我们到溪边去吧，我们去看看小水塘，看看小水塘里的月亮，看看我采过野花的地方。

啊，我和阿妈走月亮！

本文以浓郁的诗情画意强化其作品的外延。语言美、诗的意象和美的细节三者相融合，使《走月亮》一文充满了一种孩子的诗意美。

（四）语言明丽优美，渗透儿童情趣

散文在语言的运用上应该自由灵活，富有形象感、色彩感、音乐美。儿童散文的语言明丽清纯，渗透着儿童的情趣。优秀的儿童散文，其语言就像明净的雪域天空或清澈的山间小溪，明朗而不晦暗，流畅而不哽塞，并处处跳动着稚嫩的童心。例如，班马的《江南，有一座永不忘的小屋》：

"那一路上古镇木楼，二十四桥，退去多少渔火、河湾。岸边芦苇孤灯，湖心钓船围网。爸爸，你正在何处，把鳜鱼从水中提起？这一条水路走的是隋唐旧道，见的是秦砖汉瓦，隔岸又传来吴音委婉。妈妈，你正在哪一顶石桥上，晾着印花蓝布？夜回江南，江南夜船。"

再如，楼飞甫的《春雨的色彩》：

春雨，像春姑娘纺出的线，没完没了地下到地上，沙沙沙，沙沙沙……

一群小鸟在屋檐下躲雨，它们在争论一个有趣的问题：春雨到底是什么颜色的？

小白鸽说："春雨是无色的。你们伸手接几滴瞧瞧吧。"

小燕子说："不对，春雨是绿色的。你们瞧！春雨落到草地上，草地绿了！春雨淋在柳树上，柳枝儿绿了……"

三、儿童散文的分类

（一）儿童叙事散文

儿童叙事散文是用散文笔调向儿童描述生活中的人物、事件等，它可以有完整的情节，也可以只写事件的片段，不一定要有事件的全过程。儿童散文毕竟是散文，不是小说，所以在必要的时候，叙事必须简化、淡化情

节，使情节为抒情服务。叙事散文所涉及的内容很广，可以是娱乐、玩伴、旅游等各个方面的事情及所见所闻所思，因而儿童叙事散文往往充满现实和生活气息。如《谁会脸红》：

　　猫会脸红吗？它东跳西跳，撞坏了一只花瓶。明明是它不好，做错事，却不认错。好像花瓶"乒"一声吓到了它，"喵呜"一叫，溜掉了。

　　猫呀猫，没点儿责任心。

　　狗会脸红吗？黑狗黄狗追追打打，撞倒了一桶水。明明是它不好，做错事，却不认错。好像这桶水是冲着它俩泼的，"汪汪"一叫，不高兴地摇摇尾巴，都溜了。

　　狗呀狗，没点儿责任心。

（二）儿童抒情散文

　　儿童抒情散文的核心在于表达孩子们对生活中纯洁、善良、美好的感悟。通过以儿童的第一人称视角创作，这种文学形式实现了情感的沟通和融合，引导孩子们热爱大自然和生活。儿童抒情散文不仅在情感表达上具有深远的作用，同时也促使小读者在文学的陪伴下更好地理解世界，培养积极向上的生活态度。如《会唱歌的森林》：

　　有一座会唱歌的森林。

　　森林的歌，清逸而悠扬。仿佛好多好多歌手在歌唱，有的轻悠悠的，有的高亢激昂……

　　是大树在唱歌吧？森林里最多的是树。

　　我走进了这片森林，走进了歌声里。歌声如细碎的阳光，在枝头跳跃，在林中飞翔，走走，看看，听听。当我发现森林里最多的不是树时，我找到了真正的歌手。

（三）儿童写景散文

　　儿童写景散文往往像散文诗一样聚焦于一个小景点，并努力从小景点里挖掘出诗情画意，让孩子们从中受到潜移默化的美感熏陶。如薛卫民的《五花山》：

　　"春天"，绿色是浅浅的，许多树叶儿刚冒出芽儿来，嘴角上还带着嫩嫩的黄色呢。"夏天"，绿色是深深的，……连雨点儿落上去，都给染绿了。"秋天"，有的树林变成了金黄色，好像所有的阳光都照到那里去了……只有松树不怕秋霜，针样的叶儿还是那样翠绿翠绿的。总而言之，山变成五颜六色，一层金黄，一层翠绿，一层火红……

作家以丰富的视觉语言描写了美得如此鲜艳的一座山，让小读者在美的语言情境中感受大自然的色彩美。

又如夏辇生的《项链》：

大海，蓝蓝的，又宽又远。沙滩，黄黄的，又长又软。雪白雪白的浪花，哗哗笑着，涌向沙滩，悄悄撒下小小的海螺和贝壳……小娃娃嘻嘻笑着，迎上去，捡起小小的海螺和贝壳，串成彩色的项链，挂在自己的胸前。快活的脚印，串成金色的项链，挂在大海的胸前。

《项链》一文中所说的"项链"不仅指孩子用海螺和贝壳串成的项链，还将孩子踩在沙滩上的脚印想象成挂在大海胸前的金色项链，这种新奇的想象生动地传达了孩子在海边嬉戏的快乐，以鲜明的意象营造了童趣盎然的世界。

（四）儿童童话散文

儿童童话散文是一门独特的文学形式，将童话元素融入散文创作，通过运用童话意境、情节、想象和幻想，以散文的形式描绘出富有拟人化的童话形象。相较于传统的童话，儿童童话散文更注重情感表达，情节相对较为淡化，矛盾冲突则相对简单。这种文学风格以其独特之处吸引着读者，为儿童文学领域注入了新的活力。

在儿童童话散文中，语言使用新鲜而活泼，形象呈现出亲切可爱的特点，给读者带来愉悦感。这样的语言风格使得儿童能够更容易理解和接受故事，同时也增添了散文的趣味性，激发了儿童对文学的兴趣和好奇心。

以《雨中的森林》和《蒲公英的吻》为例，这两篇儿童童话散文通过故事中的拟人化手法，展现出对环保主题的关注。特别是前者，通过描述鹈鸪鸟兄弟的故事，表达了对自然的深深关爱和为环境努力付出的情节。这种方式既引导小读者关注环保问题，又在故事中培养了对自然的热爱和保护意识。在故事的发展中，鹈鸪鸟兄弟并没有居功自傲，而是以欢呼感谢乌云和

雨点的方式作为结尾。这样的设计留给小读者深思，引导他们思考自然界的互动和人类与环境的关系。通过这样的故事结构，儿童童话散文不仅在娱乐的同时传达了正面的价值观，也激发了儿童对于探索、学习和思考的欲望。

《蒲公英的吻》是一篇以第一人称叙述的散文，作者通过对小鹅、鹅妈妈和蒲公英之间关系的拟人化描写，展现了一幅温馨动人的画面。在故事中，小鹅被塑造成一个孤单的小朋友，而鹅妈妈则展现出对蒲公英的秘密知识。蒲公英似乎有一种神奇的力量，能够理解并回应小鹅的愿望。这三者之间的关系在散文中得以生动展现。当小鹅许下愿望时，蒲公英的绒毛化作飞翔的小伞，被鹅妈妈称之为"蒲公英之吻"。小鹅对"蒲公英的吻"是否真的能带来小伙伴心存疑虑，但作者通过精彩描绘，展现了美丽的情景，许多小鹅的额头上都带着这神奇的"蒲公英之吻"。整个故事传达了孩子们欢喜的情感，他们为小鹅找到了头顶都带着"蒲公英之吻"的伙伴而感到高兴。这不仅是一场友情的盛宴，更是对"蒲公英之吻"神奇力量的集体验证。

通过细腻的描写，这两篇散文渗透了对鹌鹑鸟兄弟高尚行为的赞美，表达了小鹅对友谊美好心愿的真挚表达。作者以独特的视角展现了自然界中的奇妙互动，同时为读者呈现了一个充满温暖和希望的故事。这不仅是一篇儿童文学作品，更是对友情、善行和奇迹的美好歌颂，为读者带来了一场心灵的愉悦之旅。

（五）儿童知识散文

儿童知识散文以向儿童介绍知识为宗旨，是一种寓知识于形象描写之中的儿童散文。它不同于科学小品文，也不同于生活常识介绍文，它写法灵活，常以生动、活泼的语言和颇有抒情气息的笔调来传达一些知识。常以拟人的手法描述情境，抒发情感。如薛卫民的《月亮渴了》：

天空渴了，月亮和那些小星星渴了。太阳说："我给你们舀些水来喝吧。"太阳从大地上、河里、江里、大海里，蒸起无数的小水珠儿；小水珠成帮结伙地升到天空，就这样，天空喝到了水，月亮和星星喝到了水，它们不渴了……

这篇散文，作者用拟人的手法，将雨的形成这一知识描述得欢快、活泼，易于被幼儿接受，也给幼儿带来了愉悦。

第二节　儿童散文的美学特点

儿童散文虽然具有散文的一般特点，但由于它要适合儿童生理、心理需求和知识水平需要的各种特征，所以在内容选择、意境营造、语言表达等方面，与成人散文有很大区别。儿童散文更多的是以真实、自由为核心，表达儿童的率真和童趣，其美学特点主要有以下四点。

一、真实性——秉性率真，描写真切，贴近儿童生活

在散文中，真实性的展现具有开放性和多样性，与虚假形成鲜明对比，表现为表象的真实与心理的真实。无论是客观具体的真实，还是主观抽象的心理真实，只要源于"我"的情感激发而抒发的"心底之歌"，均不妨碍散文的本质真实。儿童散文的真实主要体现在客观真实性，即"我"亲自经历（目睹或听闻）并叙述的场景，可通过记忆还原，甚至可找到相关见证人。此类散文具有纪实性，事件真实可考，主要通过"叙述、抒情、议论相结合"的方式展现。如郭风的《初次的拜访》描述了一群孩童和土蜂拜访小野菊家的场景；韦苇的《小松鼠，告诉我》表达了"我"对失去自由的小松鼠的同情与关爱；《花儿像谁》记录了儿童园评选好孩子的活动；乐美勤的《布鲁塞尔铜像》描绘了撒尿的小于连；胡木仁的《圆圆的春天》展现了孩子眼中的春天景色及孩子内心的春天感受等。

二、自由性——意境优美，充满灵动自由的想象

自由自在是儿童的天性，儿童喜欢天马行空地想象，而无拘无束也是散文的特点。它的结构没有严格的限制和固定的模式，这种自由灵动给散文带来了独特的文体魅力。

儿童散文往往通过作者出奇灵动又自由稚嫩的想象，用活灵活现的形象营造优美的意境，其简明而不深奥、晦涩，充分体现了儿童散文的自由性。如望安的《夏天》，意境是通过场院、村子、小路三个镜头和场院洒的

171

金雨、村里飘的香风、爱唱歌的小路三种富有象征意义的景色来表现的。作品生动地描绘出了孩子眼中山村夏天生机勃勃的景象，并融进了他们对生活的观察和感受，表达出对丰收的喜悦心情。

三、趣味性——明丽清纯，渗透儿童情趣

儿童生活本质上是充满活力、多姿多彩的，洋溢着童真与童趣。儿童散文无论是描绘人物、记录事件，还是抒发情感、表达志向，都强调生动、活泼、有趣和富有内涵。它将生活与人生中的诸多真理自然地融入文字之中，从而使文章兼具超越生活的意趣，既提升文章的境界，又陶冶儿童的性情。儿童散文的趣味性主要体现在情感、理智与趣味的有机结合，这三者均符合儿童的心理需求和阅读兴趣。

以夏辇生的《抬轿子》为例，该作品描绘了农村孩子玩抬"新娘"出嫁游戏的情景，展现了孩子们纯真无邪、亲密无间的友谊。孩子们模仿成人社会的生活，游戏本身便富有趣味。作者通过简洁明了、清新明丽的语言将这一场景生动地再现出来，使作品充满童趣。特别是文中动词的运用，准确地勾勒出了游戏场景，充满了浓厚的儿童情趣。

四、诗意性——纯真清丽的意境和语言

儿童散文同成人散文一样具有诗的特质，讲求诗的凝练、诗的意境、诗的情调、诗的韵味。所不同的是，儿童散文的诗意美总是渗透着浓郁的儿童情趣。儿童散文用优美、清纯、简洁的语言表现童话般优美的意境，用儿童特有的想象来写景抒情，使作品自然而然地显现出儿童情趣。

第三节　儿童散文的欣赏步骤

在欣赏儿童散文之际，应以儿童散文的独特性为基准，衡量其语言是否具备清新明丽的特点，是否能对儿童的书面语言产生熏陶与训练的效果；探究散文意境是否优美；审视形象是否活泼、生动且富有儿童想象力；关注内容是否贴近儿童生活，是否关注儿童的情感体验，是否符合儿童的欣赏水

平，进而提升儿童的审美能力。简而言之，作品应充满"童心"，洋溢着"童趣"，这才是鉴赏儿童散文的核心标准。

优秀的儿童散文作家，从选材构思到文字传达都身手不凡，各有高招，值得学习借鉴。例如，金波的儿童散文，情感细腻，善于把握儿童心理，在看似平淡的生活场景中，写出优美的诗意；郭风的儿童散文，多以童话形式描写儿童生活，把花草世界艺术化，其语言明丽清纯，渗透着儿童的情调和趣味；班马的儿童散文，意象跳跃，意境粗犷，思路开阔，情调豪壮；夏辇生的儿童散文，生活气息浓郁，选材角度新颖，文笔清新秀丽，想象大胆奇特。

一、欣赏儿童散文的情趣美

儿童散文充满情趣美，从儿童的角度去感受、去体会，会发现方寸之间天宽地阔，情趣无限。如《抬轿子》：

男孩子，搭轿子，女孩子，坐轿子，一颠一颠出村子。女孩戴着野花环，活像一个新娘子。

"去哪儿呀？"男孩子问。

"找新郎！"女孩子说。

"新郎在哪呀？"男孩子瞪大眼睛找。

"太阳里！月亮上！"女孩子咯咯笑弯了腰。

二、欣赏儿童散文的意境美

意境是作者将思想感情化入语言的形象描写中所表现出来的一种情景交融、物我交融的艺术境界。

儿童散文和成人散文一样都要讲究意境，不同的是，儿童散文的意境要求优美而不深邃，内涵提倡简明而不深奥。如夏辇生的《项链》。

三、欣赏儿童散文的语言美

语言文学作品在向儿童展示成熟的语言时，往往突出那些作家精心选择的词汇，并且给儿童一些十分贴切于作品内容的象征性的语言。儿童在欣赏的时候，会获得一种满足的愉悦感，逐步熟悉这样一种成熟的语言状态，

而且了解运用这样形象化的语言所产生的效果。如经邵珍的《小池塘》：

春风姐姐轻轻吹了一口气，小池塘就醒了。池塘里的水波一闪一闪的，像一只明亮的大眼睛。池塘边的芦苇长起来了，像长长的睫毛……

第四节　儿童散文作品点评

一、儿童散文《金色花》(作者：[印度]泰戈尔)点评

这篇散文诗是作者的心灵之美与艺术技巧完美结合的产物。它以孩子的口气叙述，让我们感受到了母子情深，感受到了母子之间的那种亲昵，那种亲热，一个富于幻想、纯真烂漫的孩子，把自己幻化为一朵"金色花"，与母亲一块尽情地嬉戏。"金色花"顽皮可爱，充满童真稚趣。当母亲叫道："孩子，你在哪里呀？"他却暗中匿笑，一声不响；当母亲唤道："你到哪里去了，你这坏孩子？"他却在狡黠地回答："我不告诉你，妈妈。"一个是娇憨之态可掬的孩童，一个是温婉之情可感的母亲，母子和谐生活的情趣跃然纸上，令人心醉神往。孩子的天真可爱和母亲的温婉可人，在泰戈尔细腻、清丽、优美的笔下奏响了一支爱之曲。此篇散文氛围宁静雅致，韵味轻盈和谐，文字表述真挚自然，勾勒出一幅有声有色、香气四溢、情感丰富的景象，达到了情景交融、物我相融的境界，为读者带来无尽的审美享受。

二、儿童散文《金色的草地》(作者：[俄罗斯]普里什文)点评

此篇散文翔实描绘了"我"与弟弟间相互往对方脸上吹蒲公英绒毛的生动场景，真挚感人。文中对儿童天真与顽皮行为的描绘，不禁令人会心一笑。文章结尾处，以孩子的视角和心理，运用拟人手法，生动阐述了蒲公英颜色在昼夜间的变化，进而表达出对蒲公英深厚喜爱的情感。

三、儿童散文《宝蓝的花》(作者：林清玄)点评

《宝蓝的花》是林清玄的儿童散文之一，以其独特的状物写景风格而备受瞩目。在文中，作者通过细致入微的描写，着重展现了宝蓝色的萝卜花，引发读者对景色的浓厚兴趣。这种写景的手法不仅是对自然界的生动描绘，

更是对美的深刻咀嚼。在文章中，孩子以奇妙的天马行空的想象力，将萝卜花比喻成辽阔的大海和广袤的天空，展现出儿童的童趣和顽皮。这种想象力的发挥，使整个故事充满了梦幻和活力，让读者在文字的世界中感受到了孩子们纯真无邪的心灵。作者通过自身走入萝卜田的经历，以第一人称的方式引导读者身临其境，深刻感受这片宝蓝色的花海所带来的美妙。这种情感的共鸣，使整篇文章充满了审美的氛围，读者仿佛能够亲身感受到这一切。文章贴近孩子的视角，迎合了他们喜欢幻想的需求，展现出儿童散文的理趣性。林清玄通过引导读者遨游在幻想的天空中，巧妙地抓住了趣味性，使文章在越读越深的同时，也越来越吸引人。整篇文章不仅是对自然景色的描绘，更是对孩子们丰富多彩的内心世界的深度探索。

四、儿童散文《不可缠绕的心灵》(作者：曹文轩) 点评

此篇散文借助桃树因丝瓜藤蔓延而无法茁壮成长的寓言，以及两首童趣盎然的诗作，阐述了如下道理：呵护孩子幼小的心灵，守护他们的天性，激发他们的幻想力与创造力，乃是对他们最深沉的关爱与尊重。家长、教师以及社会各界都应共同守护孩子们的心灵家园。

五、儿童散文《夏夜》(作者：金波) 点评

此篇散文描绘了一个孩子在炎炎夏夜入眠的过程，展现了真挚深厚的亲子关系。作者对孩童感受的把握恰到好处，"我"从炎热到凉爽的心理变迁，以及对扇子两次落下的反应，皆显得纯真自然。特别是在描绘"炎热"与"凉爽"的两段，文字富有起伏和层次，符合儿童认知事物的规律。

作品的语言柔和流畅，意蕴深远，富有抒情意味。词语的重复使用，既营造出夏夜的宁静氛围，又与亲子之情的主题相契合。末句更富含着丰富的想象空间，引发孩子们无尽的美好遐想。

六、儿童散文《地震中的父与子》(作者：[美] 马克·汉林) 点评

母爱如水，父爱如山。如果一篇散文，能让孩子通过一段话语领悟父爱之真谛和伟大，那它便是一篇成功的文章。《地震中的父与子》便是这类文章的一个典范。"不论发生什么，我（你）总会和你（我）在一起。"这是父

与子之间的心灵之约，也是一种伟大的承诺，正是由于这种承诺的力量，才使得父亲在儿子被大地震埋在废墟中时，连续38小时不停地挖掘，终于把自己的儿子和其他13名儿童从瓦砾堆中救了出来；也正是由于这种承诺的力量，才使得儿子在同学面前说出了"只要我爸爸活着就一定会来救我，也能救大家"这样充满自信的话。地震中的父与子，谱写了一曲浓浓的父子亲情的赞歌，散文的力量也从中体现出来。

第九章　儿童文学欣赏——儿童戏剧

儿童文学欣赏是培养孩子阅读能力和审美情趣的重要途径，而儿童戏剧作为其中的一种重要形式，通过生动的人物形象和有趣的故事情节，为孩子们提供了一个丰富多彩的想象空间。基于此，本章主要探讨儿童戏剧的类型划分与鉴赏、儿童戏剧的艺术规律与特征、儿童戏剧的创编与舞台表演、儿童戏剧作品点评。

第一节　儿童戏剧的类型划分与鉴赏

戏剧是一门综合性的艺术，它以舞台表演为中心，融汇了文学、音乐、美术、舞蹈、建筑等多种艺术成分。剧本是戏剧的基本组成部分，它为舞台提供脚本，同时是一种可阅读的文学体裁。

儿童戏剧和成人戏剧一样，具有戏剧的一般特征：在戏剧矛盾冲突中展开情节，塑造鲜明的舞台艺术形象，反映现实生活，通过视觉和听觉给观众以思想教育和艺术享受。由于儿童观众的年龄特点，使得儿童戏剧有别于成人戏剧，儿童戏剧是适于儿童接受能力和欣赏趣味的戏剧。

儿童戏剧文学是儿童戏剧艺术的文学部分，通称儿童剧本。它直接规定了儿童戏剧的主题、人物、情节、语言和结构，是舞台演出的基础和依据。经过导演处理，用于演出的儿童剧本，称为儿童剧脚本或台本。

儿童戏剧文学，既适用于儿童的阅读，也侧重于戏剧排练与演出。鉴于舞台时空、演员表演及面对剧场观众的局限，儿童戏剧文学无法如儿童小说等体裁作品般，由作者对人物、事件、环境等展开详尽描述。相反，它须通过舞台布景、灯光、音响，以及人物装束、动作、表情、对话来呈现故事情节。也就是说，儿童戏剧要求在特定时空中的演员，通过语言和动作来塑

造形象、展现情节。剧情发展依托人物性格、行为及思想感情、心理状态的冲突，以此反映儿童所处现实生活的内容。冲突堪称儿童戏剧之灵魂，正是冲突构建了儿童戏剧的情节，使之具有故事性与可读（视）性。

儿童戏剧剧本的构成主要涉及人物对话（包括台词与唱词）以及舞台指示两大核心部分。对话部分，即剧中人物的口头表达，应遵循其身份与性格特点。另外，舞台指示，亦称为"舞台说明"，是用简洁文字对人物形象、生活场景、舞台氛围、时空变化以及舞台美术要求等方面进行阐述。因此，儿童戏剧文学作品对语言运用具有一定特殊要求，人物对话不仅要契合角色身份与性格，还需兼顾儿童读者的心理特质与知识水平，使小观众能够理解、听懂并在情感上产生共鸣。同时，舞台指示应力求精练且准确。

戏剧艺术自古以来便深受儿童喜爱。戏剧作为一种表演艺术，通过演员在舞台上诠释剧本中的故事，而这恰好契合了孩子们善于模仿、热衷表演、充满幻想和渴望创造的天性。在孩子们的现实生活中，戏剧元素无处不在，他们的许多游戏都带有戏剧性。例如，小男孩们手持冲锋枪、操控坦克等进行"战争"游戏，小女孩们则悉心照料布娃娃等玩偶，模仿着"过家家"。孩子们全身心地投入这些充满喜剧色彩的游戏中，生动地扮演着各个角色。在这些游戏中，孩子们不仅体验了成人社会的生活，还满足了模仿、幻想和创造的需求，进而发挥了这些潜能。由此可见，儿童戏剧与儿童游戏之间存在着紧密的关联。

儿童戏剧以其多样化的表现形式给孩子们带来了极大的乐趣，使他们受到感染，充实了他们的精神世界。儿童戏剧的直观性和形象性使之成为教育儿童的最生动有效的课堂，在内容上，儿童戏剧塑造真善美的正面形象，能够给孩子们树立可以模仿的榜样。如观赏任德耀的童话剧《马兰花》，可以让孩子们去感受劳动人民勤劳、勇敢、善良、友爱的美德，认清自私、贪婪、狡诈、懒惰的丑恶，还可以通过鲜明生动的舞台形象帮助儿童认识生活，明辨是非，使孩子从中得到教育。又如，柯岩的《小熊拔牙》写了小熊因贪吃蜂蜜、果子酱而不爱刷牙，最终导致牙疼不得不把牙齿拔掉。作家运用极端夸张的手法，把小熊贪吃甜食以致拔牙的过程写得惟妙惟肖，童趣四溢，在热闹的喜剧氛围中收场，显示了挑食和不讲口腔卫生的坏习惯一定要改的题旨。

可见，儿童戏剧对儿童的影响是其他艺术形式所无法代替的。因此，应该重视儿童戏剧创作，大力提倡、鼓励出版儿童戏剧剧本。

一、儿童戏剧的类型划分

儿童戏剧根据多种分类标准，呈现多样化的类型：以容量和场次为划分依据，可分为多幕剧与独幕剧；依据艺术表现形式，可分为儿童话剧、儿童歌剧、儿童舞剧、儿童歌舞剧、儿童木偶剧、儿童皮影剧、儿童诗剧、儿童哑剧等；按照题材内容，可划分为现代剧、历史剧、神话剧、童话剧、民间故事剧等；依据演出条件，可分为舞台剧、街头剧（亦称广场剧）、广播剧、学校剧、课本剧等；以冲突性质为区分标准，包括正剧、喜剧、悲剧（较为罕见）等。以下重点探讨几种常见的儿童戏剧类型。

(一) 儿童话剧

儿童话剧是一种以人物动作和对话为主要表现手段的儿童戏剧。它主要是通过人物对话展开戏剧冲突，揭示主题思想，对话大都具有鲜明的个性化、动作化和儿童化的特点，如刘厚明的《小雁齐飞》、方园的《"妙乎"回春》等。儿童话剧是用儿童容易理解而又规范化的生动、准确、通俗的语言进行创作的，具有真实感和形象性，是儿童戏剧文学中一种重要的、常见的表现形式。

(二) 儿童歌舞剧

儿童歌舞剧是一种综合性艺术形式，主要运用歌唱、舞蹈等表现手法，以简洁明了的舞蹈语言和欢快热烈的演出氛围为特点。在我国，诸如黎锦晖的《小画家》、乔羽的《果园姐妹》、赖俊熙的《春天是谁画的》以及20世纪70年代的《草原英雄小姐妹》等儿童歌舞剧作品，均具有较大的影响力。

儿童歌舞剧的核心表现手法为歌唱、舞蹈和音乐，三者需达到高度和谐一致，方能展现出强烈的诗意感染力。一般而言，儿童歌舞剧需突出音乐性、动作性和统一性。在具体的剧本创作中，或以歌唱为主，或歌舞并重，或辅以诗歌朗诵和旁白等表现手法，呈现形式丰富多样。例如，耿延秋的《小蝌蚪找妈妈》即为一出优秀的儿童歌舞剧。

179

（三）儿童戏曲

儿童戏曲是运用地方戏曲的曲调、唱腔，通过剧中人物的道白和歌唱以及富有民族色彩的舞蹈动作来表现故事情节的儿童剧，大多以儿童或动植物为主角，是一种以人物的唱、念、做、打为主要表现手段的儿童戏剧。其唱腔、道白、舞蹈动作都具有特定的民族、地方色彩。如潮剧《岳云》、闽剧《红色少年》、京剧《赖宁》等。

（四）童话剧

童话剧，以童话故事为创作蓝本，旨在通过幻想的艺术手法，塑造童话般的人物与境界，从而间接反映儿童生活。此类剧作表演形式多样，主角不仅可以是现实生活中的人物，还可以是具备特殊能力的超人，或是拟人化的动植物、生物等。剧本内容充满象征性与寓言性，如齐铁雄的《寒号鸟》，批判了不爱劳动、贪图享受、忘恩负义的品行。王纪厚、刘喜庭的《人参娃娃》则歌颂了为他人幸福而勇于自我牺牲的精神。在舞台设计方面，重视色彩、光影、烟火以及特技装置的运用。

（五）木偶剧

木偶剧是专用木偶来表演故事的一种艺术，它是假"人"演真戏，给儿童留下的印象非常强烈。木偶的造型可以夸张，表演也可以惟妙惟肖，既给人以真实感，又有浓烈的虚幻色彩，特别适合表演剧情起伏跌宕的具有童话色彩的戏剧，因此特别受低幼儿童的欢迎，如《阿凡提》《神笔马良》。在这类剧本中，需要对木偶造型、操纵方式、配乐等做专门说明。全剧短而精，人物对白简单明了，线索单纯清晰，剧情紧张明快。演出时，演员在幕后一边操纵木偶，一边说白，并配以音乐。由于木偶形体和操纵技术的不同，又有布袋木偶、提线木偶、杖头木偶等不同的形式。

（六）儿童广播剧

儿童广播剧是一种以广播为载体，通过语言声音以及音乐、音响等手段来塑造人物形象和展现剧情的儿童剧本。语言声音是其主要表达方式，因此剧本对人物语言和叙述语言有着严格的要求，需具备鲜明的个性特征、生活真实感以及音乐性。音乐与语言应和谐统一，有机结合，以增强环境氛围的营造和激发儿童的想象力。由于儿童广播剧主要诉诸儿童的听觉，其不受戏剧舞台和时空的限制，因此在内容和表现上具有较高的自由度和灵活性。适用对象广泛，包括城市和乡村的识字及不识字儿童，具有普及性。

例如，《海滨的铜铃》一剧，该剧通过讲述小主人公艾鹏鹏及其伙伴王娇娇在海爷爷的帮助下，精心护理一只受伤海鸥并使其重返碧海蓝天的故事，教导儿童热爱并保护大自然。作品借助优美的抒情、新奇的想象、曲折的故事和跳跃的笔触，展现了儿童的兴趣和儿童的风采。

（七）学校剧

学校剧是指能迅速反映校园生活，表现当代儿童的情绪、观念，适合于儿童自己表演的儿童剧本。如《半个队员》，写一个在校表现很好，但不爱做家务的孩子——小强，在同妹妹小芳做了一场扮演机器人的游戏后，受到启发，改正了自己轻视家务劳动的缺点。这类剧短小单纯，但因写的是儿童身边的事，时代气息浓烈，生活情趣盎然，真实、亲切，再加上表演极其简便（演员不需化装，不用舞台布置与装置，演出场地灵活），非常适合儿童的参与愿望与欣赏趣味。

学校剧也称为"戏剧游戏"，寓教于乐是它的重要属性。它可以配合小学语文教学，选择故事性强、人物形象鲜明的作品，稍加改编后，安排学生演绎、对话，设计适当的动作，在课内表演。这种立体式、形象化的表演，能活跃课堂教学，加深儿童对作品的兴趣和理解。学校剧也可以作为第二课堂的内容，丰富学生的课外生活，推动学校文娱活动的开展，促进少年儿童德、智、体、美全面发展。

除了以上几种重点剧种之外，近年来，动画形式的读本和影视片也拥有了越来越多的小读者，这一品种的文学剧本创作引起了儿童文学界的高度重视。

二、儿童戏剧的鉴赏要点

戏剧文学作为一种文学体裁，与其他文学样式相似，其鉴赏也离不开

读者对作品的思想内容、人物形象、艺术技巧的理解、分析和评价，但是每一种文学体裁又有自身特点和规律，只有遵循不同的文体特征，才能说到"点子"上。

第一，鉴赏剧本展示的戏剧冲突。戏剧冲突涉及剧中人物之间、人物自身以及人物与环境之间的矛盾冲突，核心为人物性格冲突。在鉴赏剧本时，需深入分析冲突成因、性质以及矛盾冲突的发展过程。进一步探讨作者通过戏剧冲突所要传达的主题，从而全面把握剧本内涵。

第二，鉴赏剧本里的人物语言。鉴赏剧本时，要善于从人物语言中去理解和分析由于年龄、身份、经历、教养、环境等影响而形成的不同人物的个性，了解人物的思想、感情、性格，读出人物语言中蕴含的丰富的"潜台词"，通过人物语言体会人物的性格特点。

第三，鉴赏剧本的故事情节。剧本中所呈现的故事情节是否富含儿童趣味，成为剧本能否吸引未成年读者及观众的关键所在。

第四，鉴赏剧本的人物形象。剧本中的人物形象是否鲜明丰满以及是否能被儿童理解和接受，这些都是评估剧本质量的重要因素。

第二节　儿童戏剧的艺术规律与特征

一、儿童戏剧的艺术规律

戏剧艺术，作为一种综合性的艺术形式，融汇了文学、美术、表演、音乐、舞蹈等多重艺术元素。通过编剧、导演和演员的协同创作以及语言、动作、场景、道具等表现手法，戏剧艺术将现实生活中尖锐、强烈、集中的矛盾冲突呈现在舞台上，使观众仿佛目睹或亲历戏剧中所描绘的事件，从而获得对现实生活的艺术感悟。当戏剧与诗歌、散文、小说并置时，戏剧特指一种文学题材。戏剧文学，作为这种综合艺术的题材，是为演员及其他艺术部门提供再创作基础的剧本，构成了戏剧艺术的文学成分。

儿童戏剧，作为戏剧艺术的一个专门领域，以其独特性为孩子们呈现精彩纷呈的故事。儿童戏剧文学，即剧本，构成了儿童戏剧的核心要素，同时也是儿童文学的一种重要表现形式。这类文学主要为舞台表演提供蓝本，同时亦适用于儿童的阅读。卓越的儿童戏剧作品能够将真理、善良与美好的价值观植入孩子们的心中，陪伴他们共同成长，成为他们一生难以忘怀的珍贵回忆。

二、儿童戏剧的基本特征

儿童戏剧文学是戏剧文学的一个组成部分，它具有一般戏剧文学的艺术特征，遵循一般戏剧创作的普遍规律，同时又具有自己的特殊性。这些特殊性源于儿童观众的年龄、心理特征以及由此产生的独特审美需求。

(一)主题明朗，选材广泛

少年儿童正处在身心迅速发育的阶段，其知识、智力以及辨识是非的能力相对尚不成熟，同时，他们的思想观念、情感取向、个性特质以及道德观念都处于不稳定的状态。在这个成长过程中，儿童需要积极、健康、易于理解的文学主题来引导他们，以促使其良好的成长。儿童戏剧以形象立体化为其独特特点，通过舞台呈现，能够让儿童直观感受世间百态。因此，对儿童文学主题而言，应该具有积极鲜明、健康向上的特质，以便更好地满足儿童的审美需求，并在娱乐中蕴含教育的成分，为他们的成长提供积极的引导。

儿童剧的题材非常广泛，既能反映现实生活、历史，叙述神话传说和童话，又能展现科学幻想境界，甚至描绘同龄人的活动或成年人的生活。这种多样性不仅可以激发不同儿童观众的兴趣，同时也有助于拓展他们的认知边界，激发好奇心和创造力。在创作儿童剧时，不论选择何种题材，都需要充分注意不同年龄段儿童观众的审美心理特征。

(二)戏剧冲突较为明显

戏剧冲突作为表现社会生活的基本手段，被认为是戏剧艺术的生命之源。在这个艺术形式中，"没有冲突就没有戏剧"这一格言尤为贴切，尽管在儿童剧的创作中需要更为细致的考虑。儿童剧的表演对象涉及不同年龄层的儿童，因此在选择冲突和情境时，必须考虑到这些年龄段儿童的特点和理解能力。

成功的儿童戏剧，往往在开场即揭示矛盾冲突，以引起小观众浓厚的

兴趣。以《"妙乎"回春》为例，该剧通过小猫"妙乎"多次误诊的情节展现了其不懂装懂的特点。这一情节设计巧妙地结合了简单的剧情和矛盾冲突，有效地吸引了小观众的注意力。小猫"妙乎"的角色展示了一个可爱而独特的形象，同时通过角色的特点引发了观众对情节的关注。这种戏剧冲突的设计不仅使得儿童剧更具趣味性，同时也为年幼的观众提供了一个认知和理解的平台。通过与角色的矛盾冲突互动，儿童能够在轻松愉快的氛围中，感受并理解故事中所传达的价值观念。

(三) 戏剧舞台形象鲜明

在戏剧艺术的世界里，矛盾冲突的核心往往体现在人物性格的冲突上。这种矛盾不仅是表面上的冲突，更是人物内在深层次的心灵碰撞。儿童剧创作聚焦于在典型环境中创造典型人物，通过展现戏剧中的矛盾冲突，揭示和突显人物的性格特点。主人公可以是儿童或成人，但无论何者，都需要具备鲜明的性格，以便在舞台上展现鲜活感人的形象。

成功的儿童剧通过巧妙地塑造真实而动人的舞台形象，展现了深远的艺术生命力。这不仅仅是对儿童观众的一场表演，更是对情感、品德和成长的启迪。以日本儿童戏剧《回声》为例，主角大郎通过母亲的教育，意识到自己的不足并积极改进，这一情节给观众留下深刻而积极的印象，使人在欢笑中感受到对人性的思考。

少年儿童通过观察戏剧人物的实际行动来感受思想和情感，因此，儿童戏剧文学创作必须紧紧抓住人物内心的特殊追求和外在的动作。通过这种方式，剧作能够引导观众思考人物的动机和情感，同时激发他们对品德、友谊和责任等价值的思考。因此，在儿童剧的创作中，除设计有趣和可爱的情节，更需要深刻的人物性格和矛盾冲突，以激发观众对生活和人性的理解。这种深度和内涵是成功儿童剧的关键要素，能够为年轻观众提供一次丰富而有意义的艺术体验。

(四) 结构单纯紧凑，故事性强

儿童戏剧的结构通常较为简单，与成人剧相比，其主线更为单一，不涉及繁杂的主线、副线、明线和暗线。尽管结构简纯，但并不显得单调，各个环节紧凑而层次清晰，避免使用过多的悬念，以便小观众更容易理解。以编剧荣曜的儿童戏剧《妈妈在你身边》为例，该剧仅有一条线索和一个悬念。整体故事结构清晰，贯穿始终，小观众易于理解，情节张弛得当，结构安排巧妙。这突显了在儿童戏剧中，简单而明晰的结构能够更好地适应小观众的接受能力，使剧情更为引人入胜。

故事性在儿童戏剧中具有至关重要的地位。由于少年儿童更容易被引人入胜的故事吸引，故事性成为儿童戏剧文学的核心。故事性主要体现在核心事件的发生、发展和结局过程中。荣曜的《妈妈在你身边》正是通过巧妙的情节设计，将核心事件贯穿全篇，使整个故事在情节张弛中紧凑有序，进而引起小观众的极大兴趣。核心事件在儿童戏剧中可以是一个人或一件物，如《枪》中的枪、《小侦察》中的白金轴。这些核心事件不仅是道具，更是联系剧情、人物和主题的纽带和核心。编剧围绕核心事件展开剧情创作，有助于集中剧情，使故事更为紧凑。这种方式不仅提高了剧本的故事性，同时使得小观众更容易理解和投入剧情之中。

（五）儿童情趣浓郁、艺术方式多样

儿童剧作家深知其创作使命，旨在以戏剧的形式为孩子们提供教育的契机。然而，与成人戏剧不同，儿童戏剧的观众群体主要是年幼的孩子们，他们对戏剧的需求更注重娱乐。在这个特殊的创作领域，剧作家需要巧妙地平衡教育性和娱乐性，以满足孩子们在成长过程中对欢笑、感动和新奇的追求，确保在剧场体验愉悦的同时也能传递有益的教育信息。

儿童戏剧的趣味性体现在多个层面，其中人物语言设计起着关键作用。为了吸引年轻观众，剧作家需要巧妙构建人物语言，使之既浅显易懂又短小活泼，同时富有个性和情趣。这种设计不仅符合儿童口语习惯，还能让小观众在欣赏戏剧的同时感受到愉悦和娱乐，为其提供一场丰富的戏剧体验。例如，张天翼的儿童剧《大灰狼》，写狼想吃羊，有这样一段台词：

谁都对我不怀好意，连我的肚子也不跟我好了，只要我躺下，我的肚子就"咕咕咕"地叫，把我吵醒，我对它还是挺和气的。我问它："肚子，肚子，你闹什么？"我肚子说："哼，还问呢，你不摸摸，看我瘪成什么样儿！我要吃羊，没羊；我要吃牛，没牛。给你当肚子可真倒了霉，还不如去给小耗子

当肚子哩。"

这段独白既表现了狼的凶残性格，又符合孩子的心理，富有儿童情趣。

儿童戏剧文学通过形式技巧和巧妙运用道具、场景设计，创造了充满趣味的儿童情趣。以《"妙乎"回春》为例，通过巧妙的场景设计，剧作家成功地将小观众带入一个童话世界，激发了他们的想象力和好奇心。这种创造性的运用不仅使儿童戏剧更加生动有趣，同时也培养了孩子们对艺术的独特感知和欣赏能力。

第三节　儿童戏剧的创编与舞台表演

一、儿童戏剧的创编方法

儿童戏剧的创编是儿童戏剧的重要组成部分，它涉及剧本创作、角色塑造、情节安排、舞台设计等多个方面。

第一，剧本创作。"儿童戏剧的剧本，具有演出脚本的戏剧性和作为儿童阅读欣赏对象的文学性。剧本为一剧之本，没有剧本，排练和演出往往没有依据。"[1] 在创作儿童剧本时，首先要注意儿童的年龄特点，把握好语言和情节的难易度，使其易于儿童理解和接受。同时，要注重儿童的审美需求，通过生动有趣的故事情节和形象鲜明的人物形象来吸引儿童的注意力。在主题的选择上，要选取积极向上、富有教育意义的内容，让儿童在欣赏戏剧的同时，能够得到正能量的启示和引导。此外，要注意剧本的结构和节奏，使其紧凑有力，起伏有致，让小观众始终保持高度的兴趣和关注度。

第二，角色塑造。角色塑造是儿童戏剧创编中的重要环节。在塑造角色时，要注重儿童的审美心理和接受能力，创造出生动有趣、形象鲜明的角色形象。同时，要注意角色的性格特点和行为方式，使其符合儿童的认知和理解能力。在角色的语言和动作设计上，要注重儿童的模仿能力和表演欲望，设计出生动自然、易于模仿的语言和动作，让儿童能够通过表演来深入理解和体验角色的性格和情感。

---

① 方先义．儿童戏剧创编与表演（第2版）[M]．南京：南京大学出版社，2019：30.

第三，情节安排。情节安排是儿童戏剧创编中的关键环节。在安排情节时，要注重儿童的接受能力和兴趣爱好，设计出生动有趣、富有教育意义的情节。同时，要注意情节的逻辑性和节奏感，使其起伏有致、紧凑有力。在情节的发展中，要注意引导儿童的价值观和道德观。通过积极向上的故事情节和特点鲜明的人物形象，让儿童在欣赏戏剧的同时，能够得到正能量的启示和引导。此外，要注意情节的创新性和多样性，避免过于单一和刻板的故事情节，让儿童始终保持高度的兴趣和关注度。

　　第四，舞台设计。舞台设计是儿童戏剧创编中的重要组成部分。在舞台设计时，要注重儿童的审美需求和认知特点，创造出富有童趣、生动活泼的舞台效果。同时，要注意舞台设计的实用性和功能性，使其符合儿童剧演出的需要。在舞台布景的设计上，要注重场景的多样性和变化性，通过丰富的视觉效果来吸引儿童的注意力。同时，要注意舞台道具的选择和使用，使其符合故事情节和人物形象的需要。此外，要注意灯光和音效的设计，通过丰富的灯光效果和音效来营造出更加生动逼真的舞台氛围。

　　总而言之，儿童戏剧的创编需要注重儿童的年龄特点、审美需求和认知特点，从剧本创作、角色塑造、情节安排、舞台设计等方面入手，创造出符合儿童审美需求的优秀儿童戏剧作品。通过这些方面的探索和实践，我们相信能够为儿童戏剧的发展做出积极的贡献。

二、儿童戏剧的舞台表演

（一）儿童戏剧舞台表演的基本特征

　　儿童戏剧的舞台表演通常具有以下特点。

　　第一，情节简单易懂。儿童戏剧的舞台表演通常以简单的故事情节为基础，通过直观的表演形式，使孩子们能够轻松理解故事情节和人物关系。

　　第二，角色形象鲜明。儿童戏剧的舞台表演通常有鲜明的角色形象，这些角色通常具有明显的性格特点和外貌特征，使孩子们能够更好地理解和记忆。

　　第三，语言生动有趣。儿童戏剧的舞台表演通常使用生动有趣的语言，这些语言通常具有节奏感和韵律感，使孩子们能够更好地感受语言的魅力。

(二) 儿童戏剧舞台表演的注意事项

在进行儿童戏剧的舞台表演时，应该注意以下几个方面。

第一，选择合适的剧本。在选择剧本时，应该选择适合儿童年龄段的故事情节和角色形象，同时要注重剧本的教育意义和价值导向。

第二，注重表演技巧。在进行表演时，应该注重表演技巧，如语音、语调、表情、动作等，这些技巧能够使演员更好地传达角色的情感和思想。

第三，注重舞台效果。在舞台表演中，应该注重舞台效果，如灯光、音效、布景等，这些效果能够营造出更加生动、真实的场景，使孩子们能够更好地沉浸在故事情节中。

第四，注重互动交流。在舞台表演中，应该注重与观众的互动交流，如通过提问、互动游戏等方式与观众进行交流，使观众能够更好地参与到演出中来。

总而言之，儿童戏剧的舞台表演是一种有益的艺术形式，它能够通过生动、有趣的表演形式来传达信息和情感，使儿童能够更好地理解和体验生活的各种情感和价值观。在进行儿童戏剧的舞台表演时，应该注重选择合适的剧本、表演技巧、舞台效果和互动交流等方面，以确保演出效果的最佳化。同时，我们也应该鼓励更多的儿童参与戏剧的舞台表演，通过亲身体验来培养他们的艺术素养和审美能力。

第四节　儿童戏剧教育课程体系构建

一、儿童戏剧教育课程体系构建的作用

(一) 促进儿童认知发展

1. 自我认知

"认知"指的是个体学习、记忆和抽象思考的能力。认知的需求包括对事物的好奇心、求知欲、探索心理。"自我认知"指的是对自己的洞察和理解，包括自我观察和自我评价。自我观察是指对自己的感知、思维和意向等方

面的觉察；自我评价是指对自己的想法、期望、行为及人格特征的判断与评估，这是自我调节的重要条件。"自我认知也称自我意识，是个体对自己存在的觉察，包括对自己的行为和心理状态的认知。"[①]儿童通过自我观察、自我觉知、自我概念、自我评价等形成自我意识。

儿童天生对未知领域充满好奇，戏剧活动恰恰为他们的认知发展提供了理想的实践平台。在戏剧中，孩子们通过自身的认知能力，以肢体、语言等创新方式将故事或情节呈现出来。在教师的引导下，他们积极思考、辨析观点，从而提升认知能力。教育的核心目标在于发掘并培养个体的独特潜能。创造性戏剧强调参与者发挥创意，引领每个人深入挖掘内在潜能，不断成长以实现自我。戏剧教育对儿童自我认知、创造力和自信心的提升具有显著效果。在戏剧教育中，孩子们通过观察与体验，自发地表达自己的想法和感受至关重要。在成长关键期，孩子们若能发现自己的身体和声音能创造多样变化，自己的想法和感受得到认同和接纳，便会建立强烈的自我信任。戏剧表演过程中，孩子们扮演王子、公主、英雄等角色，自豪感和自信心自然流露。在戏剧世界，每个人都能成为自己心中的英雄，主角不再是社会等级的特权。

2. 社会认知

社会认知是个体如何理解与思考他人，根据环境中的社会信息形成对他人或事物的推论。社会认知的许多方面涉及人们的日常生活，并且对人类的健康和幸福产生重要的影响。它包括对他人的认知（特别是对他人情绪和人格特征的认知）、对人际关系的认知及对自我的认知。

情绪认知是指在日常生活中每个人都会不时地感受自己的各种情绪，并根据自己的能力去处理这些情绪，包括"认识感觉""表达感受"以及"对别人感觉的同理心"等。有研究证实，戏剧教育或戏剧游戏可以让儿童控制及舒缓自己的情绪。如在戏剧情境中编入爸妈不在家的情节，孩子可以看动画片，以舒缓平时被大人控制过度的压抑情绪。戏剧教育可以为儿童创造一个相对安全自在的环境，通过情绪认知、情绪回溯、情感哑剧以及角色扮演等活动，教师引导儿童去思考、体验以及反省自己与他人的情感世界。通过

① 李丽，赵蕊. 儿童戏剧教育理论与实践 [M]. 北京：中国科学技术出版社，2019：8.

戏剧活动，儿童借助戏剧情景与人物设置来重新认识自己的情绪，了解情绪，并学习如何适宜地表达情绪，了解他人情绪，建立社会关系。

人际关系的认知涉及对自我与他人的关系的认知，以及对他人之间关系的认知。随着个体交际范围的扩大、社会阅历的丰富和知识经验的积累，对个体心理及群体心理的深入了解，有助于提升人际关系认知水平。戏剧活动中包含多种角色扮演和互动环节，因此，儿童需从不同视角看待问题。例如，在角色扮演前的故事讨论中，参与其中的孩子需了解"主角是谁""他（她）为何如此行事"以及"如何解决角色所面临的问题"等。孩子们需要在设定情境中将自己设想为他人，体验他人生活，面对他人的问题并尝试解决。实际与角色互动后，孩子们对别人的观察、解释和体验有助于其进一步理解他人的感受、情绪、态度、意图及想法等，从而丰富其生活经验和社会认知。

（二）促进儿童语能发展

语能，又称语言能力，涵盖在口头语言（如说话、演讲、做报告）和书面语言（如回答申论问题、撰写文章）中运用字、词、句、段的能力，这两者均以语言为基本媒介。通常，语言能力发展良好的儿童表现出强烈的求知欲、广泛的知识面以及良好的智力发展。尽管学龄前儿童已掌握初级语言交际能力，但由于词汇匮乏、语句不完整，且未掌握写作表达能力，因此他们难以逻辑清晰、语句连贯地阐述内容。

创造性戏剧通过即兴口语表达、讨论分享、角色台词等活动，使儿童在特定情境中不断运用语言表达想法与体验角色。在即兴口语交流中，孩子们的词汇量得以拓展，并能根据角色设定使用不同的声调、音量、音高去演绎角色，灵活地运用口语表演。因此，许多研究证实，戏剧教育对儿童口语表达、即兴创作、语态控制与变化，以及词汇增加具有显著影响。

除了口语方面的发展，戏剧教育活动对儿童阅读及写作方面也有所成效。由于大部分儿童戏剧故事的题材来源于童话、童谣以及儿童文学等作品，这些经典作品或文学名著用词准确，语意明白，文理贯通，语言平易，合乎规范，通过戏剧活动的观察、体验与反省，儿童对文学作品会有更深的体会，所以多名研究者证明戏剧比其他方法更能提高儿童的阅读理解能力。

若引导者在儿童戏剧活动后鼓励儿童写下自己对戏剧故事的理解或感想，则对儿童写作能力的提升会有显著的成效。

(三) 促进儿童智能发展

传统的智力理论主张，语言能力与数学逻辑能力构成智力的核心。然而，自20世纪70年代以来，研究者开始从心理学视角对智力概念展开深入研究与验证。美国哈佛大学教育研究院的心理发展学家霍华德·加德纳在《心智的架构》一书中，提出了具有划时代意义的"多元智能理论"，对传统智力观念产生了深远影响。加德纳主张，每个人皆具备八种主要智能：语言智能、数理智能、空间智能、运动智能、音乐智能、人际交往智能、内省智能及自然观察智能。在儿童成长过程中，传统教育往往过分关注语言能力与数学逻辑能力 (读写能力)。然而，随着儿童心理潜能与个性的发展，每个孩子都是独特且无法复制的个体。因此，加德纳认为，每个人应具备一系列基本的、具有个人特性的智能。他倡导"情境化"评估，对传统教育评估功能与方法进行了修正。

戏剧教育中训练的内容与技巧在多元智能的评价维度上相当契合，例如，对白、旁述与口语表达对语言智能有着直接影响；解决问题与冲突设计、场景规划分析则可以培养数理智能；空间场景演出设计培养空间智能；戏剧中肢体表达与音乐节奏则影响了运动智能和音乐智能；而人际交往智能、内省智能、自然观察智能与上述戏剧教育对儿童认知发展的影响表述是完全吻合的。所以，无论我们是把戏剧作为教学工具 (来解决问题、探索不同视角)，还是作为训练 (来改进场景或剧目)，戏剧技巧都蕴含着多元智能的作用。

(四) 促进儿童美育教育

美育教育是指培养学生认识美、爱好美和创造美的能力的教育，也称美感教育或审美教育，是全面发展教育不可缺少的组成部分。戏剧艺术是集文学、表演、音乐、舞蹈、美术、雕塑等艺术元素于一体的综合艺术，在戏剧中通过剧本的表达、演员的表演、舞美的渲染和导演的综合构思，让人们沉浸在舞台艺术的审美与故事情节的思考中。然而在戏剧教育过程中，通过

构建戏剧情景，引领学生在创作、排练、角色扮演与体验、入戏的过程中，以多种艺术形式的融合启迪丰富自己的审美，从而培养学生发现美、鉴赏美、创造美的能力。

此外，美育除了能够鉴赏创造艺术生活的美学外，更重要的是能提高心灵美德。许多优秀的儿童剧作或戏剧作品都具有较强教育意义，从故事中体现人的思想品德，指导人们的思想建设。戏剧教育是一种情景体验式教学，学生通过角色体验、情景构建，完全沉浸在剧情与角色中，能够对故事所表达的主题与意义有着更深的理解和认同，进一步促进了儿童对真善美的认识，规范了自己的行为道德，提升了心灵美德建设。

二、儿童戏剧教育课程体系构建的观点

儿童戏剧教育发展了几百年，各种戏剧教育的理念、应用与模式应运而生，但是各国对戏剧教育课程内涵一般而言是实现"全人教育""艺术统整"的教育观点。

(一) 全人教育

全人教育理论的根源可以追溯到人本主义教学理论，其核心观念是在人本主义学习观的基础上进一步发展得到的。人本主义教学强调真正的学习不仅仅是获取知识，更是使学习者成为一个完善的个体。这一理念奠定了全人教育的基础，将其定位为培养完整人格的学习模式。

在全人教育理论中，卡尔·罗杰斯是其中的代表人物。全人教育的目标是促进学生在认知和情感上的全面发展，以及实现个体的自我价值。这意味着不仅要关注学科知识的传授，更要注重培养学生在感性和情感层面的素养，使其在整体上得到充分发展。

在我国的教育理念中，全人教育秉持以人为本的原则，注重知识的传授，其宗旨是培养具备全面素质的"全人"或"完人"。这种教育理念的核心是在健全人格的基础上推动学生全面发展，使他们的生命潜能得以自由、充分、全面、和谐、持续地发展。

西方对全人教育的理解包含多个方面：关注个体各方面的全面挖掘，不仅关注学科知识，还包括对个体的情感、社交、体育等各个方面的发展；追

求人类理解与生命意义，强调教育应该引导学生思考人生的意义和价值；强调人文精神培养，积极培养学生的人文素养和人文关怀；鼓励跨学科互动与知识整合，培养学生具备综合运用知识的能力；全人教育主张平衡精神与物质，认为教育不仅仅是为了物质成功，更应该关注个体精神层面的发展；全人教育的目标之一是培养具有整合思维的地球公民，强调全球视野和全球责任。

综上所述，全人教育的特质正配合了"多元智能"理论的教育及开发。"多元智能"包括语言、数理、自然观察、运动、空间、音乐、人际关系、内省八大智慧。欧盟理事会于2006年第一次提出了儿童素质发展的"核心能力"，进一步明确了面向未来的儿童素质发展八种核心能力——母语交流能力、外语交流能力、数学能力和基本的科学技术能力、数字能力、学会学习能力、社会与公民能力、进取精神能力、文化表达与审美能力。因此，戏剧教育现在是世界上已知的能够训练多元智能的最好工具，其教育的结果也契合了全人教育的理念与目标。

(二) 艺术统整

戏剧艺术，一门融汇文学、美术、音乐、舞蹈、表演等多重艺术形式的综合载体，既消解了各艺术门类的独立性，又凭借其独特作用，整合为一种独立的艺术类型。在戏剧中，表演成为贯穿始终的主线，其内涵为"演员通过扮演角色，于舞台行动中塑造人物形象的艺术"。儿童戏剧教育，源于戏剧与剧场艺术，核心在于三个要素：创作者、参与者与鉴赏者。

戏剧的创作是整个戏剧艺术的开端，一般而言需要由角色、情节和场景构成。在"角色"的扮演中，儿童利用自身的"五感"(视觉、听觉、嗅觉、味觉、触觉) 能力，在假想的情境中以角色的身份和行动表达着自己内心的感受和想法。这种角色的表达相对于传统的音乐、美术、舞蹈等艺术创作，更突出肢体与语言的双重表达，这就需要在角色的体验上通过"七力四感"(观察力、注意力、想象力、感受力、判断思考力、适应力、表现力和真实感、形象感、节奏感和幽默感) 的训练，最终体现想法、行动与对话。"情节"通常包括时间的开端、发展、高潮和结尾。儿童戏剧在构架情节时首先需要对文本有所理解和思考，其次体会语言之美、文学之美，最后构思出戏剧的

冲突、问题和解决办法。"场景"在戏剧剧场中可以较为直观地体现艺术效果，它主要靠视觉及听觉的效果烘托气氛，通过背景、道具、服装、化妆、灯光等方面的综合艺术设计，将整个戏剧主题及气氛烘托得淋漓尽致。

在儿童戏剧中，主角多为表演者。戏剧表演汇集了声音、舞台、形象和表达等多种元素，因此呈现出丰富多样的表演形式。根据戏剧样式和题材的差异，可将其划分为音乐剧、木偶剧、哑剧和话剧等类型。音乐剧是一种"融合歌唱、舞蹈和戏剧表演"的戏剧形式，其载歌载舞的表演方式富有音乐、舞蹈和戏剧表演的特点，既富有趣味性，又充满活力。木偶剧是一种"由幕后演员操纵木偶进行表演"的戏剧形式。演员无须亲身出演，仅通过对话和木偶动作，实现语言交流。这种形式鼓励儿童尝试创作自己的木偶剧，有助于培养其美术创意。哑剧是一种"无须台词，仅通过肢体动作和表情传达剧情"的戏剧类型。哑剧在肢体创造性表达方面具有丰富应用。话剧是一种综合性强的戏剧形式，汇集了文学、表演、导演、美术、音乐和舞蹈等多种艺术元素。虽然相比其他类型更为复杂，但话剧最能体现艺术的整体内涵。

戏剧鉴赏者在戏剧的基本元素中通常指观众，但是在儿童戏剧中除了儿童观众外，还有儿童表演者。大部分艺术作品都是为观众而创造出来的，尤其是戏剧剧场艺术，没有观众剧场艺术就无法存在。观看戏剧作品，对儿童在主题的认同、情感的回应以及自身的自省方面都能起到直接的作用，尤其是儿童参与其中进行演出，更是能够体验角色、产生同理心和自我改变。

三、儿童戏剧教育课程体系的内容构建

由于戏剧自身的综合性，戏剧教学已不仅是一项单科的教学，它还可以扩及联结到其他领域课程统整的教学与学校各项活动当中。构建有特色的课程体系与课程内容是凸显戏剧教育人才培养特色的首要环节。戏剧课程可以打破以往课程门类多而杂、各学科之间关联性差的问题，尤其在美育教育上，过于侧重艺术训练，而忽视艺术带来的审美功能。

戏剧教育课程一般施教的方式随内容目标范围与场所不同，大致可分为教室内课程方面的学习及学校在各种活动教学方面的学习。在教室课程方

面的学习，主要是学习戏剧基本学识、技能及运用戏剧为媒介或工具来学习其他的学科。而课堂外的戏剧学习则包括儿童剧场演出、各项欣赏活动、展演与活动参与等教学内容。

戏剧教育在义务教育的教学属于学校一般艺术教育，课程内容与教学计划应符合教学原理，教学活动应生动、活泼、有趣与生活化，符合美育教育中对学生审美力、创造力和人文素养等方面的培养，所以应采取一般的艺术教材教法，而非专业的艺术教学和社会的艺术教学。戏剧表演艺术中的一般艺术表演教学方法，在教室内应以统整其他学科教学，以戏剧教学方法为主，教师按照学生的能力与阶段来进行课程设计与内容安排。具体的课程内容如下（表9-1）：

表9-1 课程内容

课程内容	释义
暖身放松	简单的身体活动以消除紧张情绪，稳定情绪，慢慢适应戏剧活动
肢体韵律	配合音乐与具有舞蹈美感的肢体活动，明确而有意义地表现出人物动作与情绪
语言表达	在教师的引导下，能够用声音、词语以及相应的语气、语调表达内心的感受与想法
戏剧性游戏	在教师的引导下，能够按照指令和目的共同完成游戏项目，并能够在游戏中体会团队协作以及控制和交流的能力
想象	结合身体动作与头脑思考进行戏剧活动
即兴表演	在教师的引导下，按照情节、标题、目的、主旨、人物等关键词或线索，表现出一个故事，并包括动作与对话
角色扮演	在特定的情境主题下，由教师指定或自由选择不同角色，经历不同情境，以加强认知与感受力
戏剧扮演	以较完整戏剧情节为架构，在主题、人物、情节等要素的组合下进行创造性的扮演与表演

四、儿童戏剧教育课程体系的教学方法

戏剧教育十分讲究教学方法（也称教学策略），且教学方法繁多，并且根据基础方法可变换或叠加，做更为深层的扩展（表9-2）。

表9-2 戏剧教育课程教师教学方法

方法名称	释义
教师入戏	教师扮演戏剧活动中的某一个角色，以该角色的身份推动剧情发展，并且与学生之间进行互动，一同解决问题、发展情节
扮演呈现	学生扮演不同的角色呈现给同班的同学观看，可以个人扮演，也可以小组为单位根据角色分组扮演
静像定格	以照片画面或剧情定格的方式，让学生用肢体动作进行关键事件或某一生活场景的呈现
雕塑家	由一名学生扮演雕塑家，通过摆弄他人肢体、表情，将他人塑造成某一雕塑，以反映对命题的理解
坐针毡	就某一问题或论点，让多人对一人进行提问和采访，要求即兴提问与回答
百宝箱	教师在课程之初提供某一问题的相关线索，可以是书包、袋子等，将里面的物件展示出来以引发学生的猜想，进而推动故事的剧情
讲故事	教师以讲故事的方式来叙述剧情，带学生进入故事情境
说故事	教师引导下，让学生自己构建新的故事，以发挥想象力，培养表达能力和组织能力。教师也可以旁白身份说故事，学生表演故事
镜像模仿	学生两两一组，一人为镜子外的人物，一人为镜子里的人物，后者模仿前者，能够及时地反映出镜像的规律
绘画	用绘画的方法构建情节或关键物件，以开展剧情想象
良心巷	全体学生分为两列，中间留出可以走一人的通道，其中一个角色穿过这条"巷子"，其他学生以某一角色身份对这一角色提出问题
讨论分享	可在剧情关键情节进行问题讨论，并解决问题；也可在戏剧活动结束后一起分享心得与体会

五、儿童戏剧教育课程体系的活动构建

戏剧教育奠基于戏剧活动，而戏剧活动则借助戏剧构架，呈现出广阔无垠的表现内容。任何具有意义的素材均可与戏剧方法相结合，实现教学与实践活动。因此，戏剧教育在众多领域，尤其是跨学科领域具备显著的教育成效。除课程内的教学活动外，戏剧教学还广泛应用于其他领域，实现多样化的教学创作与演出。这些教学活动通过引入戏剧教学方法，呈现出各异的形式与目标，从而拓展了戏剧教育的实施途径。

(一)戏剧活动之儿童剧场

儿童剧场指专为儿童观众表演的正式剧场，演职人员大部分由成人专业剧团的人员组成，也有一部分儿童或业余人员参与演出。美国儿童戏剧协会将之定义为：儿童剧场是指一种预设与排练完备的剧场艺术表演，由演员直接呈现给青少年观众观赏。

儿童剧场在国内有个别专门的儿童剧场，例如，中国儿童艺术剧院（简称中国儿艺）、上海儿童艺术剧场等。但是这种专门的儿童剧场只北京、上海等一线城市拥有，并未普及地方，所以大部分城市的儿童戏剧演出在一般剧场进行，且仍然保持传统剧场的概念，在舞美制作上会有比较华丽的服装和精美的舞台灯光布景，儿童在剧场中只是观赏者。不同于课堂内的戏剧教育是针对儿童认知等的学习，在儿童剧场中孩子们在戏剧欣赏中更多的是获得审美培养。

儿童作为剧场的主要观众群体，与成人观众存在显著差异，这主要源于他们的身心特点。首先，儿童具备一定的判断力，对善恶有明确的区分，因果关系鲜明，只有符合他们审美需求的剧情才能满足他们的心理需求。其次，在剧场中，儿童往往参与和演员的互动环节，由于他们具有主动性，并对剧情中的情感波动产生直接反应，因此演员需具备较强的现场应变能力和控制场面的能力，引导儿童积极参与。

此外，鉴于儿童的年龄和理解力各异，剧情设置应针对不同年龄段进行调整，同时考虑到儿童耐力有限，剧场的演出时间不宜过长，剧情应紧凑有趣，足以吸引儿童的注意力。

儿童剧场的演出与观摩在学校教育中基本以审美欣赏为主，使学生通过戏剧艺术的内涵与表现，建立他们正确的价值观和个性化的审美观，因此在学校教育中不建议低年级儿童亲自做这种以演出为目的的训练，一方面会影响学生的常规学习；另一方面是儿童的能力还不足以承担一场演出，这样会给儿童带来压力，从而违背戏剧教育的初衷。

(二)戏剧活动之青少年剧场

青少年剧场是完全由儿童或青少年学生担任演员进行演出的剧场表演。

通常这类演出需要学校教师及专业戏剧人才来指导与组织，演出时间或地点以学校的活动或社团安排为主，适合参演的学生年龄层为10～18岁及以上的成年高中生或大学生，观众多为自己学校的学生、家长以及教师。

青少年剧场的教育活动主要针对初高中阶段的学生，或已接受戏剧基础教育的小学高年级学生。这是因为这一阶段的学生正处于对戏剧艺术形式认知的引导期，需要在学术活动中接受编剧、导演、表演、设计以及团队管理等方面的培训。因此，青少年剧场的教学需遵循系统的艺术形式与规范。

首先，在表演方面，除了进行基础表演和素质训练，还包括剧本编创、导演思维、排演等教学内容，旨在通过团队创作完成演出。其次，在剧场技术方面，教授舞台灯光、舞美设计、服装化妆等知识，使学生了解舞台演出的基本原理和操作技术，培养学生实用的审美观念，将感知融入剧场表演的设计和执行中，并在整体演出中体现审美构思。

在剧场演出方面，学生在专业教师的指导下，负责演出统筹，分工明确，密切配合，为实现演出目标共同努力。通过参与公演，学生能够深入理解戏剧内容、了解戏剧演出过程以及感知团队协作的重要性。总而言之，青少年剧场教育旨在培养学生的戏剧艺术素养，为我国戏剧事业储备人才。

（三）戏剧活动之教育剧场

教育剧场起源于20世纪60年代的英国。这一模式将特定的教育主题或社会议题由专业教师编排成戏剧形式，并在剧场、校园或教室中呈现，以吸引特定群体或学生关注，并引发他们对主题的思考和探讨，从而实现教育目标。

教育剧场通常在学校内进行，学校邀请专业戏剧教师或剧团人员针对教育主题进行深入研究，随后进行剧作编排或演员即兴创作，最终在学校内进行演出。这种精心设计的戏剧符合学生的理解力，无须承受公开演出的压力和商业需求，演出可根据学生反应进行调整，如展开讨论、提问或即兴表演。

教育剧场的教学活动常采用戏剧教育方法，并结合其他教学手段，如讲故事、角色扮演、哑剧等。教师或演员根据学生反应调整角色身份，如寻求帮助、提问、模仿等，引导学生融入剧情。最后，教师或演员引领剧情发展，控制节奏。

教育剧场将娱乐、教育、欣赏和参与融为一体，成为一种非常适合学校主题活动和社团活动的艺术表现形式。在宣传德育美育、历史文化、社会生活、社会问题等方面的知识时，均可采用此种教学活动。教育剧场的实施不仅达到了教育目的，还培养了学生的审美、表达和创作能力。

六、儿童戏剧教育课程体系的艺术教学

(一) 语言艺术教学

儿童戏剧教育中的语言艺术教学的主导思想同样遵循成人语言训练的基本规律，主要分为以下几个方面。

1. 语言声音基本功

在儿童戏剧的领域中，小演员的表演需求被要求达到清晰、易懂、动听感人的标准，而要实现这一目标，则离不开基本功的精湛训练。基本功，作为艺术训练中至关重要的技术要素，要求小演员集中精力进行锻炼，以便更好地掌握规律，解决在创作过程中可能遇到的具体问题。

在儿童演员的舞台语言基本功训练中，坚持不懈的踏实锻炼是必不可少的。通过这种持之以恒的训练，他们需要学会科学方法，以改变那些与戏剧舞台语言要求不符的语言和声音习惯。这个过程旨在培养小演员们的良好表达能力，使其在舞台上能够准确而生动地传达情感。

基本功训练从语音和声音入手，要求儿童演员掌握正确的呼吸发声方法以及纯正的语音发音技能。这包括对声音 (发音)、气息和字音的基本训练。通过学习气息发音和字音方法，小演员将能够在舞台上清晰地表达好台词，展现自己独特的艺术个性。

(1) 语音。人的发音器官可以发出各种声音，但并不都是语音，只有能传达一定意义的声音才是语音，它是语言的物质基础。语音可以从以下两个方面研究。

第一，发音器官的生理作用。人在发音过程中，呼吸器官 (肺、气管、膈肌、胸廓、腹肌) 起到了声音的动力作用，所以也称呼吸器官是声音的发动机，喉头声带则起到声源的作用。口腔、喉腔、鼻腔以及胸腔、头腔等器

官，则是起扩大共鸣以及使声音响亮和变化音色的作用。唇、齿、舌、牙、腭在语言的发音过程中，同样也起到重要的作用，称之为吐字器官。演员的呼吸发声、吐字归音的基本技能，以及声音特殊技巧训练，都应根据发声器官的生理作用，去研究如何才能控制和操作这些器官协调自如地进行活动，去运用它们为艺术创作服务。

古语说："嗓音有天赋，嘴里需人功。"这里讲的天赋条件，主要是指声带的质量和共鸣腔体的状况，这是先天的，不可以改变，也是语音、声音条件之一。"嘴里需人功"说的是在形成各个不同的语音音素时，还必须练习口腔肌肉的控制力，舌头的灵活，唇、齿、舌、牙、腭的配合发音能力，同时，在舞台上说话用气的要求，远比生活中说话困难、复杂得多，所以气息的运用也必须经过严格的训练。

第二，语音的物理作用。语音具有一切声音所共有的物理属性。即声音是由音色、音高、音量、音长四个要素构成的。

一是音色。音色是声音的个性和特色，由于个体声带质量和共鸣腔体状态的差异，每个人都具有独特的音色。这种差异源于发音器官状态的不同，导致语音中各音色呈现出独特性。无论是婉转悠扬还是深沉浑厚，音色的多样性使每个声音都成为独一无二的表达方式。

二是音高。音高是声音的高低，其决定因素包括声带的长短、薄厚和张力。同一个人可以通过调整声带张力来产生不同音高的声音。在普通话中，四声调值成为衡量字音高低的基准，反映了声音在音高方面的多样性和表达能力。

三是音量。音量代表声音的强弱，取决于发音时肌肉和气流的力度。肌肉用力、气流增强则声音强，反之则弱。在普通话中，轻重读音的表达依赖于音量和音高的变化，有时在相同音色和音高的情况下，通过音量的差异来区分词意，展现出声音的丰富层次。

四是音长。音长是指声音的长短，取决于声带颤动和音波存在的时间。语音的长短反映了发音过程的总时间，而在舞台语言中，通过音长、音量、音高的协调变化，演员能够更加精准地表达不同的语意和情感。这种协调变化使得声音成为一种富有表现力的艺术工具。

以上四个要素，相互联系、相互制约、相互作用，共同影响声音的

"质"的变化。因此，在语音、声音训练中，演员不应单纯追求音量和音高，而应以普通话的声、调为依据，结合个人发音器官条件，科学有序地进行气息、声音、吐字的综合训练，以实现声音的多维度表达。这样的训练才能使演员在表演中展现出更加饱满和丰富的声音表达能力。

（2）儿童戏剧舞台呼吸发声的基本要求。演员的呼吸发声训练是建立在正常呼吸规律的基础上进行的。这一基础要求活动必须符合科学原理，而且活动需要听从演员的意志支配、调节和控制。在训练的目标和方法方面，演员需要通过反复训练来掌握正确的方法，建立良好的呼吸发声习惯，并逐渐达到能够运用自如的程度。此外，音色改进和技能提升也是训练的关键，要求音色纯正优美，扩展音域，增加音量，关键在于掌握用气、调节和控制共鸣腔活动的方法。协调气息、声带和共鸣腔的活动是呼吸发声训练的重要一环。这要求三者的活动必须协调配合，通过刻苦锻炼使声音变得悦耳动听且持久。训练的主要目的在于增加控制力，因为控制力能够使发声更为自由，而实现自如运用需要气的控制和灵活性。

呼与吸是一对矛盾体，需要经过训练来体会正确的发声状态和感觉。此外，演员需要在紧张用力与放松之间找到平衡，不能笼统地要求放松。注意力的合理分配也是关键，演员在训练中需要注意哪部分需要紧张用力，哪部分需要放松，避免过度放松导致无法发声，同时也要防止用力不当导致声音不圆润，声带受损。呼吸发声的方法具体如下。

第一，在学习正确的呼吸技巧时，人们需要关注吸气的关键要素。首先，要注意两肋的扩张，让呼吸更加深入而有效。同时，膈肌的下移和胸腔的扩展也是至关重要的。小腹微微收缩，双肩保持松弛状态，这一系列动作共同构成了良好的吸气姿势。

第二，吸气的深度应当适中，既要确保充分吸入氧气，又不可过分饱满。在呼吸过程中保持平衡，避免吸入过量的空气，对于维持身体的正常气息很是关键。

第三，当进入发声阶段时，保持正确的吸气状态至关重要。这包括保持两肋的扩张、小腹肌肉的紧缩、后腰的挺立以及身体其他部分的协调配合。同时，正确的姿势还包括后颈挺拔、上腭提起、槽牙打开、下颌放松，所有这些因素共同促成了清晰而有力的声音表达。

第四，在声音的表达过程中，需要足够的气息支持。要合理节约用气，根据音的高低和强弱适度地调整。气流过弱可能导致音色不亮，而过强则可能对声带造成冲击，导致声音显得沙哑。不适当的气息使用不仅会使演员感到疲劳，也会让观众感到不适。

第五，在换气的过程中，建议使用鼻子自然轻吸，也可以口鼻同时吸气，但要避免大口喘息。在语言节奏紧张的情况下，允许有声响的喘息，但同样需要注重外部语言技巧的训练。在换气前，迅速放松各呼吸肌肉，确保能够真正吸入新鲜的气息，这是维持良好呼吸习惯的关键一步。

2.音节、音素、声母、单韵母与声调

儿童戏剧舞台语言训练是一个综合性的过程，演员需要以汉语普通话为标准音，深刻理解普通话语音规律。这不仅包括熟练掌握普通话的发音方式，还需要对音节和音素有清晰的认识。在这个过程中，学员必须掌握科学的方法和必要的工具，以提升其独立自学能力。

（1）音节。语音的自然单位。这是我们从听觉上可以直接觉察出来的语音单位。在汉语里一个方块字就是一个音节。

（2）音素。语音的最小单位。它是从音节中分析出来的更细小的成分。拼音字母就是代表音素的符号。在汉语里一个音节包含一至四个音素。音素就其性质分为元音、辅音两大类，它们的发音特点如下：

第一，在元音发音时，声带颤动，产生清晰、响亮的声音，使得语音传递更加明确。相反，在辅音发音中，除了五个浊音（m、n、l、r、ng）外，声带不颤动，导致声音不够响亮，且难以区分高低音调。

第二，在元音发音时，气流在口腔内没有受到阻碍，自由流动。而在辅音发音时，口腔内明显存在气流阻碍，这是因为辅音的发音需要通过口腔内部的形状变化来实现。

第三，在元音发音时，发音器官全部紧张，需要全口用力，以产生清晰的声音。相比之下，在辅音发音中，口腔肌肉的紧张程度相对较低，仅部分发音器官受到紧张影响。

第四，元音具有自成音节的能力，而除了一些特殊的辅音如m、n等外，其他辅音通常不能独立自成音节，需要与元音或其他辅音组合形成完整的音节结构。

第五，元音在音节中的重要性及发音机制进一步阐释语音学的深度。元音是音节中不可或缺的组成部分，对音节的响亮度有着关键影响。元音发音的机制主要涉及声带颤动、口鼻咽腔扩大共鸣等过程，而元音的音色变化受舌位、口腔形状和唇形等因素的影响。相比之下，辅音的发音则由发音部位、发音方法、清音浊音和是否送气等四个条件决定。这五个方面共同构成了语音学中关于声带活动、气流阻碍、发音器官紧张度、音节构成和发音机制的重要知识体系。

研究音节和音素的目的。这包括了解汉字的语音构成，涉及音素数量、发音要求以及它们在音节中的位置。深刻理解这些规律有助于演员在台词表达上更具清晰度和完满度。无论是在快速对白还是在长篇演讲中，都能够轻松地把握语音规律，使表达更为准确。这种研究不仅是对语音学理论的应用，更是对语音艺术的实践指导。

（3）声母。汉语音节由声母、韵母和声调三要素构成，其中声母作为语音的初始部分扮演着关键角色。在普通话语音音素中，有22个辅音，除了ng外，它们都可以作为声母。

第一，声母的作用。声母处在音节首位，其主要职责在于审理字音。错误的声母发音可能导致字音不清、混乱，甚至影响整个词意的表达。方言之间的差异往往源于声母的不同，进而产生语言表达的多样性。在舞台表演中，演员需特别注意语音的纯正性，特别重视声母的发音，以确保整体字音的准确性。

第二，声母发音的过程可分为三个阶段，首先是成阻阶段，此时需形成发音部位的阻碍，有效地阻止气流。在这一阶段，准确的成阻部位尤为关键。其次是持阻阶段，需要持续阻碍并确保控制力有力，强调对持阻的有效控制。最后是除阻阶段，要求迅速解除阻碍，确保干脆、方法正确，强调除阻的决断和正确方法。掌握好这三个阶段，演员的字头能够谈吐有力，字音表现得真切，而远距离的发音也能得当。

第三，唇音、舌尖音、舌根音的发音要领。一是，双唇阻：①b双唇紧闭，阻塞气流，然后双唇突然放开爆发成声。除阻时不送气。②p成阻与b相同。除阻送气。③m双唇紧闭，软腭下垂，声带颤动，气流从鼻腔透出。二是，唇齿阻：f上门齿与下唇接触，气流从缝间挤出，摩擦成声。三是，舌尖阻：①d 舌尖抵上牙床成阻，然后舌尖用力弹开。除阻不送气。②t 成阻与 d 相同。除阻送气。③n 舌尖抵上牙床成阻，软腭下垂，声带颤动气流从鼻腔透出。④l 舌头抵上牙床，声带颤动，舌头中间的通路阻塞，气流从舌的两侧流出。四是，舌根阻：①g 舌根抵住软腭，然后突然放开。除阻不送气。②k 成阻同 g，除阻送气。③h 舌根接近软腭，气流从舌根与软腭的中间擦出。

（4）单韵母。音节中声母后边的部分叫作韵母，汉语拼音共有 24 个韵母，按其构成和发音特点分为：单韵母、复韵母、鼻韵母和特殊韵母。韵母中除鼻韵母带有鼻辅音 n、ng 之外，其余都是由元音构成的。单韵母共有 6个。发音时声带颤动，发出一个单纯的响亮声音。每个单韵母发音时，自始至终保持舌位口形不变。

a 舌自然放平，舌位低，口大开，上腭提起。

o 舌而后都向软腭降起，舌位半高，圆唇。发音时口腔成圆柱状，满口用力才能保持圆唇。

e 舌位半高（大致与 o 同），口半开。

i 舌尖下垂抵下门齿背，舌面前部向硬腭隆起，舌位最高，嘴角展开。

u 舌面后部向软腭隆起，舌位最高，圆唇。

（5）声调。由于每个音节声音的高低、升降、曲直不同发生的差别，这种不同的调子，就叫作声调。声调的作用就在于纯正字音，区别词意。有时一个音节的声母、韵母相同，由于声调不同，表达出的意思则不同。此外，声调还有调节气息的作用。根据声调的高扬转降不同的音势而掌握用气方法，可使气息灵活自如，强弱适度。

3. 复韵母、四呼、音素过渡、头母与隔音符号

（1）复韵母的构成及发音特点。复韵母共有 13 个。它们是由两个或三个元音音素复合而成的。复韵母的发音特点是由前一个元音的口形舌位逐渐向后一个元音的口形舌位移动。经过这一活动过程，发出一个新的声音。但在各音素之间过渡的时候，既要音素转换清楚，舌位移动灵活而准确，又要连贯成为一个整体，不能读成两截。复韵母中有一个元音口腔开度最大、声音最响亮的，它是主要元音，发音过程中它占音时最长。例如：

"ao"发音时舌位从最低逐渐升高，口形由大开而变成圆唇，发出"熬"

音。在这个复韵母中，a最响亮，就是主要元音。

"ai"读为"唉"不能读成"啊—"。

"wai"读为"歪"不能读成"乌啊—"。

关于复韵母（包括以后讲的鼻韵母在内）口形舌位移动变化的要求，是依据语音学的分析，又结合舞台吐字发声的专业特点而提出的。

（2）"四呼"。四呼是音韵学上的名称。根据韵母中第一个元音的口形特点，把韵母分成四类，谓之开、齐、合、撮四呼。它是每个音节出字时的口形依据。如果定形不准，出字的声音就不准，所以又称四呼为"口法"。因为它的分类既形象又简单，便于记忆，所以在演员的吐字发声训练中可以运用这一方法。

开口呼——韵母中以a、o、e为第一个音素的称为开口呼。

齐齿呼——韵母中以i为第一个音素的称为齐齿呼。

合口呼——韵母中以u为第一个音素的称为合口呼。

撮口呼——韵母中以ü为第一个音素的称为撮口呼。

（3）"音素过渡"。每个音节中从字头到字腹再到字尾，三个阶段之间音素相互交替转换的关系就叫音素过渡。学到复韵母就要注意掌握音素过渡的要求。要根据音节中所包含的各部分的地位、作用和主从关系，分配好吐字过程的尺度比例。

掌握好音素过渡的比例，并不是要把一个字刻板地读死了，而是为了使读词无论是快或慢，都可以依此尺度而做相应的缩小或放大，以保证字音的纯正和舒展匀称。

（4）头母与隔音符号。韵母自成音节时，有时会与其他音节混淆，因此凡是i、u、ü或以i、u、ü领头的复韵母自成音节时，使用y、w作为头母。a、o、e或以a、o、e领头的复韵母，如与前面音节界限发生混淆时使用隔音符号"，"。例如：

阿姨要写为a yi，以免与爱（ai）字混淆。

欺侮要写为qi wu，以免与秋（qiu）字混淆。

屈原要写为qu yuan，以免与泉（quan）字混淆。

头母与隔音符号，看起来是书写时所用的符号，但它却提醒我们在舞台上如果遇到上述情况时，演员务必要特别留意把它说清楚。

205

4.鼻韵母音节结构与吐字归音

（1）鼻韵母的构成及特点。元音后面加上鼻辅音 n 或 ng 构成的韵母就叫鼻韵母。发音时的特点是在韵尾归音时，气流从鼻腔透出。

第一，尾音归门的，叫抵腭韵。归音时舌尖抵硬腭前端，将声音归入鼻腔。由于 n 的部位在前，称为前鼻音。

第二，尾音归 ng 的，叫穿鼻韵。归音时舌尖下垂，舌根隆起接触软腭，将声音归入鼻腔。由于 ng 的部位在后，称之为后鼻音。

第三，鼻韵母也按口形状态分为开、齐、合、撮"四呼"。

（2）鼻韵母发音时应注意的事项。ng、n 两组尾音的区别，主要在归音时舌尖部位的前后。门音时只要归到音位字就结束，不要拖长鼻音，也不要过早地归入鼻腔，使主要元音发出浓重的鼻音（如在人物语言的造型中有特殊需要，或在歌唱时为表现某种声音色彩时，则另当别论）。有介音的鼻韵母如 ian 一定要注意 a 是主要元音。不可因前面有齐齿呼的 i，后面有前鼻音的 n，就要把上元音读得过分窄而短，以致使音变意改。

（3）吐字归音。吐字归音技巧是一种舞台语言设计的手段，其目的在于确保语言表达清晰、有力，音质充实，并符合普通话语音规律和舞台表演的需要。该方法通过清晰、有条有理地表达吐字，结合传统戏曲念白的经验，成为话剧表演中不可或缺的基本功训练和外部表现的重要环节。

第一，吐字归音与语音的关系。吐字是表演中音节发音的关键起始阶段，其清晰、准确、能达到远距离的程度，直接影响着演员的表演质量。在吐字阶段，演员需要注意辅音和元音两种音素的发音特点，而这两者的发音特点往往是相互矛盾的。为了确保吐字的清晰度，声母阻气无力时应当在声母的阻碍下形成韵母的口形，这样可以避免发音的不清晰现象。

在吐字的过程中，有一个关键的注意点是不要先发声母音名再发韵母声音，以免导致音色不纯、字音不正的问题。吐字后的下一个阶段是归韵阶段，此时演员主要依靠字腹元音来扩大共鸣，从而使字音显得明亮且圆润。在归韵时，口腔肌肉的控制力要足够强大，以确保字腹主要元音的音位准确，音色纯正，声音悦耳动听。

归韵阶段的进行也需要注意从字腹渐转至字尾，即收声阶段。在这个阶段，演员需要收准音位，避免改音变意的情况发生。这是为了保持整个表演过程的连贯性和完整性。吐字归音是一个统一而完整的活动过程，不应生硬地被分为三段。音素过渡需要保持连贯，同时需要与声调、音势的搭配相得益彰，使表演更加自然而富有表现力。

第二，吐字归音与语意的关系。吐字归音的技巧是话剧演员语言表现力的先决条件。如果演员的台词说得字音不清，语意不明，观众听不清也听不懂，就更谈不上吸引观众、拨动观众的心弦了。所以，演员学习吐字归音技巧的目的是能够准确地表情达意，更好地为艺术创作服务。因此，当我们经过一些简单的基本训练，使演员掌握了吐字归音的方法以后，还要结合人物语言的思想含义、感情变化以及不同的语言环境而具体研究如何说好每句台词。

第三，吐字归音与气息的关系。吐字归音技巧的训练必须有机地与呼吸发声等练习结合，确保综合发音技能的全面提升。吐字的过程涉及各发音器官全面协同活动，不仅限于唇、齿、舌、牙、腭的运动。在训练中，特别需要注意声音的明亮集中，口齿的清晰伶俐，以及正确的用气方法。字头出字阶段要强调阻气有力，字腹归韵时要集中有控制，字尾收声时则需要根据尾音音势调整气流，结束后再放松气。这一过程需要精准地掌握，以确保各个发音阶段的准确性和流畅性。在吐字的过程中，根据声调、词意和人物感情的变化，需要灵活调节吐字时气流的强弱。这种细致的调整是语言表达的重要组成部分，能够赋予演讲或表演更丰富的表达力。同时，出字时要求有力，但并非要用大力气，而是根据音节在语句中的地位和作用，以适度的力量表达，保持语音的平衡和协调。吐字的艺术美感不仅在于技巧的运用，还强调使用"巧劲"以达到"大珠小珠落玉盘"的境界。这种独特的艺术表达方式追求在技术层面的精湛和在艺术层面的优雅，使得吐字不仅是语言的传达工具，更是一种表演艺术，是传递情感和思想的媒介。通过精心的训练和练习，演说者或表演者能够在吐字的过程中展现出独特的个性和魅力。

(二) 肢体韵律教学

近年来，戏剧教育是美育教育中非常重要的组成部分。而儿童戏剧教育是戏剧教育中不可或缺的一部分。其中，儿童戏剧教育中的肢体韵律教学具有非常关键的作用。这不仅能培养和训练孩子的身体韵律感，还能拓展孩

子的思维，从而达到协调孩子们肢体的作用，并使孩子们从中感受到真正的快乐。

当前，我国有关儿童戏剧教育的实践已经较为多见，但儿童戏剧教育不同于成人戏剧教育，它不以专业的训练为手段，也不以专业表演为目的，只是从最简单的解放天性、解放肢体来开发孩子们的想象力，它的真正内涵体现在它的"双主体性""过程性""对话性"三个特点上，是在戏剧情景中实现师幼对话、幼幼对话、幼儿与材料之间对话的教育。其中，在肢体韵律教学中，大多以创意教学和教学游戏等方式开展。

在创意教学过程中，新的肢体教学需要特定的技巧、策略及方针才能确保课程的顺利进行。通过每一个游戏活动，使孩子们在玩游戏中感受到快乐，同时也获得有价值的知识。在戏剧的跨学科思考模式中探索意想不到的肢体动作，使动作语汇有更多的可能性，而教师则是作为一个引导及启发个人独创性的角色，借助生活情景的同时也从孩子的表现中学习和发掘，创造出只属于孩子们的语言及孩子们的教材和作品。

1. 儿童韵律活动中的兴趣培养

韵律活动涵盖了音乐伴奏下的身体艺术表达，旨在通过创造富有趣味的情境和巧妙设计的活动，引发儿童对韵律的浓厚兴趣。这一过程旨在从模仿逐渐引导孩子实现自主表现，以激发他们的动、思、编能力。通过培养这种对韵律的积极体验，儿童将能够在音乐伴奏下更自如地表达自己，从而发展出独立而富有创造性的艺术技能。

（1）为了激发孩子对学习的兴趣，创设良好的教育情境至关重要。这一切始于优化教育场景，将孩子融入一个充满活力和创造力的环境。以《公园里》的韵律活动为例，通过巧妙地营造立体的场景，孩子仿佛置身于自然之中，与树木、花朵亲密接触。这种身临其境的感觉有助于孩子更好地感知音乐，从而激发兴趣。教育情境中的体验不仅令孩子感到身心愉悦，更使他们能够自主、投入地参与活动，从而形成积极的情感体验。通过这种创设的情境，教育者能够引导孩子主动融入学习中，使学习过程变得更为有趣和吸引人。

（2）为了巩固孩子的学习热情，积极的鼓励是至关重要的一环。一旦孩子感受到学习的乐趣和刺激，他们会充满活力和快乐。然而，儿童的情绪波动较大，面临挫折和困难时容易失去兴趣。因此，教育者需要在此时发挥积极的引导作用。在韵律活动中，采用循序渐进的方法，教师不仅要鼓励孩子大胆表现，还要提出更高的要求，帮助孩子逐步提升技能水平。通过积极的鼓励，孩子能够在游戏中逐渐获得成功的体验，从而更深地巩固他们对学习的兴趣。这种正向的循环能够激发孩子更积极地参与学习，实现教育目标的可持续发展。

（3）趣味性的设计是幼儿大胆表现的重要途径。在倡导和激励儿童积极参与各类艺术活动、勇于展现自我、表达情感的同时，我们也需助力孩子提升技能与素养。在此过程中，技能与表现、创造相辅相成，不可或缺。我们可以借助故事主线，将其融入音乐教学。如《小戏迷》这首具有京剧韵味的曲目，其主题描述了一群小朋友听闻京剧演唱后，跃跃欲试，想要一展身手的场景。教师可将此活动划分为三个课时，针对不同年龄层的孩子，将难度较高部分转变为个别孩子表演，其他孩子欣赏，同时融入新颖元素。在部分环节中，通过创造出生动有趣的情境设定，加上欢快的锣鼓节奏，教师成功地提升了音乐教学的趣味性。在这个生动的舞台上，京剧练嗓、喝彩和练功动作等元素成为丰富教学的一部分，不仅让孩子们感受到音乐的魅力，还培养了他们的节奏感。创新活动的引入为音乐教学注入了新的活力。孩子们在这个过程中不仅仅学到了音乐知识，更是被激发出对京剧的浓厚兴趣。这种创新激励着孩子们积极参与和表演，使得音乐教学成为一场生动的演出，而不仅仅是传统的课堂学习。故事线索成为引导孩子们深入了解京剧的桥梁。通过活泼可爱的舞姿，孩子们不仅学到了京剧的表演技巧，更是在愉快的氛围中成为小小的京剧迷。这样的教学方式不仅丰富了知识的传递方式，还为孩子们提供了更为直观和深刻的学习体验。

音乐作为一种诉诸情感的表演艺术，韵律活动的设计至关重要。这需要教师基于教材内容和音乐情绪进行精心的策划，以体现多样性。对小孩子来说，活动的设计必须与年龄相符，趣味性强，鼓励孩子大胆、创造性地进行表演，使其在音乐的世界中感受到韵律之美。韵律活动不仅满足了儿童对音乐的参与和探究需求，还培养了他们的身体运动能力、协调性，以及音乐感受力、表现力和创造力。通过良好情境的创设和趣味性活动设计，教师成功地促使孩子们形成浓厚的兴趣，由模仿逐渐发展为自主表现，鼓励大胆表

演。在这个充满创意和乐趣的音乐教学中，孩子们不仅仅是学生，更是艺术的创作者和表演者。

2.在韵律活动中充分表现自我

肢体韵律活动有助于发展孩子身体对运动的表达能力。通过参与肢体韵律活动，孩子们能够更好地理解并展现身体的各种动作，从而提高他们的运动表达能力。肢体韵律活动培养了借助身体动作表达对音乐的感受能力。孩子们通过与音乐相结合的动作，不仅能够感受到音乐的律动，还能够通过自己的身体语言表达对音乐的感悟。此外，肢体韵律活动还有助于提高孩子的身体协调能力，通过协调各个部位的运动，促使身体更加灵活和协调。

（1）音乐韵律活动以其节奏明快的韵律成为激发孩子表演欲望的有效手段。在这些活动中，节奏被视为音乐韵律的核心，赋予音乐以生命力。这种艺术形式通过音乐节奏引导孩子完成特定动作或一组动作，使其能够在鲜明的音乐形象中理解并表现出特定的情境，例如在《大象在行走》中，孩子们能够通过活动感受大象的笨重感。与传统舞蹈不同，音乐韵律活动的动作设计专注于捕捉表现对象的主要特征，如动物的特定动作。这些动作考虑到孩子的年龄特点，易于掌握，从而为他们提供了一种自由而有趣的表达方式。在活动中，孩子们可以根据音乐节奏表达对各种事物的理解，满足了他们对自我表现的需求。由于活动的宽泛性和相对自由，不同年龄的孩子可以根据自己的理解进行表演，无须担心美感或技巧，从而避免了自卑情绪的产生。这种无确定性任务的感知为孩子提供了自我发展和自我表现的良好途径。

（2）在儿童时期，韵律活动对于促进孩子的肢体动作协调性和情绪发展起着至关重要的作用。这个阶段是肢体动作发展的关键时期，通过参与富有节奏感的音乐活动，孩子通过模仿学习各种动作、基础舞蹈步伐等，从而促使大脑神经的全面发展。音乐活动锻炼成为一项重要的活动，帮助孩子协调完成从简单到相对复杂的动作，包括弹钢琴、射击模拟、吹喇叭、击鼓以及拍手等。通过这些多样的音乐韵律活动，孩子的肢体表现得以培养，使他们能够更好地掌控自身动作，达到更为协调和灵活的模仿水平。这种规律而有节奏的肢体动作不仅仅加强了孩子的节奏感，更让他们能够欣然参与表演，体验音乐韵律活动带来的愉悦之情。通过在这个关键时期培养孩子对音乐和韵律的感知，不仅有助于他们身体素质的提升，还能够促使其情感的表达和发展。

（3）任何一种肢体韵律活动都为孩子提供了创造的机会。孩子的想象力和创新思维往往在积极参与韵律活动的过程中得以孕育和发展。肢体韵律活动与其他音乐形式的区别在于，它能够激发孩子创新和创造新事物，满足他们热衷于自我表现的需求，使他们体会到成功带来的喜悦。例如，可以策划一场《小猴子和树》的肢体韵律活动，根据乐曲的旋律和节奏，设定开头和结尾的动作，而中间部分则不规定具体动作。让孩子们将自己视为小猴子，根据自己在树上、树下或攀爬过程中的想象，自行设计动作。尽管不要求动作及节奏力度的统一，但必须与音乐的节拍和力度相契合。孩子们表现出的动作将极具创造性，有的孩子可能会模仿小猴子抓痒，有的可能会学猴子在树上摘苹果，有的可能会模仿小猴子在树下休息等。在学习动作和表演动作的过程中，孩子们的思维活跃，情绪饱满，他们会主动思考猴子喜欢做的事情，并在其中感受到快乐。由此可见，每一种肢体音乐韵律活动都能为孩子们提供创新思维和自我表现的机会，极大地促进他们想象力与创造力的提升。

（4）肢体韵律活动通过激发想象空间，为孩子们提供了一个丰富多彩的表达平台。音乐韵律、节奏和基本动作构成了肢体韵律活动的核心，而这一切都需要孩子们具备充实的想象空间。艺术是生活的反映，戏剧作为艺术的一种形式，同样需要从生活中汲取素材。因此，肢体韵律活动成为一个不可或缺的环节，为孩子们提供了更广泛的生活体验。以《过新年包饺子》为例，通过这一活动，孩子们可以被引导去模仿生活中的各种动作，感受音乐和生活之美。这种亲身参与的方式，使得他们能够更深刻地理解戏剧的内涵，同时培养了对生活的敏感度。在这个过程中，鼓励孩子通过自己的想象力创造不同的动作，展现独特的个性。这不仅是对生活的模仿，更是在表演中展示自己的独特视角，从而使得活动更具有个性化和创造性。

通过这样的肢体韵律活动，儿童得以满足表现自我、展现个性的需求。不同于传统的学科学习，戏剧肢体韵律活动更注重培养孩子的艺术兴趣和技能。通过不同的角色扮演和动作设计，孩子们逐渐提高了对艺术的认知和感知。这一过程中，他们不仅仅是在模仿生活，更是在创造自己的生活。因此，肢体韵律活动成为一个培养儿童自信心和创造力的有效途径。儿童在肢体韵律活动中，不仅是在学习技能，更是在建立自己的艺术世界。通过活动

的过程，他们逐渐懂得了如何用肢体语言表达自己的情感和思想。这种表达形式不仅丰富了他们的个性，也促进了他们与他人的沟通和交流。在肢体韵律活动中，儿童可以找到一个展示自己、与他人分享的平台，从而建立起对自己和他人的尊重。

3. 儿童肢体韵律活动的具体组织

（1）精心选择。成功组织孩子参加肢体韵律活动的关键在于教师需在课前进行仔细准备。首要考虑的是音乐的选择，尽管传统观点认为应选取孩子熟悉的音乐，但实践证明这并不科学。随着成长，孩子对熟悉音乐的兴趣逐渐减弱，而新奇和挑战性强的音乐更具吸引力。因此，在教学中，教师可以引入不同风格的本国或外国音乐，包括具有民族特色和异国风情的音乐，以激发孩子的兴趣和创造力。

创编动作同样至关重要，教师可以从生活中寻找灵感，模仿专业舞蹈动作，或者设计适合孩子的原创动作。对不同年龄的孩子，动作的难度需要进行巧妙调整。对较小的孩子而言，选择简单的生活动作，使他们能够轻松参与；而对年龄较大的孩子，需要增加动作的难度，包括动作本身与音乐合拍的难度。此外，对稍大一点的孩子，教师可以逐步开始规范动作，要求他们学习和模仿正规的舞蹈姿态，培养良好的舞蹈基础。

在整个教学过程中，教师的作用是引导和激发孩子的兴趣，通过巧妙的组织和引导，培养孩子对肢体韵律活动的积极参与和浓厚兴趣。通过合理选择音乐、巧妙创编动作、灵活调整难度，教师能为孩子提供一个富有挑战性和有趣的学习环境，促使他们在肢体韵律活动中取得成功并享受过程。

（2）调节情绪。肢体韵律活动通常是一项以集体教学为主的教育活动。在这个集体学习的过程中，学生们往往容易经历情绪的波动，包括但不限于烦躁、懒散和茫然。这些负面情绪可能在群体中蔓延，给整个活动带来不利影响。因此，教师在组织这类活动时，需要特别留意学生们的情绪状态，以防不良情绪的传播。在面对少数学生出现负面情绪的情况下，教师的角色尤为关键。教师应当避免不良情绪蔓延，积极采取措施进行调节。在处理这些情绪问题时，教师应当以悄悄的方式进行，确保不干扰整个集体的学习氛围，同时确保孩子们能够保持积极向上的情绪。活动后的反思是教师组织活动不可或缺的一环。在反思的基础上，教师可以调整活动的方式，以更好地满足学生的学习需求。以肢体韵律活动"包饺子"为例，教师可以巧妙地引导学生将自己的身体比作面团，通过这种创意的方式激发孩子们的兴趣，使擀面的动作变得有趣。在活动的不同环节中，例如"煮饺子"，教师可以通过巧妙地调节火焰的大小，引导学生们模仿水在锅中的翻滚动作。这样的精心设计能够让孩子们保持情绪的高涨，每个孩子都能在愉快的氛围中认真跟随音乐的节拍进行动作，有效避免出现不良情绪的发生。

（3）空间处理。在组织肢体韵律活动时，教师和孩子的站位至关重要。教师的站位应该得到特别的重视，因为它直接影响到活动的进行。规范的教师站位可以选择同向或相向站立，以进行正确示范和镜面示范，确保孩子们能清晰地观察和模仿。同时，孩子的站位通常有两种选择：面向圆心或面向圆上。教师在活动中需要根据动作类型选择适当的站位，确保每个孩子都能在最合适的位置参与活动，达到最佳效果。此外，教师还需要适时地进出活动区域，以观察和引导孩子的移动。在注意动作稳定性的同时，还需关注同伴间的相互避让，从而确保整个活动过程既有序又安全。

（4）语言使用。教师在肢体韵律活动中的语言使用包括口头语言和体态语言。这两者的合理运用对于活动的进行起着至关重要的作用。首先，教师可以利用体态语言进行"注解"，帮助孩子更容易理解组织。通过生动的体态语言，教师可以生动地呈现动作的要领，让孩子们更加直观地理解活动的内容。而口头讲解则需要注意语言的精练、通俗和幽默。简练的语言有助于让孩子更加迅速地领会要点，通俗易懂的表达方式则有助于降低孩子们的理解难度。此外，在轻松愉快的氛围中进行口头讲解，可以更好地吸引孩子的注意力，使他们更积极地参与和理解肢体韵律活动。通过合理的语言运用，教师能在活动中取得更好的教育效果。

4. 肢体韵律教学课程的实施途径

儿童戏剧肢体韵律教学活动课程以主题的形式，通过集体教学、区域活动、一日生活以及家庭参与等多种途径，为儿童提供了全方位的戏剧肢体韵律教学体验。在这个过程中，孩子们通过音乐、语言文学、美工等形式积极感知周围世界，培养了自主表达思想和情感的能力。

（1）集体活动。集体活动采用多元化的教学方案，旨在促进孩子们在戏剧肢体韵律活动中实现多样化的发展。戏剧活动包括了解故事、创编台词、

演绎动作；韵律活动涉及选择音乐、学唱歌曲、演绎韵律；创作活动则包括制作道具、设计排版等。这些活动不仅提升了孩子们的艺术水平，同时促进了语言、音乐、动手能力等多方面的全面发展。

（2）区域活动。区域活动，对孩子来说是非常重要的一种活动形式，它是指给孩子们独立的空间，让孩子们亲自动手做一些自己喜欢的东西，使自己得到快乐和满足，它也是开展儿童戏剧肢体韵律教学活动的途径之一。

第一，玩具区：可以引导孩子们用积木和雪花片建造童话里的城堡，用橡皮泥捏出各种动植物和物品。如苹果、小树、小白兔、沙发、房子、汉堡等，引导孩子们合作做出童话故事里的物品，并加上自己的表演。

第二，图书角：教师可以在图书角引导孩子们阅读，让他们讲一讲自己在书中所了解到的有趣的情节。

第三，创作小天地：可以准备各种各样的材料，孩子在这里涂涂画画、做做手工，画一幅自己喜欢的画，串一个漂亮手链相互分享，做一个钥匙扣送给自己的好朋友，折一个纸飞机，剪一幅窗花……通过这些可以提高孩子们的动手能力，增强自身创造能力，孩子们做事更加有耐心了，学会分享，收获快乐。

第四，表演区：为孩子们提供一个小舞台，让他们可以自由选择角色，通过音乐韵律表演和对话练习，逐步演绎整个剧本。每次上台表演都为每个小演员提供担任不同角色的机会，鼓励他们尽情享受表演带来的快乐和满足。在这个小舞台上，每个孩子都有机会成为主角，得到观众的热烈掌声，这不仅增强了他们的自信心，也培养了团队协作和表达能力。

5. 儿童戏剧肢体韵律教学指导

（1）提供丰富的动作范例。孩子在动作创编中常常表现出动作的重复或相似，主要原因在于他们的模仿学习不够充分，动作素材相对匮乏。为了解决这一问题，教师应当成为高级榜样，通过巧妙的示范引导，促使孩子通过模仿学习，逐步积累丰富的动作素材，从而激发创意的迸发。在音乐活动中，逐步设置一系列与动作相关的学习步骤是一个有效的方法。以"行走"为例，从基本的行走动作开始，逐渐引导孩子体验快走、慢走等不同的速度，同时扩展到更为概念性的动作，如不同的行走方向、路径、地形和角色等。这种渐进的学习过程有助于让孩子在动作创编中积累更为丰富的经验。为了增加动作的多样性，教育者还可以引入动作的精力概念，例如挑着水走、轻快地走等，从而使得动作更具有创造性和表现力。这样的设计不仅使孩子在动作表达上变得更加灵活，同时也丰富了他们的动作语言。为了更好地应用所学的动作，教育者可以将"行走"动作融入主题故事中，促使孩子从个人的动作表达逐渐过渡到合作动作的积累。通过主题故事的引导，孩子们能够更好地理解动作与情境的关系，从而更加自如地运用所学的"行走"方式。

（2）提高创造性身体动作的引导技巧。戏剧活动中，教师的指导语必须能引起学习者的好奇心，要与其自身经验相关，有延伸性，鼓励参与者做进一步的探讨和发展，所设置的问题应是开放性的，并不是一个仅有确切答案的问题。在儿童音乐活动中引导孩子进行动作创编时，这些也是指导的关键要点。

第一，静止造型动作的引导。在儿童音乐活动中创编静止的造型动作时，教师可根据孩子的反馈分两种情况来引导。

一是，在教师引导孩子创编造型动作的过程中，关键的一点是根据造型的类别来有针对性地进行引导。在韵律活动中，例如，创编饺子的造型，教师可以从人物、符号、物品、自然现象、动物、植物等多个类型出发，精心引导孩子提炼动作。此时，教师需充分考虑孩子已有的经验和动作，巧妙地结合进引导过程中，使得创编的动作更富有个性和创意。通过这样的引导，教师不仅促进了孩子的表达能力，还能够锻炼其观察和思维能力。

二是，当教师发现部分儿童在表现相同事物时造型动作呈现较高的重复性时，采取不同的引导策略变得尤为重要。教师可以通过增加空间概念、精力概念动作以及合作动作来引导创编。以表现天鹅的造型为例，教师可以引导学生在不同空间展现不同天鹅造型的动作，增加空间的变化。同时，通过运用精力概念，教师鼓励孩子表现不同天鹅的精神状态，使得动作更为生动。教师可以运用合作动作，组织学生分组合作，展现多种天鹅造型，创造出多样性和美丽的画面。在引导语中，教师需巧妙激发孩子的学习兴趣，并与孩子的经验相契合，并且要时刻关注孩子的反馈，明确强调没有标准答案，鼓励他们发挥创造力。这样的引导方式旨在培养孩子的团队协作和创造性思维。

第二，动态动作的引导。在儿童音乐活动中，教师通过巧妙的动态动作

215

引导，激发孩子们的创造性。这种引导包括一系列生动有趣的动作，如擦玻璃、小鱼游、风车转等。以《水草舞》为例，教师的任务是引导孩子们通过动作来表现水草在水波中摇曳的形象。为此，孩子们首先需要了解水草的特点，即根扎在土里不动，茎叶随着水波摇曳。在动作引导的过程中，教师注重三个方面的表现：部位运动、方向运动和方式运动。孩子们被引导着运用头、手、腰、腿以及另一只脚进行动作。在方向运动中，他们学会模仿水草的前后摇摆、上下摇摆，甚至是从里向外摇摆。而方式运动方面，他们掌握上下摇摆可以呈现直线、曲线、螺旋式摇摆等多种形式。在引导的方法上，教师需要将这些动作进行梳理总结，以便引导孩子们随着音乐体验。在这个过程中，教师巧妙地结合情境和图片，协助孩子们进行思考与想象。这种引导不仅仅是简单的教导，更是一个启发孩子创造性思维的过程。

初阶创造性戏剧教育活动被主张为一种"做中学"的方式。通过在实践中学习，教师引导孩子们探索、发展、表现，并在这个过程中彼此沟通想法和感受。这种教育活动在运用适宜的戏剧活动和教育策略的同时，在开放、有趣的情境中，促进儿童的乐感和音乐表现力的发展。整个活动的目标是提高儿童的想象力和创造力，全面发展他们的身心，使孩子们能够在快乐中学到更多。

216

七、儿童戏剧教育的综合课程体系建构

第一，课程体系建构。构建独特的课程体系是突显儿童戏剧教育人才培养特色的关键环节。当前，大部分高校的学前教育课程设置通常采用通识教育、专业教育和综合教育的层级树状结构，全面性强，重视儿童相关专业课程的设立。尽管各课程之间存在一定联系，但过度侧重基础理论训练，缺乏以儿童为中心的实践训练课程。具体而言，现有的儿童戏剧教育课程体系以四大主干课程为核心，包括儿童戏剧语言教育、创造性戏剧、儿童戏剧肢体韵律和儿童剧编创与导演，课程设置逐步展开。其中，四大主干课程均设有内、外两层前摄课程，内层前摄课程（如儿童文学、儿童戏剧表演、儿童歌舞伴奏等）确保核心知识和技能的传授，外层前摄课程（如儿童心理学、儿童教育学）为内层前摄课程和主干课程提供理论及方法学基础。然而，此课程体系设置课程繁多，未能突出重点。基于儿童戏剧教育的人才培养，应

以表演课程为核心，儿童理论课程为支撑，加大儿童表演实践性训练的比重。课程设置应围绕表演艺术基础，如声乐、台词、形体、表演等方面展开（如儿童舞蹈、儿童歌舞、儿童表演），并加入表演技巧课程（如儿童剧形象塑造）。同时，课程内实践教学与编创（如儿童剧导演、儿童剧编剧）也应纳入课程体系。此外，幼儿园、小学的见习、实习以及各类实践活动亦应作为课程设置的有机组成部分。

第二，目标保障建构。教师与学生既是教育教学活动的主体，也是教育教学的最重要资源。在儿童剧教育教学中，表演专业的学生与儿童剧表演模式乃至人才培养模式有着很高的专业吻合度，从而为这种教学模式的实施提供了丰富的生命载体和教育资源。从表演专业的学生特点来说，其认知特征的形象性、情绪特征的兴奋性和行为、语言特征的敢为性恰恰是儿童剧活动最需要的人格品质，也是他们能够始终保持学习兴趣和学习积极性、主动性的内在保障。这种学习兴趣与积极性反过来促进表演专业的学生们更投入地关注儿童，关注儿童剧的表演，更深入地思考表演与儿童剧教育之间的关系，更有创造性地进行儿童剧学习与实践。

第三，项目化实施建构。儿童戏剧教育人才培养在核心课程实施和目标评价上采取项目化的做法，在核心课程实施过程中围绕课程设置前摄课程，以项目组立项进行教学目标的项目化管理与评价。在课程设置前，明确课程的建设目标、思路方法、创新之处与预期成果，明确课程的实施步骤，打造"金课"，拒绝"水课"。同时，也可以在课程实施过程中，围绕课程的教学目标，调动个体成员的积极性与主动性，或自行，或成组进行项目化的考核方法，教师主要帮助学生选题、定题和设计方案，注意项目进展动态，并给予针对性的指导，最终在项目结束时进行目标评价。

八、儿童戏剧教育课程体系与人才培养

儿童有不同的年龄层次，通常划分为幼儿、儿童、少年，也可按学龄划分为幼儿、小学生、中学生。对中学生而言，他们的语言系统已经相对成熟，已积累一定的社会经验与生活经验，故而儿童剧对中学生的教育效果并不显著。对小学生来说，其发展主要依赖课程实现，而课程是以学科形式呈现的，重在艺术素养的培养和情感发展上的作用凸显。而对于幼儿阶段，提供给他

217

们的儿童剧应更多的是培养幼儿的兴趣，给予其"德"与"美"的培养。

戏剧作为一种综合性强的艺术形式，在儿童教育领域扮演着关键的角色，被认为是儿童美育的不可或缺的手段。为了将美育理念应用于实际，表演专业开始开设儿童戏剧综合课程，这一尝试旨在通过戏剧的独特形式深化教育体验。这些儿童戏剧课程不仅仅丰富了校园美育内容，同时也拓展了美育教育的途径，为儿童提供了全新的学习体验。对那些主要凭借直观感知进行思维的孩子而言，儿童剧通过生动的表演激发了他们的感情，启迪了他们的思想，让他们在欣赏中享受审美的乐趣。相比其他文学样式，儿童剧被认为是一种独特的教育工具，最能够将教育融入娱乐之中，使学习成为一种愉悦的体验。儿童戏剧的教学价值在于其对形象、语言、布景、道具、音乐等方面的综合培养，从而激发儿童的审美情趣，培养了他们对美的向往。此外，儿童剧广泛反映社会生活，为儿童提供了与外部世界联系的经验和信息，传递正能量，促进知识积累和思想境界的提高。戏剧的声乐、台词、形体、表演操作训练不仅有助于培养儿童的强健体魄，还为他们提供了更广阔的发展空间。儿童戏剧的娱乐功能对促进儿童的身心健康也起到了积极的作用。通过参与戏剧表演，儿童在欢笑和激动中释放压力，培养了积极向上的情绪，为他们的全面发展奠定了基础。

儿童戏剧教育课程需要培养出具备良好的综合艺术素养（包含编剧、导演、表演），以及儿童语言、舞蹈、音乐、舞台布置等多项专业技能的教育人才，只有具备了这些技能，才能在儿童剧教学中有效地引导儿童解放天性，同时用自己的方式大胆地表现自己的感受与体验，不仅如此，作为综合性的艺术活动，对于教育人才的组织、协调和对财物的使用、管理能力也有较高的要求，这无疑对表演专业学生的组织管理能力的培养有很大的锻炼价值。

需要注意的是，儿童戏剧教育作为艺术教育的分支，与音乐教育、舞蹈教育、美术教育并驾齐驱挑起我国艺术类素质教育的重任，但儿童戏剧教育教学的终极目标不是让儿童如何完美地演绎戏剧，而是通过在教学活动中引入戏剧人物、戏剧情节和戏剧元素，使儿童走近戏剧，接触戏剧，从而初步了解这种高雅的艺术形式，并获得属于或高于他们年龄层次可接受的艺术审美，进而得到全面发展，最终落实于"美育"中。

当前，儿童戏剧教育人才的培养目标应定位于应用型人才，而且这种应用型人才主要是直面幼儿园与小学的专任教师。其培养目标着眼于培养具有高度社会责任感和良好的思想政治素质，具备和掌握表演艺术的基本理论和技能，有较强的实践能力和创新精神，能在各幼儿园及小学教学的德智体美全面发展的应用型专门人才，儿童剧教育人才须具有较强的综合能力和完善的人格。具体而言，要具有多学科优势统整，凭借戏剧活动所具有的身体与思想对话的一致性，独立思考和团体合作的一致性，统整学生生活经验和社会经验，培养儿童的同理心、创造力、团队合作能力等多种能力，使儿童的整体素质得以提高。同时，以儿童剧为中心的教学，要求师生在儿童剧编创与舞台表演期间，能够深入儿童教育机构，体验并观察儿童生活，把握儿童的生活习惯、思维模式，揣摩适合儿童表演的声、台、行、表的具体方式，从而与儿童达成良好的默契关系，潜移默化之中提升对儿童剧教学的认同与热爱。

（一）儿童戏剧教育课程对教育人才的要求

1. 基本要求

对儿童戏剧教育者来说，如何确保儿童人身安全，成功并且有效地组织儿童戏剧教育活动是一件较为困难的事。

（1）在儿童戏剧教育活动中，有涉及德育、美育两方面的教学任务。为了更好地促进儿童剧教育的发展，儿童剧教育者必须同时具备表演的相关基础知识素养，并具备较为广泛的专业戏剧理论知识，同时还应结合儿童这一特殊的被教育群体，对儿童形成系统的认识，要能对不同年龄段、不同体征、不同心理素养的儿童进行教育教学。

（2）儿童戏剧教育人才应在掌握儿童剧艺术特征的同时，了解儿童的天性，具有独立设置趣味性课程内容的能力。儿童在生理上尚处于以第一信号系统活动为主的阶段，无法理解艰难晦涩的丰富哲理，儿童的性格活泼好动，总会被富有趣味性的事物吸引，富有丰富的想象力。所以教育人才应广泛地综合各种表达方式与表现手段，吸引儿童，完成自己教学任务的同时扩大教学影响力、优化教学效果。

（3）儿童戏剧教育者应有较高的组织管理能力，儿童所具备的儿童性与成年人不同，在制定相应活动期间，儿童剧教育者要以儿童身心健康为前

提制定内容，同时要保证选题与题材的多样性、健康性，并且不断注入新鲜的元素，改变自己的授课方式，尽量调动儿童的积极性，组织儿童之间的合作、互助、互相学习的融洽关系。

（4）儿童戏剧教育者要与儿童形成一定程度上相互尊重、相互平等的关系。儿童剧教育者不仅是教师教导知识且儿童要无条件地接受知识的关系，教育者并不是"无微不至"的导演，合理的组织与引导尤为重要，但并不表现为无处不在的介入，也不代表对儿童的刻意安排。教育者应与儿童相互合作，只需要教育者掌控全局，使整个参与的团队团结一致，各司其职，体会到合作的价值，共同努力完成促进戏剧教育的内容。教育者的控制程度应该较低，要充分发挥儿童的个性和主体性。

2. 关系要求

（1）儿童戏剧固然是一种以表演为主的综合性艺术形式，儿童剧的编剧与演出更需要具有以表演为基础的、具有较强综合艺术修养的人才，这是儿童剧活动能够顺利开展的前提，也是儿童剧教育人才培养的最终目标。但是，只热爱戏剧，不热爱儿童，也会使儿童剧最终丧失了其主要目的，即通过典型的形象去陶冶儿童的心灵，达到教育儿童的目的，以儿童的观点、从儿童的角度去观察儿童的世界，在作品中反映儿童的心理状态，尊重儿童的思维逻辑和思想感情并充满儿童情趣，要对儿童的学习、生活、工作各方面有利。因此，儿童剧教育人才的培养需要始终贯彻一个宗旨，"儿童"是"儿童剧"的主体，不是为表演而教学，而是为儿童而教学。

（2）戏剧的四要素为演员、剧本、剧场和观众，即便是人才培养，科学研究和社会服务也是不可以割裂的，为了检验教学成果、评价教学，应该最终以展演的方式向教育机构或社会进行公开演出，展示教学成果，赢得社会的支持和反响，从而引起社会与家长的重视。作为应用型人才的培养，教育与社会服务的关系也应明了于心。

（3）儿童戏剧教育受到儿童心理发展阶段特性的制约。例如，幼儿园年龄段的儿童与小学生，在年龄、心理及思维方式等方面存在显著差异。这些差异在戏剧创作中，不可避免地体现在人物塑造和情节展开等方面，从而形成了两个年龄段思维方式的差异。此外，儿童的思维模式与成人存在较大差异。相较于成人戏剧思维中力求遵循一定轨迹深入挖掘情节的理性特点，儿童的思维更富有大胆的联想和想象，且缺乏逻辑性。教育者需要准确把握不同年龄段儿童的思维特点及其与成人思维的冲突。

（4）儿童期是人的成长中获得情绪理解能力的关键时期，情绪理解能够帮助儿童识别他人表情，预测别人的行为所产生的情绪，为同伴之间情绪交流、性格形成和社会关系提供基础，因而对儿童的个体发展和接纳同伴水平具有重要的作用。同时，处于这一时期的儿童，右脑发育成熟，常常先体验到情绪和非语言的肢体性动作，而左脑不能进行合理的思考，情绪敏感、起伏不定，故而作为儿童剧教育者，必须把握好儿童的情绪与行为之间的关系，才能够让教学有效顺利地进行。

（5）在孩子们心中栽种中华优秀传统文化的种子，一直以来是我国儿童剧团、儿童剧工作者以及教育人才肩负的不可或缺的使命，因此，需要妥善处理特色培养与全面培养的平衡。以中国传统神话、传说及民间故事为创作灵感的作品，始终是我国儿童剧创作的核心，其中包括《年》《十二生肖》《西游记》等佳作。传承既包括继承，也包括传扬，儿童剧教育人才应深知自身肩负的重任，时刻铭记从我国历史、典籍、文学等优秀文化中寻求灵感，进行创作，让中国传统文化深入人心。儿童剧教育艺术类课程的整合，是人才培养的独特模式，课程体系围绕儿童剧编创与表演而设计，我们在关注全面课程设置的同时，将特色课程融入其中作为选修课，实现各类课程的有机结合。

（二）儿童戏剧课程与教育人才培养的内容

儿童戏剧教育人才的培养内容一般包括通识教育、专业教育和课外拓展教育三个部分。其中通识教育能培养教育人才具有远大的理想和高尚的道德品质，具有较强的汉语语言文字表达能力和较高的人文素质，具有较强的分析和解决问题的能力，掌握一门外语，具有公共关系的基本知识与活动能力，具有集体合作和组织协调能力，熟练掌握计算机应用技术，具有信息处理的能力与运用多媒体教学的实力。

专业教育的内容主要包括心理学、教育学以及表演、编创专业的相关理论课程与实训课程，如儿童心理学、儿童戏剧编剧与导演、儿童教学方法、戏剧教育教学等课程的设置，这些课程内容大都与儿童剧教学有着较为

密切的关系，同时又与儿童剧表演有着密切的关系。在课外拓展教育课程设置中，可以围绕儿童剧的教学相关内容展开，如儿童奥尔夫音乐、儿童舞蹈、儿童美术、儿童手工、儿童器乐、儿童体操等儿童教育内容。

与其他教育专业相比，儿童戏剧教育教学较为突出的实践性与多样性、活跃性使其与儿童教育机构有更为密切的合作与联系，这使得儿童剧教学在内容主题、形式方法、合作教学、成果展示等各个环节都有着强有力的校企联合模式与平台的支撑，当前全社会对于儿童剧教学的关注，家长对儿童教育的重视，也能带来巨大的社会反响，同时巡演活动与教学的良性互动，又能够促进儿童戏剧教育教学的健康合理运行。

第五节　儿童戏剧作品点评

一、儿童戏剧《小熊请客》(作者：包蕾) 点评

这是一出经典的影响几代孩子的童话剧。剧本情节简洁明了：勤劳的小猫、小花狗和小鸡各自带着点心前往小熊家拜访，途中均偶遇了懒散且贪吃的狐狸。狐狸期望能一同前往小熊家，但遭到拒绝。随后，小动物们先后抵达小熊家，并受到热情款待。狐狸闯入时，众小动物齐心协力用石块将其击退，随后欢快地载歌载舞。剧本冲突的游戏性鲜明，洋溢着浓厚的幼儿趣味。情节及角色语言的多次重复，有助于加深幼儿印象，便于理解剧情。通过小动物与狐狸行为的对比，使角色性格更加鲜明，有利于幼儿领会剧情内涵，从中获益。

二、儿童戏剧《三个问题的答案》(作者：林焕彰) 点评

这部儿童剧的剧情围绕三个问题展开，这三个问题共享一个核心主题——爱。剧中强调，在世界范围内，亲情的温暖、真挚友谊的珍贵以及爱的力量最为强大，这便是三个问题的解答。因此，该剧是一首颂扬爱的赞歌，剧情简洁而主题鲜明。地点设定为"蓝色的大草原"，广袤无垠；时间背景则为"很久很久以前，或许是现在"，贯穿古今，体现出爱超越时空的特性。剧中人物多样，无论肤色、性别，皆可见爱是属于全人类的。然而，

爱亦需人们不断探索与追求，小木偶便是一名求索者，不畏疲惫，竭力寻找问题的答案。这答案并非轻易可得，需经过自我追寻、体验、付出与实现。该剧以诗朗诵与歌唱的形式呈现，洋溢着浓厚的诗意氛围与特质。从诗剧的象征意义来看，它闪耀着哲理的光辉。

三、儿童戏剧《回声》(作者：[日本]坪内逍遥) 点评

对5岁的大郎而言，回声的现象尚无法理解，他将其视为山那边的同龄人，心生好奇。然而，他发现回声总是模仿自己的言语，这让他感到困扰。因此，矛盾与冲突随之产生。大郎的说话方式逐渐变得粗鲁，言辞也失礼许多，导致冲突不断升级。母亲教导他要用和善的态度与他人交流，大郎照做，主动承认错误，从而化解了矛盾。这出戏的矛盾冲突充满了童趣。大郎明白要求他人对他说话和气有礼，却忽略了自己也应如此，这恰恰体现出儿童的天真稚嫩。儿童戏剧的灵魂便在于此，以生活化的台词，符合幼儿特点，使孩子们在表演中领悟剧中的道理。

结束语

儿童文学不仅是儿童的伙伴，也是儿童的导师，它以独特的艺术手法和深邃的教育内涵，引导孩子们认识世界、理解生活，培养他们的审美观念和道德情操，而儿童文学欣赏，正是打开这一宝库的钥匙。通过欣赏儿童文学作品，孩子们可以开阔视野、丰富想象力、提高语言表达能力，更重要的是，他们可以在阅读中体验到真、善、美的情感，培养积极向上的人生态度。对教育者而言，了解和掌握儿童文学欣赏的方法，能够更好地引导孩子们阅读，帮助他们健康成长。当然，儿童文学的魅力远不止于此，它还具有娱乐、启发思考、激发创造力的功能，这些都是我们在教育和成长过程中不可或缺的元素。

总体而言，儿童文学欣赏是一个充满乐趣和挑战的过程，它要求我们理解儿童的内心世界，发现文学作品的深层含义，同时也要思考如何将这些作品应用到教育实践中。希望每一位阅读这本书的读者都能从中获得启发，为孩子们的成长贡献一份力量。

参考文献

一、著作类

[1] 陈思睿，蒋尊容，赵俊．学前教育活动设计与实施 [M].成都：西南交通大学出版社，2015.

[2] 范红．语文教学与儿童文学 [M].成都：西南交通大学出版社，2015.

[3] 方先义．儿童戏剧创编与表演 (第 2 版)[M].南京：南京大学出版社，2019.

[4] 胡云聪，申健强，李容香．学前教育评价 [M].北京：人民邮电出版社，2015.

[5] 乐多多．胡小闹日记 [M].海口：朝华出版社，2013.

[6] 李丽，赵蕊．儿童戏剧教育理论与实践 [M].北京：中国科学技术出版社，2019.

[7] 柳阳辉．学前教育学 [M].郑州：郑州大学出版社，2012.

[8] 王丽红．儿童文学新编 [M].北京：北京邮电大学出版社，2016.

[9] 王晓翌．实用儿童文学教程 [M].西安：陕西师范大学出版总社有限公司，2013.

[10] 韦宏．儿童文学鉴赏概要 [M].哈尔滨：哈尔滨地图出版社，2006.

[11] 甄明友．学前儿童教育学 [M].北京：中央广播电视大学出版社，2011.

二、期刊类

[1] 陈丽芬，汤志红．新时期以来中国儿童戏剧的发展趋向 [J].四川戏剧，2015(11)：20-22.

[2] 陈卫红．优化儿童散文教学的策略 [J].广西教育，2016 (13)：27-37.

[3] 程娟. 儿童戏剧在幼儿园中的应用 [J]. 下一代，2022(7)：5-6.

[4] 初滢滢. 试论儿童戏剧中的生态审美建构 [J]. 时代文学，2014(22)：129-130.

[5] 单菁华，王冰. 运用寓言促进儿童思维发展的探索 [J]. 中国多媒体与网络教学学报 (下旬刊)，2021(2)：156.

[6] 高璇. 儿童戏剧创作存在弊端及对策建议 [J]. 文艺生活·文海艺苑，2014(5)：16-17.

[7] 高艳梅. 童话精神与儿童德育 [J]. 考试周刊，2016(81)：175.

[8] 韩颖. 浅谈学前儿童文学教育对儿童素质培养的作用 [J]. 课程教育研究，2014(27)：47.

[9] 黄佩珊. 浅谈儿童戏剧和戏剧性游戏的关系 [J]. 新课程·下旬，2014(6)：8-9.

[10] 蒋玉东. 关注童话特征凸显教学价值 [J]. 小学语文教学，2023(29)：41.

[11] 金丽娜. 中国儿童戏剧创作浅探 [J]. 戏剧文学，2012 (10)：110-112.

[12] 李冰之. 儿童文学课程与优秀传统文化的融合路径分析 [J]. 中国民族博览，2023(14)：68-70.

[13] 李俊. 儿童戏剧对儿童教育的影响研究 [J]. 中国民族博览，2022 (15)：179-183.

[14] 李利芳. 儿童文学批评价值体系建构的问题意识与方法路径 [J]. 西南民族大学学报 (人文社会科学版)，2018，39(6)：177-181.

[15] 李路，李沛新. 学前儿童中华民族共同体意识教育：意义旨归与实践逻辑 [J]. 广西民族研究，2022(1)：81-87.

[16] 李娜，陈飞环. 论情感素养在学前儿童文学教育中的培育研究 [J]. 陕西青年职业学院学报，2022(1)：63.

[17] 李五洲. 学前教育信息化的思考和建议 [J]. 教育信息技术，2021 (Z1)：124.

[18] 吕玫. 浅谈声乐演唱在儿童戏剧中的运用 [J]. 北方音乐，2016，36 (24)：78.

227

[19] 梅俊宇. 浅析学前儿童美育培养途径 [J]. 青年文学家，2010（16）：75.

[20] 王小毅. 活动：儿童故事教学的打开方式 [J]. 教育科学论坛，2023（7）：62.

[21] 吴翔宇. 新时期儿童文学主体性建构的机制、过程及反思 [J]. 浙江师范大学学报（社会科学版），2022，47（1）：68-78.

[22] 晏波. 学前儿童教育中文学教育的重要性探析 [J]. 芒种，2016（4）：30-31.

[23] 郑丽. 试析学前儿童文学阅读中的唤醒教育 [J]. 牡丹江教育学院学报，2016（3）：63.

[24] 郑宇. 寓言与儿童思维发展 [J]. 小学语文，2022（Z2）：17.

[25] 周翔. 论新时代儿童本位在儿童文学翻译中的传承与创新 [J]. 浙江海洋学院学报（人文科学版），2018，35（5）：87-91.

[26] 朱凯利. 创造性儿童戏剧的价值探究 [J]. 大众文艺，2015（20）：185-186.